鎮魂

染井為人

双葉文庫

鎮魂

1

もう、ここへ来ることもないだろうな——。

薄暗い店内のカウンターの隅でロックグラスを傾けていた中尾聡之《なかおさとし》はふとそんなことを思った——が、それ以上の感慨は湧かなかった。

渋谷区の猿楽町《さるがくちょう》にあるこのバーを特別気に入っていたわけではない。会社から近く、なおかつ同僚の出入りがないので時折利用させてもらっていただけだ。

今日は六年勤めた会社の最後の出社日だった。勤めていたのは企業向けのマーケティングサービスを展開する会社で、聡之はスポーツライフマーケット部に身を置いていた。長く続いた低迷期を抜け、去年から部の業績は右肩上がりで聡之も充実した日々を過ごしていた。

そんなある日、同僚の不正に気づいてしまった。同僚は外注先の担当者からリベートをもらっていたのだ。迷ったが、聡之は上司たちに報告することにした。すると、彼らはそれを揉《も》み消した。はっきりとした証拠を摑んだわけではないが、彼らも同僚と同様、いやそれ以上のことをしていたのだろう。

詮索するな――。圧を受けたものの、聡之は屈しなかった。そしてそこから社内における聡之の序列は露骨に下がっていった。

「あなたはちょっと潔癖過ぎるんじゃないかな」

退職すると告げた聡之に対し、結婚して十五年になる妻は苦りきった顔でそう言った。

彼女は無理に引き止めこそしなかったものの不安だったのだろう。不惑を過ぎたあなたを同じ待遇で受け入れてくれる会社がほかにあるの、そう言いたかったのだろうし、聡之自身もそれが容易でないことはわかっていた。

聡之はこれまでも度々《たびたび》転職を繰り返してきた。新卒で入社した新聞社をはじめ、広告代理店、企業コンサルティング、玩具メーカー、今の会社の前は外資系の損保会社に身を置いていた。

きっかけは異なれど退社に至る理由はすべて同じだった。不条理なことは些細《ささい》なことでも受け入れられない。要するに筋を違えたことが絶対的に許せないのだ。

そんな融通の利かない自分であるから、起業を考えたこともあるし、個人事業主に転身しようとしたこともある。だがトップに立つ才覚も、己の身ひとつで生き抜いていく技能も持ち合わせていない。そんな自分が情けなかった。

「バットをこう、フルスイングするんですよ」

ふいにそんな声が聞こえ、聡之はカウンターの横に目をやった。三つ空けた席に自分と同世代風の男が二人並んでいた。

彼らはたしか一時間ほど前にやってきたはずだが、いい具合に酔いが回ってきたのか、手前にいるスキンヘッドの男の声が次第に大きくなっていた。この男はジャージ姿には不似合いの高級そうな腕時計をしていた。ゴツい指には派手な指輪がいくつもはまっている。

「そうすりゃ大半のヤツはビビって逃げるんですよ。なんせおれらはフリじゃなくて本気で殴り殺そうと思ってやってるわけだから」

「はあ」と、奥にいるジャケットを羽織った男は大袈裟に嘆息を漏らし、メモ帳にペンを走らせている。「実際に相手に当てたこともあるんですか」

そう訊かれると、何を今さら、といった感じでスキンヘッドが肩を揺すった。

「でもね、意外と人ってバットで殴られても平然と逃げていくもんなんですよ。まあそっちも死に物狂いだから痛みが麻痺しちゃってるんでしょうね。だってほら、おれらに捕まったらそれこそ地獄だから」

穏やかな話じゃないことは察したが、これはなにかの取材なのだろうか。よく見たら二人の間にはボイスレコーダーが置かれている。

「襲撃に使う道具はバットと包丁が基本。あ、バットは子供用のやつね。その方が小回りが利くから便利なんですよ。ちなみに喧嘩でゴルフのアイアンとかを使うような奴らはおれらからすれば素人ですね。簡単に折れちゃうし、相当イイとこに当たんないと致命傷にならないから」

「いま包丁とおっしゃいましたけど、それで本当に刺すんですか」

「ええ。もちろん」

「でも下手すると、相手の人、死んじゃいません？」

スキンヘッドが噴き出した。「天野《あまの》さん。おれの経歴、事前に調べてきてるんでしょ」

「あ、そうでしたね。失礼しました」

天野と呼ばれた男が苦笑し、ちょこんと頭を垂れた。

「ネリカンって言ってね、練馬区に鑑別所があるんですけど、都内で悪さをした少年は大抵家裁からそこに送られるんですよ。おれも傷害だなんだで何度も世話になってるんですけど、さすがにあのときは逆送されて、トクショウってとこに送られてね。まあ、トクショウではそれなりにつらい日々を過ごしましたよ」

彼らの前にいる若いバーテンダーが顔を引き攣《つ》らせながら酒を作っている。そのバーテンダーに向かって聡之は「お会計」と声を掛けた。こんな気分の悪い話、とても聞いていられない。

「そのトクショウ——特別少年院での生活はやっぱり厳しいものだったんですか」

「まあきつかったですね。当たり前ですけどなんでも規則があって、破ると懲罰房行きですから。もっとも自分は懲罰房に入ったことはないんですけどね。おとなしくしてたんで」

「ほかの院生たちと喧嘩になったりなどトラブルはなかったんですか」

「自分はなかったですね。もちろん周りは毎日のようにやり合ってましたよ。どいつもこいつもワルだから、ちょっとしたことで揉めるんです。あいつの方がおかずの盛り方が多いとか、そんなことで殴り合いになったり」

バーテンダーが明細の紙をスッとテーブルに滑らせてきた。聡之が鞄から財布を取り出す。

「どうして坂崎《さかざき》さんはそうしたトラブルを避けてこられたのでしょう」

「やっぱり早く出たいってのが一番にありましたよね。それと、周りの奴らも自分には気を遣ってくれてるっていうか、一目置いてくれてるようなとこがあったんでね」

「それはなぜ？」

「だってほら――自分が『凶徒聯合《きょうとれんごう》』だから」

その単語を鼓膜が捉えた瞬間、聡之の手が止まった。直後、遠い記憶のドアがバンッと音を立てて開かれた。

あれは二十二年前――高校三年生の春。

当時、聡之の友人が帰宅途中に暴走族に襲われるという事件があった。

聡之と友人は共に柔道部に所属しており、全国大会出場を目標に掲げ、日々稽古に励んでいた。そんな部活の帰途、友人は自分と同世代の男二人が対峙している現場に偶然出くわした。よく見れば、それは不良少年が学生を脅して金を巻き上げているのだとわかった。

「おい。何してんだ」友人は声を掛けた。彼は聡之以上に正義感の強い男だった。が、結果としてそれが災いを招いた。不良少年と摑み合いになり、反射的に相手を投げ飛ばしてしまったのだ。

ただ、このときはそれで事は済んだ。「ああいうヤツらってイキがってるだけで、てんで弱っちいんだよ」と友人も得意げに語っていた。

悲劇はその数日後に起きた。その日も友人が部活を終え帰路に就くと、いきなり背後から頭に強い衝撃を受けた。そして数人がかりで車のトランクに押し込められた。友人が連れて行かれたのは人気のない廃墟で、そこで男たち――その中の一人が友人が投げ飛ばした不良だった――から殴る蹴るの暴行を受けたのだ。さらには全裸にひん剝かれ、あろうことかその場で自慰行為まで強要された。奴らはそれをビデオカメラに収め、「チクったらばら撒くからよ」と友人を脅した。

そして友人は壊れた。身体よりも心が負った傷の方が大きかったのだろう。部活を辞め、のちに学校も辞めていった。彼は親友の聡之にもいっさい会おうとしなかった。

この鬼畜の所業を行った集団が『凶徒聯合』だったのだ。

「つづきまして、のちに起きる渋谷クラブ襲撃事件についてなんですが――」

ここでテーブルに置かれていた坂崎の携帯電話が鳴った。手に取り、画面を睨《にら》んだ坂崎は「古賀《こが》のおっさんかよ」と舌打ちを放ち、「ちょっと失礼」と天野に手刀を切って席を離れていった。

残された天野と聡之の目が重なり合う。聡之が睨みつけているからだろう、なんだこいつと訝《いぶか》るような視線を天野は送っている。

その天野が微笑んで会釈をしてきたところで、

「あんた、記者か」

無意識に聡之の口から言葉が零《こぼ》れた。

「いいえ、雑誌の編集者です」習性なのか、言うなり天野は立ち上がり、ジャケットの内側から名刺を取り出して聡之に差し出してきた。「双伸社《そうしんしゃ》という出版社で『月刊スラング』という雑誌を――」

聡之は反射的にその手を払った。名刺がひらりと床に舞い落ちる。

「あんた、恥ずかしくないのか」

「はい？」

「あんなろくでもない男を持ち上げて、恥ずかしくないのか。どうせくだらない記事を書くつもりなんだろう」

聡之が語気荒く言い放つと、天野は不敵に微笑んでから、ゆったりとかがみ込んで名刺を拾い上げた。

「何がおかしい」

「記事というか、書籍にするんですよ。きちんとした単行本でね。おそらく『凶徒聯合の崩壊』というタイトルになると思いますが、発売されたあかつきには、おにいさんもどうぞ手に取ってみてください」

自然とその胸ぐらに手が伸びた。ひょろっとした天野の身体が持ち上がる。

慌《あわ》てたバーテンダーが、「あのお客様、店内で揉め事は困ります」と両手を突き出して言った。

聡之はそれを無視し、数センチの距離で天野を睨みつけた。だが天野はその嫌らしい薄ら笑いを崩そうとしなかった。

「世間はね、彼らについて知りたいんですよ。近年やや落ち着いてきた感はあるものの凶徒聯合はいまだに半グレの中でもっともメジャーな存在です。ヤクザすら恐れた凶悪集団の実態を、私はこの手でまとめてみたいんですよ」

「……」

「さて、私のやってることはいけないことですか。犯罪ですか。何か法に触れていますか」

挑発するように天野が言い、聡之はグッと拳を握りしめた。

そこに電話を終えた坂崎が戻ってきた。不穏な状況を見て、「あれ?」と小首を傾げる。

「おたくどちらさん? おれのツレに何か用?」

坂崎がにこやかに、だが威圧するように言った。

「べつに」

「じゃあその手を離そうよ。何があったのか知らないけどさ」

だが聡之は従わず、逆に坂崎を睨みつけた。

「まいったな。カタギに喧嘩売られちゃってるよ」坂崎が肩をすくめて嘆く。「おたく、本気でおれと揉めるつもり？　こっちは構わないけど、覚悟だけはしてね」

鋭い視線をぶつけ合う。だが坂崎は口元に余裕の笑みをたたえている。

聡之は大きく息を吐いて、天野から手を離した。天野が汚れを払うようにパンパンとジャケットを叩く。

「すみません。お騒がせして」聡之はバーテンダーに向けて詫び、財布の中から一万円札を抜き取り、テーブルに置いた。「お釣りは結構です」

そして出口に向けて足を繰り出すと、「なにがあったの？」と背中の方から坂崎の声が聞こえた。

「いえ、なにも。ちょっとおかしい人なんでしょう」と天野が囁《ささや》き声で返す。「それより坂崎さん、よく堪《こら》えましたね。私はそっちのほうが怖くて」

聡之はドアノブに手を掛けた。

「いやあ自分だってもう若くありませんから。見境なく喧嘩なんてしませんよ。昔のことだってきっちり反省してるし――」

翌日、昼下がりに聡之は目覚めた。髪はボサボサで、仕事着のままだった。昨夜は自宅に帰ってからも酩酊するまで酒を呷《あお》っていた。記憶は曖昧だが、ひどく不味《まず》い酒だったことだけは覚えている。

重い身体を引きずって居間へ向かうと、そこに妻と二人の子どもの姿はなかった。どこかに買い物にでも出掛けているのだろうか。

ため息をついて浴室に向かった。熱いシャワーを浴び、酔い覚ましに水風呂に浸かった。昨日妻たちが入った残り湯がちょうど冷えていてそれを利用したのだ。

冷水の中に頭ごと沈み込み、昨夜のバーでの出来事を思い返した。

すぐに苦い気持ちが込み上げた。あれではまるで自分の方がヤカラのようではないか。だが、酒の勢いに任せた乱行ではなかった。どうしても我慢ならなかったのだ。

坂崎の顔が脳裏に映し出される。あの男が実際に友人を暴行した犯人の一人だったのかはわからない。だがおそらく同じような、あの鬼畜同然の蛮行を数多く行ってきたのだろう。二人の話を聞く限り、坂崎は人をも死なせた経歴があるようだった。そんな下衆《げす》がああやって平然と街で酒を飲み、ろくでもない過去を雄弁に語る。反吐《へど》が出る。

友人は酒を飲めているだろうか。あいつは今、心から笑うことができているだろうか。それを思うと、坂崎が呼吸していることすら許せない。

そしてあの天野という男。あの男もまた度し難い。坂崎のような外道を煽《おだ》て上げ、カネを儲けようとしているのだ。あんな奴らの実態などどうだっていいではないか。そんなものを活字にして、いったいなんの価値があるというのか。

だいいち、今さらだ。すでに凶徒聯合の悪名は広く世に知れ渡っている。奴らが度々世間を騒がしてきたからだ。有名人を暴行したことや、息子の不祥事をネタに政治家を強請《ゆす》っていたことなど、数え上げればキリがない。

なにより、かつて奴らの仲間だった人物がその内情を赤裸々に暴露した書籍を数年前に発表していた。本はベストセラーになり、そしてその男は消えた。いや、仲間に消されたという噂だった。

聡之はそのすべてに憤りを覚えていた。凶徒聯合はもちろん、くだらない情報に手を伸ばす下世話な連中もすべて許せなかった。心底、胸糞が悪かった。

冷水の中だというのに身体が火照《ほて》ってきた。風呂から上がり、タオルを首から下げて居間に戻った。

それからほどなくして、聡之がコーヒーを淹《い》れているところにインターフォンが鳴った。宅配便でもきたのかと思いきや、エントランスに繋《つな》がるモニターには背広を着た二人の男の姿が映し出されていた。

誰だろう。聡之は眉をひそめ訝った。

応答すると、一人の男が黒いパスケースのようなものをカメラに向けた。中央に金色の桜の代紋が描かれている。

〈わたくしども警視庁の者なんですが、中尾聡之さんはご在宅でしょうか〉

「ええと……自分ですけど」

〈突然お訪ねして申し訳ありません。少々お話を伺わせていただけないでしょうか〉

「あの、どういったご用件でしょうか」

〈すみません、ここではちょっと。恐縮ですがご自宅か、または近場の喫茶店などでお時間をちょうだいできると助かります〉

判断に迷ったが聡之はエントランスのロックを解除することにした。〈ご協力感謝します〉と刑事が液晶の向こうで笑みを浮かべる。

聡之はスリッパを二つ用意し、玄関前で刑事らを待ち構えた。そしてほどなくしてやってきた彼らを家の中に通した。

「お休みのところ突然押し掛けてしまい申し訳ありません」

食卓を挟み、向き合ったところで改めて刑事の一人が頭を垂れて言った。五十代半ばくらいだろうか、穏やかに微笑んでいるが、目つきが鋭い。その片割れはまだ三十そこその若者といった感じだが、ラグビーでもやっていたのか、肩と胸がやたら盛り上がっている。

前者は古賀、後者は窪塚《くぼづか》と名乗った。

「それで、あの、ご用件は？」

聡之から切り出すと、古賀が一枚の写真を取り出し、卓上を滑らせてきた。

「中尾さんはこの男をご存知でしょうか」

一目見て聡之は息を呑んだ。そこに写っていたのは坂崎だった。

「知っているというか……昨夜ちょっと。それで、この男がどうしたんですか」

訊くと、古賀は軽く息を吸い込み、聡之を正視した。

「今朝、死体となって発見されたのです」

2

もの哀しいBGMが館内に小さく流れている。白光りした壁と黒光りしたフローリング、四隅には黄の水仙《すいせん》と紫のデンファレの供花が立て置かれ、白黒の空間にせめてもの色を添えていた。

喪主である英介《えいすけ》が木製の平棺に歩み寄り、手のひらサイズの小さなサボテンを死装束を纏《まと》った陽介《ようすけ》の顔のとなりに持っていった。「トゲが痛いかな」独り言のように言い、微妙に距離を空けて置いた。

このサボテンは陽介が生前、大事に育てていたものだ。「もっといいのを買ってやるって言ったんだけど、あいつはこのちっこいのがよかったみたいでさ」以前英介がそう話していたのを深町京子《ふかまちきょうこ》は覚えている。

納棺の際、英介はこれを入れ忘れていたらしく、先ほど慌ててタクシーで自宅に帰り、持ってきたのだ。

「故人様にお別れはお済みでしょうか」

係員が静かに言い、英介が頷《うなず》いた。棺が閉じられ、火葬炉の奥に陽介がゆっくり吸い込まれていく。そして頑強そうな扉が音を立てて閉扉された。

「ではあちらの待合室のほうへ」と誘導しようとした係員に対し、「この場にいたらまずいでしょうか」と英介が申し出た。

係員が眉をひそめる。

「お骨上げまで一時間ほど要しますが」

「私はかまいません」

「しかしながら、燃焼の音も聞こえてしまいますので」

「それもかまいません。お願いします」

係員は困惑していたが、最後は「それでしたら」と了承してくれた。参列者が英介と京子の二人しかいないため、よしと判断してくれたのかもしれない。

「きみは待合室にいてもらってかまわないよ」

英介にそう言われたが、京子は「私もいさせて」と断った。

いや、私はこの場にいなくてはならない。

やがて点火のスイッチが入れられると、ゴゴゴゴゴという炎の音がこだました。ほどなくしてバチバチバチと棺が焼ける音が立ち上がった。

激しい燃焼音の中、火葬炉を透かし見るように英介は目を細めていた。そんな英介の横顔を京子はそっと窺《うかが》っていた。

胸が痛く、ひどく息苦しかった。

まるで自分の肉体が業火に焼かれているかのように——。

「京子さん。ごめん」

デッキからの景色を楽しんでいると、ふいに陽介から言われた。この日は三人で箱根の芦ノ湖へドライブへ出掛け、ロワイヤルⅡという派手な海賊船に乗船していた。英介は少し離れたところで、手摺《てす》りに両腕を預けて遠景を眺めている。その向こうでは水鳥の群れが泳ぐように青空を舞っていた。

「デートに毎回彼氏の弟がいるだなんておかしいだろ。だからついて来ちゃってごめん」

「何言ってるの」京子は笑った。「それに陽介くんは、英介さんに無理やり連れ出されてるんでしょ。だからそんなの気にしないでいいんだよ」

「けど、にいちゃんが結婚しないのはおれがいるからだよ」

「……」

陽介のやや伸びた前髪が風になびいた。それが気になったのか、彼は震えた左手を顔の前に持っていき、精一杯前髪を払っていた。

「おれさ、なんのために生きてるんだろうなって思うんだ。誰の役にも立ってないし、それどころかこうして迷惑ばかりかけてさ」

何か言葉を発しないといけないのに、唇が動いてくれなかった。

「この先、何十年もこうやってにいちゃんの人生の邪魔をして生きていくのかなって、そう思ったらさ……耐えられなくなる」

ふいに船の揺れを感じた。いや、もしかしたら揺れているのは自分の方かもしれなかった。

「もう。せっかくいいお天気なのに、そんなこと言わないの」

京子は教師のようにたしなめ、陽介の車椅子を押して英介のもとへ向かった。

3

陽介の首から下が不随になったのは九年前、彼が二十歳のときだった。原因は事故や病気ではない。この世にこんなことがあっていいのかと、神を恨まざるをえないほど、理不尽極まりない理由で彼は身体の自由を失った。

その日の夜、陽介は久しぶりに会う高校時代の友人たちと共に渋谷のクラブにいた。心臓に響くほどのBGMと目まぐるしく飛び交う眩《まばゆ》いビーム。彼がそうした場所に来るのは初めてで、正直居心地が悪かった。ダンスなど踊ったこともなければ酒だって一滴も飲めない。それに彼はそのとき怪我をしており、アームリーダーというサポーターで左腕を首から吊っていた。先週、大学の野球部の練習で打球が直撃してしまい、肘の骨にヒビが入っていたのだ。

「怪我してるならはじめから言ってくれよ。わかってたらこんなとこに誘わなかったのに。つまんなかったらおまえは帰ってもいいぜ」

友人たちはそう言ってくれたが、それもまた彼らに気を遣わせてしまうかもしれないと思い、陽介はその場に残ることにした。「あのとき素直に帰っておけばな」彼はのちにこれが口癖となった。

陽介はフロアの片隅でウーロン茶を飲みながら、音楽に合わせて身体を揺らす人々を観察するように眺めていた。いったいこれの何が楽しいんだろうな、とそんなことを思っていた。

ほどなくして陽介は自分に注がれている視線に気がついた。少し離れた場所から一人の男がチラチラとこちらを盗み見ているのだ。その男は陽介以上に場にそぐわなかった。寝巻きのようなスエットの上下にサンダルを履いていたのだ。

どことなくガラが悪いのでイチャモンをつけられても嫌だなと思い、陽介はキャップを目深に被り、その男の視線に気がつかないフリをした。

やがて男はダンスフロアから離れ、出入り口の外へと消えた。

そのおよそ五分後、十人ほどだろうか、覆面を被った男たちが入店してくるのを視界に捉えた。人波を掻き分けるようにして男たちは一直線に陽介のもとへ向かって来ている。

なんだなんだと、陽介は慌てふためいた。さらにギョッとしたのは男たちが目の前までやって来たときだった。なぜなら彼らの全員が金属バットを手にしていたからだ。

一人の男が一歩前に出て口を開いた。

「――か」

大音量で鳴り響く音楽のせいで、よく聞き取れなかった。

そして耳を差し出した陽介の顔面を男はいきなり拳で殴りつけた。そして倒れ込んだ陽介に降り注いだのはバットの雨だった。もう滅多打ちだった。

陽介が意識を取り戻したのはそれから三日後で、彼は病院のベッドの上にいた。まるでミイラのように全身に包帯が巻かれ、指先一つ動かすことができなかった。そしてその指先は、怪我が癒《い》えたあとも動くことはなかった。

なぜ自分が突然暴漢に襲われたのか、説明してくれたのは兄の英介だった。

ヒトチガイ――。

不思議なことに、そのときの陽介には怒りも悲しみも、絶望すらも、どんな感情も一切湧かなかった。ただ気が遠くなっただけだった。現実感があまりに希薄だったのだ。

陽介は、彼ら――凶徒聯合――が敵対するグループの一員と見間違われたのだという。その男は陽介と同じく坊主頭で、背格好が似ており、さらにはそのとき左腕を怪我しているという噂が流れていたらしい。「似たような特徴の人が来ています」と顔見知りの従業員が凶徒聯合の一人に連絡を入れ、彼らはいきり立ってあのクラブへ駆けつけた。

だが、彼らはターゲットの顔を誰一人として正確に認識していなかった。かろうじて面識のある人間が暴行前に陽介の顔を盗み見ていたサンダル履きの男で、そのとき彼は「薄暗くてよくわかんねえ」と仲間たちに報告していたようだ。「まあ行くだけ行ってみようよ」と彼らのリーダーは言い、仲間を引き連れて陽介のもとへやって来た。

そう、ただの確認のはずだった。だが何を思ったか、彼らのリーダーはいきなり陽介を殴りつけた。それがきっかけとなり仲間たちは陽介をターゲットだと認識した——。

あまりに残酷で、滑稽な話だった。そしてこんな馬鹿げたことが我が身に降りかかるなどと、いったい誰が想像できるだろう。

だが、これらすべてが紛《まぎ》れもない現実だった。

「生きているだけで奇跡のようなもんだよ」

慰めの言葉を口にした医者に対し、陽介は初めて激しい怒りを覚えた。どこが奇跡なのか。逆に生き長らえてしまった不幸にこそ同情してほしかった。

なぜそのまま死ねなかったんだろう。陽介はずっとそう思って生きてきた。

やがて陽介は九年にわたる懸命なリハビリを経て、奇跡的に左手をわずか程度動かせるようになった。

そして彼はその左手を使って、自らの喉《のど》をナイフで切り裂いた。

陽介が懸命にリハビリしていたのは、死ぬため——だったのだろうか。

4

「陽介、かわいそうだな」

バチバチと激しい音を放つ火葬炉を透かすように見つめ、英介はぽつりと言った。

「昔から熱いのが苦手なんだよ。大人になっても風呂をぬるくしないと入れなかったし。子どもみたいだろう」

どう返答していいのかわからないのか、京子は黙っている。

「あいつ、あっちでちゃんと母さんを見つけられるかな」再び英介は唇を動かした。

「でもきっと、母さんは喜ぶだろうな。陽介と暮らすことが念願だったから」

英介が十五歳、陽介が五歳のときに彼らの両親は離婚をしていた。以来、英介は母親のもと、陽介は父親と再婚相手のもとで別々に暮らすこととなった。

これは母にとって大きな誤算だった。彼女は夫が次男を手放さないとは考えていなかったのだ。

そんな母を病魔が襲ったのは陽介が高校三年生になったときだった。乳癌だった。手術は成功したものの、すぐに転移が見つかり、それは瞬《また》く間に全身に広がった。それからは入退院を繰り返し、やがて彼女は医師の宣告した通りの四年後に亡くなった。

あと一年早く死なせてあげたかった——英介は何度もそう思った。そうすれば母は陽介の悲劇を知らずに済んだのだから。

なにより彼女は病床で自分を責めていた。

「私が幼い陽介を捨てたから、あの子がこんなことになった」

母さんは陽介を捨ててなんかいないじゃないか。それとこれとは関係がないだろう。英介が何度そう訴えても、「ううん、悪いのは私」と彼女は聞く耳を持たなかった。そうでもしないと正気が保てなかったのだろう。加害者を憎むだけではとても足りなかったのだ。

「英介。陽介のこと、お願いね」

これが母親の最期の言葉だった。

英介は陽介を自宅に引き取った。もとよりそうするつもりだった。自分は陽介の兄であり、父だ。あのろくでなしの男は自分たちの父親ではない。英介はずっとそう思って生きてきた。

両親の離婚後、陽介とは月に一度の面会が許されていた。その際、彼は決まって、「ぼくもママとにいちゃんと一緒に暮らしたい」そう言って泣いていた。

陽介は継母からひどく疎《うと》まれていたのだ。父親は守ってくれるどころか、愛されないのは陽介に原因があると決めつけ、幼い彼を度々折檻《せっかん》した。

これを見兼ねた母は何度も陽介を引き取らせてほしいと元夫に訴えた。だが、元夫は頑《かたく》なにこれを拒否した。

これについて、英介は自分に原因があるかもしれないと考えていた。長男から毛嫌いされていることを知っていた父親は、意地でも次男のことは手放したくなかったのだろう。すでに自我が確立していた英介とちがい、まだ幼かった陽介は悲しいほど従順で、事実、彼は父親からどんな理不尽な叱り方をされても、「ごめんなさい。ぼくはいけないことをしました」と素直に謝っていた。

そんな陽介も成長するにつれ、母と兄の前で泣き言を口にせず、こちらから家庭のことを訊ねても、「うまくやってるよ」とお決まりの返事をするようになった。母と兄に心配をかけまいとしていたのは明らかだった。そんなとき、英介は己の無力さを深く痛感させられた。

陽介が逞《たくま》しくなったきっかけは、彼がちょうどその時期に少年野球チームに入ったからだった。淋しさや悲しさ、家庭でのストレスをぶつけるように陽介は野球にのめり込み、いつしかそれが彼の生きがいとなった。英介は弟の野球の試合があると必ず母と連れ立って応援に駆けつけ、スタンドから声を嗄《か》らした。誕生日には毎年プレゼントを用意し、母と三人でささやかなお祝いをした。共に暮らしていなくとも、いや暮らしていないからこそだろうか、にいちゃん、にいちゃんと慕ってくれる歳の離れた弟が英介は可愛くて仕方なかった。

ゆえに陽介が大学に行くための金を用立てることに抵抗はなかった。父親はちょうど母親が病気になった直後に破産し、蒸発していた。後妻とはとっくに離婚をしていた。

そうした事情もあって就職するつもりでいた陽介を引き留め、大学に行くように説得したのはほかならぬ英介だった。「お金はどうとでもなるから心配するな。にいちゃん、高給取りなんだぞ」これはまったくの嘘ではなかった。大学卒業後、大手企業に就職した英介はそれなりの高給を得ていた。だが、自分自身の奨学金の返済と、陽介に掛かる費用諸々《もろもろ》を負担するのはさすがにしんどかった。陽介は進学した大学でも野球部に入り、寮生活を送っていたが、その寮費がべらぼうに高かったのだ。

入学して半年ほど経ったころだろうか、「野球を辞めてアルバイトする」そう申し出た弟を英介は初めて叱った。

「おまえは野球をやりたいのか。やりたくないのか。どっちだ」

「そりゃあ、やりたいけど……」

「じゃあやれよ」

「けど、おれの実力じゃとてもプロにはなれないよ」

英介にはそんなことはどうでもよかった。弟には大好きな野球を続けていてほしかった。

そんな英介の思いに応えるように陽介は日々厳しい練習に励み、やがて一軍に帯同できるまでになった。

その直後、あの残虐な悲劇に見舞われた。

5

「京子、終わりにしないか」

閑散としたタクシー乗車場で車を待っていると、となりに立つ英介がふいにそんなことを言った。

京子は俯《うつむ》かせていた顔を上げ、横に目をやった。

ブラックコートを羽織り、弟の遺骨の入った桐箱を両手に抱えた英介の顔は夕陽で赤く染められていた。だが、そこからはまるで温度が感じられなかった。彼はお骨上げからここまで固く口を閉ざしていた。

「終わりって、どういうこと」

おそるおそる京子は訊ねた。

「だから——ここでおれたちの関係を終わりにしよう」

英介が淡々と別れを口にしたところで、はかったようにタクシーが自分たちの前にやってきた。後部座席のドアが開けられる。

スッと乗り込んだ英介は奥までいくことなく手前に座り、目的地を運転手に告げた。振り返った運転手は英介と京子に交互に目をやり、一瞬怪訝《けげん》そうな表情を見せたが、目的地が異なると思ったのだろう、やがてドアを閉めた。

膝の上で桐箱を抱えた英介は一度も京子を見ようとはせず、ひたすら前方を見据えていた。

そんな英介を乗せたタクシーがゆっくりと発進する。

少しずつ、少しずつ、車が離れていく。英介が、遠のいていく。

京子は意識的に深呼吸をしてみた。吐き出した白い息は空気に溶けてすぐに消えていった。

ふつうのカップルなら、ふつうの女なら、こんな唐突な別れを絶対に受け入れはしないだろう。

どうして。きちんと理由を説明して。きっとこんなふうに言うのだろうし、考え直して、と彼の袖口を摑んで涙で訴えるのだろう。

ただ、京子にはそれができない。自分は甘んじて受け入れるしかないのだ。

それに、たとえ引き止めたとしても意味がないだろう。

英介はもう決断をしていた。彼の瞳は残酷なまでに別れを物語っていた。

そしてきっと、私はどこかでこの別れを悟っていた。

そう、英介と出逢ったあの日から、ずっと。

6

警視庁組織犯罪対策部特別捜査隊の古賀光敏《みつとし》が坂崎殺害の件で中尾聡之の自宅を訪ねる四時間前。十月二十一日の水曜日、午前十時十五分、代々木警察署の大会議室に足を踏み入れたところで古賀は目を瞠《みは》った。予想を上回る数の男たちの雁首《がんくび》が揃っていたからだ。その総数は百人を超えるだろうか。

捜査一課の強行犯係は当然として、国際犯係から銃器薬物対策係、詐欺、横領などを担当する捜査二課知能犯係の姿もあった。これだけで上の連中の本気度が伝わってくる。

顔見知りの刑事たちが古賀に気づき、目だけで挨拶をしてきた。みなその表情はやや強張っていた。これだけの帳場が立ち上がることなど滅多にない。

後方の末席に同じ特別捜査隊にいる窪塚が座っているのを発見した。となりに腰を下ろすと、窪塚は緊張の面持ちで、「自分、こんなの初めてです」とわざわざ耳打ちしてきた。

タッグを組むことの多い窪塚は刑事になってまだ九年目の若手だった。一方、古賀は三十八年目で、その身のほとんどを警察に捧げてきたベテランだった。来月、古賀は五十七歳になる。

やがて幹部連中が入室してくると、空気はさらに張り詰めた。雛壇の中央に捜査本部長を務める警視庁刑事部長、右に捜査一課長の花村《はなむら》、左には代々木警察署長が陣取った。古賀の直属の上司である海老原《えびはら》は鑑識班の検視官と共に雛壇の横に位置していた。この配席で今回のヤマは一課が舵を取るのだと全員が理解したことだろう。

「諸君、おはよう」

刑事部長がマイクを片手に野太い第一声を発した。

「すでに知っている者もいると思うが、本日早朝、渋谷区千駄ヶ谷のマンションの一室で男性の絞殺死体が発見された。被害者の名前は坂崎大毅《だいき》、年齢は三十九歳——坂崎は半グレ組織、凶徒聯合の構成員だ」

会議室がどよめいた。被害者の素性を、いや事件自体も知らない者が少なからずいたのだろう。窪塚もその一人だったようで、となりで唾を飲んでいた。

古賀は数時間前に捜査一課の人間から一報をもらっていた。すぐさま連絡先を知っている凶徒聯合のメンバーの何人かに電話を掛けたのだが、奴らも事態を把握できていないのか、よけいなことを古賀にしゃべりたくないのか、誰も応答しなかった。だが、しなかったということは奴らがすでにこの事件を知っているということになる。

刑事部長からマイクを受け取った一課の花村課長がメモを片手に話し出す。花村はまだ四十代前半で口調は穏やかだが神経質過ぎるともっぱら評判の男だった。

「遺体を発見したのは部屋の借主で坂崎の愛人だった江口愛加《えぐちあいか》という二十一歳の女性です。坂崎とは先月、九月の頭から交際を始めたようで、以来坂崎は週に二度ほどマンションにやってきていたとのこと。女性は六本木にある会員制のバー、いわゆるガールズバーに勤めており、昨夜二十二時から本日の明け方まで勤務し、タクシーで帰宅した早朝五時五十分頃、居間で倒れている被害者を発見したようです。死因は縄のようなもので首を絞められたことによる絞殺、ただし被害者の身体には暴行された痕跡が無数にあり——」

刑事たちの走らせるペンの音が会議室に響いている。

事件が起きたのはごく一般的なコンクリート造りのマンションで壁が特別に厚いわけではなかった。だが隣人に争うような物音を聞いた者はおらず、現場も荒れた様子はなかったという。また、住人の女性曰《いわ》く現場から失《な》くなった物はなく、唯一被害者が携帯電話を所持していなかったことから、それだけは犯人が持ち去った可能性があるとのこと。

また、エントランスに備え付けられている防犯カメラに住人以外の姿が映っていなかったことから、犯人は建物の裏手にある自転車置き場から塀をよじ登り侵入したものと思われる——と花村が概要をあらかた述べたところで、つづいて検視官にマイクが渡った。

「えー、私からは先ほど花村課長からありました遺体の損傷についていくつかの写真とともに説明を行いたいと思います——電気をお願いします」

会議室の灯りが消され、前方のスクリーンに俯瞰で撮られた遺体の画像が映し出された。水商売の若い女の家らしく派手な調度品や装飾品が置かれた居間の中央に、下着姿の男が横向きで倒れている。手首と足首がガムテームでぐるぐる巻きにされていた。

「遺体の下に敷かれているピンク色のカーペットに斑《まだら》模様《もよう》ができていますが、この色の濃くなっている部分は被害者の流した血液です。しかし、死因はあくまで首を絞められたことによる窒息死で、失血死やショック死ではありません――次の写真を」

次の写真は被害者の顔のアップだった。目は虚《うつ》ろで、口から舌がだらんと垂れている。まちがいなく坂崎だった。

ふいに少年時代の坂崎の顔がフラッシュバックする。

古賀が初めて坂崎と出会ったのは奴がまだ十四歳のときで、バイクに跨《また》がり街で暴走行為をしていたところを捕まえ、以来幾度となく顔を合わせる間柄となった。

「首に縄の痕がキレイに――という言い方はあれですが、くっきりと一本だけ鬱血痕があるのがおわかりかと思います。これは被害者がほぼ無抵抗で殺されたという証《あかし》になります。先ほどの写真からわかる通り、被害者は手足を拘束されており自由が利かない状態にありました。しかしそれでも絞殺の場合、被害者は必死に抵抗をしてもがくものです。それをしなかったのは被害者が昏睡状態にあった、もしくはすでに瀕死の状態にあったかのどちらかになります。まだ解剖に着手できておらず、被害者の胃の内容物を調べられてはおりませんが、おそらくは後者である可能性が高いと思われます。というのも、次の写真を」

坂崎の上半身の画像がスクリーンに映し出されると、見渡せる黒山が大きく揺れ動いた。その肉体には惨《むご》たらしい傷痕が無数にあった。

「すべて鋭利な刃物による創傷です。深さには程度こそあれ――」

遺体には胸、腹、背、腰、腕、足――計三十三箇所もの刺し傷があったそうだ。坂崎は何者かに拷問され、瀕死となったところで首を絞められ、とどめを刺されたのだ。

また、これだけの拷問を受けていたにも拘《かか》わらず、隣人が坂崎の悲鳴を聞いていないのは、彼が口を塞《ふさ》がれていたからであり、その唇からはガムテープの粘着物が採取されたという。

「――私からは以上となります」

マイクが再び花村のもとへ渡り、その後指名を受けた一課の強行犯係の刑事が事件の見解を述べた。朝方、古賀に連絡を寄越してくれた杉本《すぎもと》という刑事で、この男が事件現場に臨場したのだ。

「自分は率直に見せしめだなと思いました。被害者を拷問にかけてから殺害したのは凶徒聯合に対するあきらかな挑発行為です。となれば暴力団や外国人マフィア、または半グレの対抗グループと何らかのトラブルがあったものと考えるのが自然かと思います。被害者は表向きは不動産会社の代表に収まっておりますが、裏では歌舞伎町にあるヤミ金の経営も行っております」

これは古賀が杉本に今朝方教えたばかりの情報だった。子飼いの人間をトップに据えているが、ヤミ金の実質的な経営者は坂崎でまちがいなかった。

「また、そのヤミ金の店舗に三ヶ月前強盗が押し入り、従業員が暴行された上、現金にして四百万ほどの金が強奪されたという噂もあります。被害者をはじめ、凶徒聯合のメンバーが血眼になって犯人を捜しており、そして最近になってケジメがついたという、これも明確に裏を取れてはいませんがそういった話も聞こえています」

杉本はさも以前から知っているふうな言い方をした。彼は悪い男ではないが昔からこういうところがある。

「つまり報復の報復、ということでしょうか」と花村が問いかける。

「ええ。あくまで可能性ですが」

「杉本さんは犯人は複数人いると見ていますか」

「はい。体格のいい坂崎が手足を拘束されている以上、単独犯はありえないと思います。現場には争った形跡もありませんでした」

「ありがとうございます。座ってください」

ここで花村は立ち上がり、刑事たちを睥睨《へいげい》するように見回すと、古賀のところで視線を止めた。「古賀さん」とマイクを通して名を呼ばれた。

「古賀さんは昔、生活安全課の少年係に在籍されていたようですね。凶徒聯合の全メンバーと面識があると聞きましたが、事実でしょうか」

「全員ではありません。年齢でいえば三十五歳以下の者はほとんどわかりません」

現在、凶徒聯合の構成は四十歳前後の者が九名、それから下は少し空いて、三十五歳未満のメンバーが三十名ほどいた。明確に分かれているわけではないが、この三十名に関しては内外では準メンバーという扱いだった。

「しかし、その主要の九名をずっと面倒見てこられたのでしょう」

思わず苦笑してしまった。「面倒といいますか、まあ、はい。多少なりとも話をする間柄ではあります」

「では、古賀さんのそうした立場から事件の見解を述べていただけますか」

古賀は雛壇の横に位置する海老原に視線を飛ばした。目が合い、軽く頷かれた。話してもいい、という合図だ。

古賀が立ち上がり、「見解を述べる前に報告をさせていただきたいのですが、私は昨夜被害者と電話で会話をしております」と前置きすると、全員の視線がいっせいに注がれた。

前方にいる者は振り返ってこちらを見ており、その中には杉本もいた。彼は驚きの表情の中に怒りを滲《にじ》ませていた。杉本にはこのことを伝えていなかったからだ。

「それは具体的にいつどこで、どんな会話を交わしたのでしょう」

花村は眼鏡の奥の目を細めて古賀を見据えている。

「電話は私から掛けたもので、時刻は昨夜二十二時三十四分、坂崎はそのとき渋谷にあるバーで飲んでいると話しておりました。用件は、例の内藤組にダイナマイトが投げ込まれた事件についてです」

先月末、足立区を拠点とする内藤《ないとう》組の組事務所に小型のダイナマイトが投げ込まれるという事件があった。奇跡的に死者も怪我人も出なかったものの、建物の玄関口は粉々に爆破された。

犯行に及んだのは敵対する暴力団の清栄《せいえい》会であると見られているが、幹部連中はこれを否定しており、証拠も挙がっていなかった。だが、犯行に使われたダイナマイトは凶徒聯合から流れたものではないかという噂が巷《ちまた》では囁かれていた。そこで清栄会ともっとも親交の深かった坂崎に探りを入れる目的で、昨夜古賀は電話を掛けたのだ。

「で、その探りを入れたところ被害者はどんな反応を示していましたか」

「寝耳に水だと一笑に付されました。バーには連れの人間がいたようで、『人を待たせてるもんで』と言われ、一方的に電話を切られたのが最後です」

「ということは被害者は古賀さんとの電話を終えたあと、バーを出て愛人宅へと向かい、部屋に一人でいたところを襲われ殺されたということになるわけですね」

「河岸《かし》を変えていなければそうだと思います」

「その被害者が飲んでいたという渋谷のバーは把握しているのですか」

「まだ裏は取れていませんが見当はついてます」

花村は頷いたあと、中指で眼鏡を持ち上げた。

「今お話しされた内藤組の事件と今回の事件、古賀さんは繫がりがあると思いますか」

「可能性としては考えられると思います。内藤組の報復の対象は当然清栄会でしょうが、仮に坂崎がダイナマイトの手配に関わったのであれば奴に矛先が向いてもおかしくはありません」

「なるほど。ではそれを踏まえて、今回の事件に対する古賀さんの見解を改めて述べてください」

古賀は息を吸い込んだあと、「先にいくつか質問させていただいてもよろしいでしょうか」と申し出た。

「どうぞ」

「現場のマンションの部屋にドアフォンモニターはあったのでしょうか」

この質問には杉本が答えた。モニターはあったのだが、その日の履歴に犯人と思われる人物の姿はなかったとのこと。きっと犯人によって消去されたのだろう。

「とすれば、内ゲバの可能性も捨てきれません」

エントランスに設置されている防犯カメラにその姿が映っていなかった以上、犯人はマンションの裏手にある自転車置き場から塀をよじ登り侵入し、外階段を上って部屋のある四階まで行き、ドアフォンを押したことになる。そして坂崎は警戒することなくドアを開けた。相手が顔見知りでなければそんなことはしない。

そしてもしも内ゲバだとしたら、必ずあの男が絡《から》んでいる。

現在海外に逃亡中で国際指名手配犯の凶徒聯合リーダー、石神丈一郎《いしがみじょういちろう》。

石神が指示しない限り、仲間内で粛清が行われることはない。

「単に鍵が掛けられていなかったとは考えられませんか」

「まずありえません。半グレとはいえ、坂崎は裏社会の人間です。そうした人間は絶対に施錠を怠りません」

「なるほど。続けてください」

「これは質問というより疑問なのですが、なぜ犯人、もしくは犯人グループらがその場で坂崎を暴行したのか解《げ》せません」

花村が小首を傾げたので補足することにした。

「よその組織の人間なのか身内なのか、いずれにせよこの手の連中が相手を拷問にかけるときは大抵、さらうものですから」

花村が納得したようにうなずいたので、古賀は語を継いだ。

「犯人はあらかじめ凶器を用意していたことから、ハナから殺害が目的だったのはまちがいないでしょう。しかし、なぜ坂崎はそんな危険人物を部屋へ上げたのか、そして犯人はなぜその場で拷問に及んだのか。そもそも愛人宅のマンションに乗り込むこと自体、常軌を逸しています。そうした状況に鑑《かんが》みると、今回のヤマは腑に落ちないことだらけです。ですから一筋縄じゃいかないというのが私の率直な印象です。現状、この程度のことしか言えません」

言い終えると、古賀は勝手に着席した。この態度に花村は不服そうだったが、横の海老原の顔には、それでいい、と書いてあった。

この後、挙手制で質疑応答が行われ、一通りそれを終えると、そこから各自の担当範囲が割り振られ、最後に刑事部長がマイクを握った。

「念を押すが、被害者はあの悪名高い凶徒聯合だ。当然マスコミも世間も騒ぐ。全員こころして捜査に当たってくれ。早急な事件解決に向けて、各部署とも垣根を越えた、密な協力態勢を敷くように」

まるで仲の悪い兄弟たちを諭《さと》すように刑事部長は話し、会議は散会した。


「いくら殺しだからって、マルガイはキョウレンなんですから主任官の席には海老原課長が座るのが筋じゃないんですか。それをあんな末席に追いやられて――」

ハンドルを握る窪塚は車に乗ってからずっとくだを巻いている。自分たち特捜隊の長がぞんざいに扱われて憤慨しているらしい。

ただ、主任官に花村が収まった以上、一課の連中は確実にイニシアティブを握ろうとしてくるだろう。そして周りには情報開示を強要し、自分たちはひた隠しにする。もっともそれはこちらも同じで、残念ながら警察組織に団結という概念はない。

「まあそう腹を立てなさんな。エビさんが甘んじて受け入れている――かどうかは知らんが堪えてる以上、我々が文句は言えんさ」

助手席に座る古賀は車窓の向こうを眺めながら言った。紅葉しはじめた街路樹に穏やかな陽が降り注いでいる。十月も半ばを過ぎ、ぐっと秋めいてきた。

今でこそ海老原は雲の上の存在だが、昔は同じ身分で同僚だった時期が二年ほどある。同い年の海老原はノンキャリアで警視まで上り詰めた根性の人だった。

「古賀さんは大人ですね」

古賀は肩を揺すった。「そりゃおまえさんの倍近く生きてるからな。それにエビさんが交渉してくれたおかげでおれたちはこの事件に専従できることになったんだ。ありがたい話じゃないか」

「それはそうですけど。ただ、自分のような若輩は大抜擢ですが、古賀さんは妥当じゃないでしょうか。昔から奴らと面識があるわけですから」

「ああ、その辺りの話をおまえさんに詳しくしておかないとな」

「ぜひ」

古賀はシートに深くもたれ、過去をたぐるように目を細めた。

古賀が所轄の生活安全課で少年係を担当していたのは平成四年から十二年の八年間だった。ちょうど今の凶徒聯合の主要メンバーが十代の頃で、奴らが成人してほどなくして、古賀も組織犯罪対策課の暴力犯係へと異動となった。まるで、暴走族から暴力団になった奴らのあとを追わせたいがためのような人事異動だった。

ただし、凶徒聯合は今現在も正式に暴力団として指定はされておらず、警察組織の中では半グレという扱いだった。もっともその半グレという言葉自体、奴らから生まれたようなものだ。

凶徒聯合のメンバーは十代の頃から、それこそ中学生のときから暴力団と繋がりを持っており、今もなお、つかずはなれずの微妙な関係を保っていた。

そもそも凶徒聯合というのは、世田谷区や杉並区を中心とした暴走族の集合体で、いわば悪ガキの徒党だった。ただそこらの不良たちとは若干、出自が異なっていた。メンバーは中流階級以上の家庭に生まれた者が多く、少年時代に貧困を経験した者はほとんどいない。いわゆる、お坊ちゃんが多いのだ。

そして凶徒聯合がその他大勢と明確に一線を画していたのは、奴らの少年とは思えないあまりの凶暴さとその狡猾さだった。自分たち以外に街でイキがる行為を許さず、見つけ次第誰であれ、どんな組織であれ襲撃を掛け、徹底的に潰《つぶ》し、解散に追い込んできた。一時期街に溢《あふ》れていたチーマーやカラーギャングといった連中が消え去ったのは警察の尽力ではなく、凶徒聯合の圧力であった。

「キョウレンに捕まったら舌を嚙み切って自殺しろ」

これは当時、不良少年たちの間でまことしやかに囁かれていた言葉だった。まるで戦時中の妄言のようだが、誰も笑い飛ばさなかったのは奴らの暴力がそれほど凄まじかったからだ。事実、奴らによって再起不能にされた若者は数えきれず、命すら奪われた者もいる。

そんな圧倒的な暴力と共に、凶徒聯合が持っていたのが金だった。恐喝やパー券捌《さば》きは日常茶飯事で、奴らは度々窃盗や強盗を繰り返した。リーダーである石神丈一郎などは某有名企業の社長の息子を数年に亘《わた》り強請《ゆす》り続け、計七千万円以上の金を巻き上げた。十代の少年が、である。

「石神丈一郎か。あの野郎、いったいどこに潜伏してやがるんでしょうね」

窪塚が眉間にシワを寄せて言った。

「さあな。南米のどっかの国で悠々と暮らしてるって噂もあるが、よくわからん」

「言葉は通じないだろうし、文化だってちがうし、いくらガラをかわすためとはいえ、よく一人でやってけるもんですよ」

窪塚は蔑《さげす》みと感心を織り交ぜたような言い方をした。

「ほんとにな」と同調したものの、古賀はやっていけてないだろうと想像している。石神の個人資産は五十億とも噂されていて、その真偽は定かではないが、少なくとも金に困っているようなことはないはずだ。言葉の壁も石神なら難なくクリアしていることだろう。あの男は一年足らずの少年院生活で英語を独学し、その後英字の契約書類を自ら作成するまでに至った。

あの男の頭脳は人並外れている。石神は少年時代、家庭裁判所で行われた知能指数検査において、ＩＱ１５０という驚異的な数字を叩き出していた。

そしてなにより石神の真骨頂はその人心掌握術だった。武闘派で通っている凶徒聯合において石神自身はそこまで強者ではなかった。むしろ非力な方だった。にも拘わらず、奴がトップにまで上り詰められたのはそのとてつもなく高い知能を駆使して周りの人間の心を支配したからだ。

ただ、だからといって地球の裏側でもストレスなく生活できるかと言ったらけっしてそうではない。石神に慣れ親しんだ日本での生活を捨てることはできないはずだ。あいつは近いうち必ず日本に戻ってくる。古賀はそう確信していた。

「石神が頭がキレるって話はよく聞くんですけど、自分は今ひとつピンとこないんですよね。面識がないからかもしれないですけど」

窪塚の言いたいことはよくわかった。

石神は三年前、交際相手の女性を殺害した容疑で指名手配を受けていた。浮気を疑った石神は女性と口論になり、結果女性を殴り殺してしまったのだ。焦った石神は子飼いの十代の少年を身代わりとして出頭させ、事件の鎮静化をはかろうとしたが、これが失敗に終わった。検察に締め上げられた少年が「上に命令されて……」とウタってしまったのだ。こうして石神にフダが回った。

思慮深く、何事にも慎重な石神の人生最大のミスだった。だが、石神をよく知る古賀からすればなぜ奴がこんな短絡的な事件を起こしてしまったのか、わかるような気がした。あの男は異常なまでに仲間にも女にも忠誠を求める。浮気など絶対に許せないことなのだ。

ちなみに身代わりを命じられた少年は今、親戚のいる五島列島でひっそりと暮らしている。石神から「裏切り者は粛清しろ」との命を受けた凶徒聯合のメンバーから命を狙われているからだ。捕まれば確実に消されるだろう。

「凶徒聯合っていったいなんなんでしょうか」

改めて窪塚がため息混じりに言い、古賀は運転席に向けて首を捻《ひね》った。

「ほんと、妙な組織だと思うんですよね。ふだんからつるんでるわけでもないし、なのにやたら仲間意識だけは強くて」

そこが本職のヤクザと奴らとのちがいだ。凶徒聯合の中に先輩後輩の上下関係はあれど、ヤクザなどに見られる明確な縦関係は——石神を除けば——存在しない。いわば横の繋がりで成り立っている組織だった。しかし、だからこそ厄介なのだと古賀は思っている。

凶徒聯合が団結するのは有事のときのみだ。ふだんはメンバー同士、互いのプライベートをほとんど知らず、住んでいる場所すら知らない。

「それに悪人のくせにやたら賢いじゃないですか。どいつもこいつも金持ってて、いい暮らししてて。平然と表舞台に出てる奴なんかもいるし」

凶徒聯合の中には正業を抱えている者も多い。ITを駆使した株式の売買や仮想通貨の取引、また飲食店やクラブの経営をする者から、不動産や中古車販売、エステなどの美容関係、芸能プロダクションやAVの制作会社を抱えている者もいる。それこそユーチューバーになっている変わり種もいた。そしてそれぞれ成功を収めている。

「なんかこうして話してるだけでムカっ腹が立ってきました」

「おまえさんも金持ちになりたけりゃ刑事なんて辞めた方がいいぞ」

「そういう意味で言ったんじゃないですよ」

ムキになって言い返す窪塚がおかしくて、古賀は笑った。

「ま、腹が立つのはみんな一緒だ。だからこそ奴らを潰さないとな」

軽く言ったが、凶徒聯合の撲滅は古賀の悲願だった。

古賀にとっては本職と呼ばれる暴力団よりも圧倒的に凶徒聯合だった。それはきっと、少年時代から長年奴らをそばで見てきたからにほかならない。おかしな言い方をすれば、奴らのためにも潰さなくてはならないと思っている。

やがて目的のマンションに到着し、エンジンを切った窪塚は最後にこんなことを言った。

「奴らの周りにはまともな大人が一人もいなかったんですかね。きっと更生させる機会だってあったでしょうに」

古賀が返答しなかったからだろう、「いや、あの、そういう意味ではなくて」と窪塚は慌てて言葉を添えた。

古賀はそれにも返答せず、「さあ仕事だ」と先に車を降りた。

7

写真を見せ、坂崎大毅が殺されたことを告げると、中尾聡之は目の前で絶句していた。

昨夜、坂崎が連れの男と飲んでいたというバーは容易に突き止めることができた。殺害現場となった部屋には、彼が穿《は》いていたと思しきスエットが脱ぎ捨てられており、そのポケットに店の名前が明記されたマッチが入っていたからだ。

仲間の刑事が店に向かったところ、そこで店員から坂崎たちと揉めた人物がいるとの情報を入手した。店員は坂崎や連れの男のことは知らなかったが、揉めた方の素性は知っていた。その人物は近くにあるマーケティング会社に勤務する会社員で、月に数回のペースで店へ訪れていたらしい。

バーを出た刑事はその足でマーケティング会社へと向かい——もちろん事情は伏せたようだが——その人物の名前と住所を教えてもらった。その際に中尾が昨日付で会社を退職しているということもわかった。

先ほど古賀は、「お休みのところ突然押し掛けてしまい申し訳ありません」と中尾をつついてみたが、彼は「いえ」と応えただけだった。

「今、『昨夜ちょっと』とおっしゃいましたが、昨夜被害者と何かあったんですか。教えていただけると助かります」

あえて知らないフリをして訊ねてみた。この男が犯人かどうかはわからないが、現時点では先入観を持たない方がいい。

「あの、自分は被疑者なのでしょうか」

中尾は強張った表情で訊いてきた。バーテンダーの話では中尾は坂崎の連れの男の胸ぐらを掴み、坂崎と一触即発になったということだった。だとすれば犯人と疑われていると不安に思っても仕方ない。

古賀は笑みをたたえ、「そんなことはけっしてありません」と否定した。

「それにしても驚きました。一般の方が被疑者だなんておっしゃるものだから。我々はそう呼称しますが、世間一般では容疑者でしょう」

「遠い親戚が昔、警察に勤めていたものですから。その人が容疑者というのはテレビでしか使わないと話していたので」

「そうでしたか。ご親戚が我々と同業でしたか」

そこから中尾は、坂崎とその連れの男と揉めるに至った経緯《いきさつ》を順序立てて話した。彼の言い分はなるほど、納得できるものだった。

そして深い因縁を感じた。今から二十二年前、中尾の友人が暴行された事件を担当したのは、ほかでもない古賀だったのだから。

「私の友人はそれ以来、引きこもってしまったんです。しかし、友人を暴行した犯人たちは主犯が一人少年院に入っただけと聞きました」

ちがう。主犯の少年は少年院にすら入っていない。家裁から鑑別所に送られ、そこもほどなくして出てきている。

今さらそれを中尾に教えるつもりなどないが。

「大昔のことですけど、こんな理不尽なことがあったのに、男が武勇伝みたいに話すのを聞いていたら、頭がカァーッとなってしまって……しかし、だからといって、初めて会った男を殺すなんて、そんなことはしませんよ」

「ええ、それはもちろん」古賀は頷いた。「ところでその被害者のお連れの男性の天野さんという方は、どちらの出版社にお勤めになっていると話しておられましたか」

「それがよく思い出せなくて。なにぶん頭に血が上っていたのと、差し出された名刺もはたき落としてしまったので。すみません」

「いえ、こちらで調べますから。ちなみにその天野さん、たしかに凶徒聯合に関する本を出版すると話しておられたんですよね」

「ええ、そう言ってましたが。タイトルは『凶徒聯合の崩壊』になるとか、そんなことを言っていたと思います」

妙な話だった。タイトルが『崩壊』では、まるで凶徒聯合がなくなるようではないか。

それなのに坂崎は上機嫌で取材を受けていたという。

それにしても、凶徒聯合に関する本が出るという話には驚かされた。もし坂崎が独断でそんなことをしようとしていたのであれば、奴はそれが理由で仲間に消された可能性がある。

これまで凶徒聯合に関する書籍は数多く出版されてきた。だが、メンバーが直接関わったものはほとんどない。

唯一あるのは五年ほど前、仲間割れをした元メンバーの村上《むらかみ》という男が出した暴露本だけだ。

村上はリーダーの石神と仲違いをした勢いで、組織の内情を赤裸々に綴《つづ》った暴露本を出したのだ。おそらく金よりも腹いせのつもりだったのだろう。

だが、村上は大きな代償を払うこととなった。書籍発売から二ヶ月後、彼は忽然《こつぜん》と姿を消した。そして今も死体は見つかっていない。

「坂崎はもちろんですが、私はあの天野という男にも憤りを覚えているんです」

中尾は眉間にシワを寄せて言った。

「もちろんああした犯罪グループの実態を明らかにすることは啓蒙というか、社会的価値のあることなのかもしれません。しかしあの男の口ぶりや態度、坂崎を持ち上げる様子を見ている限り、そうした思いは微塵《みじん》も感じられませんでした。あの男にはジャーナリズム精神などなく、連中の過激さや残忍さを利用して金を儲けようとしているとしか私には思えません。反吐が出るんですよ、ああいう男にも、それを欲する世間にも」

中尾宅を出て、エレベーターに乗り込んだところで、「まちがっても中尾は犯人ではないですね」と窪塚が言った。

「どうしてそう思う」

「だって、今どき珍しいくらい正義感に溢れた男だったじゃないですか。彼の気持ち、自分にはよくわかりましたよ」

「まあ、おまえさんと似てるタイプだわな」

古賀が言うと、窪塚は照れたのか、鼻の下を指で擦《こす》っていた。

呑気《のんき》な男だと思った。窪塚は言外に警察を非難していたというのに、それに気がつかないのだから。「ああいう連中が街でのさばっていられること自体、異常なんですよ」

中尾は目の奥を滾《たぎ》らせてそう言っていた。

もっとも古賀もまた、中尾は犯人ではないだろうと感じていた。ただし、人間というのはわからないものだ。日付が変わる前に帰宅していたという中尾の言い分も家族しか証明できないのであれば、それはアリバイがないのと同じである。

車に乗り込み、海老原に電話を掛けた。今しがた中尾から聞いた話を伝え、「その天野という男が勤めている出版社を調べていただきたいんですが」と要請すると、〈双伸社だ。第五編集局で『月刊スラング』という雑誌を作っている〉と海老原が即答した。

〈今さっき本人から署に通報があったんだ〉

三十分ほど前に坂崎殺害のニュースが一斉報道され、それを知った天野が驚いて警察に電話を掛けてきたらしい。

ただ、本日は校了というものがあり、どうしても署に来れないと話していたらしく、〈こちらから出版社に出向くということで話がついている〉と海老原は言った。

「いいんですか、それに自分たちが向かって」

〈ああ、かまわん。許可はもらってる。もちろん一課は不満そうだったがな。がっさん、よろしく頼んだぞ。今回のヤマは絶対にうちが解決するんだ〉

苦笑した。やはり海老原も今回の主任官が自分ではなく、一課の花村だったことに納得がいっていないのだろう。

早速、飯田橋にあるという双伸社に向かった。予定では凶徒聯合と繋がりのある暴力団関係者に聞き込みに回るつもりだったのだが、それは夕方からでも構わないだろう。移動時間を利用して凶徒聯合のメンバーに改めて電話を掛けた。事件を知らされた早朝にも電話を入れているものの、そのときは古賀からの電話に出る者はいなかった。

だが、今度は一人目で電話に出た。小田島大地《おだじまだいち》という坂崎のひとつ下の代のメンバーだ。この男は正業で土木会社の代表を務めており、仕事柄、建造物解体や地山掘削などに用いるダイナマイトを所持している。内藤組の組事務所を爆破したダイナマイトはここから清栄会に流れたのではないかという噂だった。

「きさま、どうして居留守を使った？」

開口一番、古賀はドスを利かせて言った。ハンドルを握る窪塚が横目で一瞥《いちべつ》をくれる。

〈いや、あんな朝っぱらに電話をもらっても。ふつうに寝てたんスよ。それより今テレ

ビのニュースを見てたんですけど、なんなんですかあれ〉

「なんのことだ？　こちとら忙しくて見れてないんだ。おかげさまでな」

〈どの局でも『暴力団同士の間でなんらかのトラブルがあったとみており』って報道されてるんですよ〉

「なにかまちがってるのか」

〈おれら暴力団じゃないでしょう。どうして一般人があんな扱い――〉

「都合のいいときばかりカタギ面するな。そんなことより、おまえらが今摑んでる情報をすべて出せ」

〈おれらマジでなんも知らないですよ。坂崎くんは最近揉めてる相手もいなかったし、殺《や》られる理由なんてないですから。だいいちおれらも今パニックなんですよ。こっちこそ状況を詳しく教えてもらいたいくらいです〉

「で、こうしておれの電話に出たってことか。数ヶ月前、坂崎んとこのヤミ金にタタキが入ったろう。あの件が絡んでるんじゃないのか」

〈だからそんなことないって前にも否定したでしょ。それより情報くださいよ〉

「巷では犯人は『龍人《りゅうじん》』のところのガキで、おまえらがきっちりケジメをつけたってことになってるけどな」

龍人とは首都圏を拠点とする中国残留孤児の二世、三世からなるチャイニーズギャングで、凶徒聯合と並ぶ凶悪な半グレグループである。

小田島が鼻で笑った。〈ないない〉

「おまえらのないはあるんだよ。聞けば内藤組の組事務所にぶっ放されたダイナマイトもおまえんとこの会社の持ち物らしいじゃねえか。こっちの耳にはそうしたネタもちゃんと入ってきてんだぞ」

〈勘弁してくださいよ。そんな寝惚《ねほ》けたことばかり言われたんじゃ、こっちも黙ってられなくなりますよ〉

「ほう、どう黙ってられねえんだ」

電話の向こうから舌打ちが聞こえた。

「実行犯と見られる清栄会と坂崎は昵懇《じっこん》の仲だった。推測するにおまえから坂崎、坂崎から清栄会に渡ったもんだとおれは見てるがな」

〈その報復として坂崎くんは内藤組に殺されたって言うんですか。ありえないっスよ〉

「小田島、ダイナマイトは認めるんだな」

〈あーめんどくせえな、古賀さんは。もういいや。どうせなんも教えるつもりないんでしょ〉

「待て。小田島おまえ、坂崎が本を出すつもりだったのを知ってるか」

〈もちろん。ただ坂崎くんじゃなくて、凶徒聯合として出すんですよ〉

あっさり言われ、衝撃を受けた。こいつら本気か――？

「おい、おれはそんなの一言も聞いてねえぞ」

〈なんであんたの許可を得なきゃいけねえんだよ〉

今度は古賀が舌打ちを放った。「どういう中身だ？　何が狙いだ？」

〈それは改めてきちんと言いますよ。あ、もったいぶってるわけじゃなくて、おれもそこまで詳しくは報《しら》されてないんで〉

「発案は石神か」

〈石神くんは海の向こうでしょ。誰も連絡なんて取れませんよ〉

「やかましい。石神は何を狙ってるんだ」

〈もともとは出版社から企画を持ち込まれたらしいですよ。こっちはそれに乗っただけです。ではまた〉

「おい小田島。動くなよ。全員に伝えておけ」

電話を切られた。


受付を済ませ、ロビーに設置された来客用のソファーに腰掛け、目的の男を待った。すぐそこの棚には今月発売の新刊がびっしり並んでいる。出版不況が叫ばれて久しいが、それでも出版社は本を出さねば食っていけないのだろう。

古賀の手の中には月刊スラングという雑誌がある。どうやらアウトローや芸能スキャンダル、オカルトやサブカルチャーなどを扱った、やや下世話な記事が中心のようだ。天野という編集者はこれを作っているということだった。

「おまえさん、本は読むのか」

ページを繰りながらとなりに座る窪塚に訊いた。

「学生時代はミステリーみたいなのをちょくちょく読んでましたが、最近はまったく。それこそ刑事になってからはそういうのは読めなくなっちゃいましたね。現実はこんなんじゃねえよってことばかりなんですもん。古賀さんは読書されるんですか」

「たまにな。こういう仕事をしてると世間ズレを起こすからな。なんだって構わんがおまえさんも時間を見つけて読むといいぞ」

そんな会話を交わしていると、ジャケットを羽織った細身の男が自分たちのもとへ歩み寄ってきた。社員証であるパスケースを首から下げている。

「天野です。ご足労いただきありがとうございます」

と腰を折って名刺を差し出してきたので、こちらも名刺を渡した。天野はそれをためつすがめつ見て、「組対の刑事さんと名刺交換をするのは初めてです」とそんなことを口にした。

「ほかの部署の者とは何か繋がりがあるんですか」古賀が訊ねた。

「そんな大層なものじゃありません。以前、編集で携わっていた書籍絡みで少々やりとりをした程度です。こちらへどうぞ」

天野の案内で七階にある会議室に向かった。エレベーターの中で、「それにしても驚きました。まさかこんなことになるだなんて。非常に残念です」と天野が前を見たまま言った。どことなく愉快そうな響きを感じたのは気のせいだろうか。

古賀たちが案内されたのは六畳ほどの簡素な個室だった。白い長机が窮屈そうに収まっており、パイプ椅子が四つ置かれている。「すみません、きちんとした応接室が埋まっていたもんで。飲み物は何がいいですか」と天野。お気遣いなく、と伝えたものの、天野は一旦席を外し、紙コップに入った茶を古賀と窪塚に差し出してくれた。

天野が席についたところで、「お時間がないと聞いてますので、早速」と古賀が口火を切った。

「昨夜の話の前に、まずは被害者とどのような経緯で会うことになったのか、そこから教えていただけますか」

「はい。もともとは二週間前に私がヒロポンさんのSNSにメッセージを送ったのがきっかけなんです。あ、刑事さんはヒロポンさんのことはご存知ですか。ほら、あの『悪いヤツあるある』で人気のユーチューバーなんですけど」

「ええ、もちろん」

ヒロポンこと田中博美《たなかひろみ》は凶徒聯合の元メンバーで、今現在は足を洗い、ユーチューバーに転身してそれなりに人気を博している男だった。

だが、これはあくまで表向きのことで、実際には脱退などしていない。田中博美は今もれっきとした主要メンバーである。消されていないのがなによりの証拠だった。

「そのヒロポンさんに凶徒聯合について本を出したいと打診したんですよ。しかし、にべもなく断られてしまいまして。これまでもそういった話はたくさんあったらしいんですが、ご自身の身が危険だという理由ですべてお断りしてきたそうなんです。一応気が変わったら連絡を下さいと伝えましたが、正直無理だろうなって諦《あきら》めていたところに、三日前に突然連絡をいただきまして。ただしそれがヒロポンさんではなく、坂崎さんからだったんです。坂崎さんはヒロポンさんから話を聞いたようです」

「坂崎――被害者はどういう用件で天野さんに連絡を？」

「私が持ち込んだ企画に関して自分が窓口になると」

「その時点で被害者はすでに本を出すことに前向きだったんですか」

「ええ。『自分たちの望む内容にしてくれるなら考えてもいい』とおっしゃってもらって。ではまずは一度お会いしましょうということになり、それで昨日お時間をいただいた次第なんです」

そして昨日の十八時半、坂崎の行きつけだという沖縄料理屋で待ち合わせ、食事をし、その後近くのバー――例の中尾と揉めた店だ――へと移動したという。バーを出たのは二十三時過ぎで、それからタクシーに同乗し、坂崎をくだんのマンション前まで送って行ったという。

「これが飲食店とタクシーの領収書です。あ、お渡しするのは構いませんが、あとで返してくださいね。経費で落ちなくなっちゃうんで」

これが地顔なのだろうか、天野の口元が終始緩んでいるのが気になった。

『お食事中、どんなやりとりが行われたのでしょう。 被害者が口にしていた『自分たちの望む内容』とは？」

返ってきた答えを聞いて古賀は困惑した。坂崎はこう話していたという。

――年内で凶徒聯合は解散するんですよ。だから自分らの懺悔《ざんげ》と、これからカタギとして生きていく決意表明みたいなものを載せてほしいんです。そういう内容の本にしてくれるんだったら全面的に協力させていただきますよ。

解散――まずありえない話だった。そんな話、噂レベルでも聞いたことがない。

「私も驚いたんですが、なんにせよこちらとしてはありがたい限りで。なぜなら、自ら企画を打ち出したものの、今さら凶徒聯合について本にしたところでちょっと弱いかなと思っていたんです。だってほら、彼らが世間のブームだったのは一昔前のことじゃないですか」

ブームという言い方に、となりでメモを取る窪塚がピクッと反応した。

「すでにたくさんのメディアが彼らのことを取り上げてますし、ジャーナリストたちが何冊も本を出してるでしょう。ただ、実際に彼らの声が反映されているものは、元メンバーの村上さんが個人的に出した一冊しかないので、もしみなさんから話を聞くことができればそれなりに引きはあるかなってくらいの算段だったんですよ。しかし、解散となれば確実に世間が騒ぐじゃないですか。しかも坂崎さんは『主要メンバー全員がインタビューに協力することでまとまっている』とおっしゃってくれたので、私としてはもう願ったり叶ったり、いやもう、それ以上で――」

天野が目を爛々《らんらん》と輝かせながら捲《まく》し立てる。メモを取る窪塚の手が止まっていたので、古賀は机の下で彼の足を蹴った。

「なるほど。よくわかりました。ちなみに、そのタイトルの『凶徒聯合の崩壊』というのは天野さんが考えたんですか」

「いえ、これも坂崎さんから提案されまして。仮タイトルですが、私はもうこれでいくつもりです」

どうやら坂崎が死んだからといって出版を取りやめる気はないらしい。

「今回の事件でやや下火となっていた凶徒聯合の名前が再燃することはまちがいないでしょう。そんな中、うちから満を持して本が出るわけです。これはもう販売部に直談判して初版部数を再考してもらわないと」

なるほど、この男にとって坂崎の死は歓迎すべきものなのか。

その天野が腕時計に目を落とした。

「お時間取らせてしまってすみません。本日はご担当している雑誌の校了の日なのだとか」

「そうなんですよお」と語尾を伸ばして破顔する。「毎月この日だけは朝まで会社にいることも多いんです。でもまあ、来月からは今抱えてるものをすべて手放して、私は『凶徒聯合の崩壊』に専念させてもらうつもりです。なんたってベストセラーまちがいなしですから、上だって文句はないでしょう」

双伸社を出ると、夕陽で赤く燃えた街に出迎えられた。最近は日の入りがだいぶ早まってきている。強い西日に照らされながら仏頂面の窪塚と共に駐車場へ向かった。きっと天野に対し中尾と同様の不快感を覚えたのだろう、窪塚はずっと口をつぐんでいる。

「別に違法じゃないさ。あの男がやろうとしてることは」

シートベルトを固定したところで、古賀は言い、窪塚は曖昧に頷いた。エンジンがかかり、車が発進する。

別れ際、古賀は圧を込めて天野に、「お仕事は結構ですが、どうぞ細心の警戒を。ひとつまちがえたら奴らに牙を剝かれますから」と告げた。だが天野は、「もちろん。ただリスクがなければリターンもないんですよ」と平然と言ってのけた。たが天野の肝が据わっているわけではない。まるでわかっていないのだ。凶徒聯合の恐ろしさを。

次の目的地、歌舞伎町へ向かう車内で、海老原に電話を掛けた。天野から聞き出した話を報告すると、なぜか海老原は少しの間黙っていた。そして〈となりに窪塚はいるか〉と声を落として言った。

「はい」

〈おれの声は窪塚にも聞こえているか〉

古賀は運転席を一瞥した。「いいえ」

するとと電話の向こうで海老原が息を吸い込むのがわかった。

〈どの道、全員に話すことになるだろうが、今はまだがっさんの中だけに留めておいてくれ〉

「はい」

〈実は来期より凶徒聯合を準暴力団として指定する話が公安委員会の方で進んでいる〉

「……」

〈話が持ち上がったのは一ヶ月ほど前で、まだ正式決定には至ってないが、そうなるだろうとおれは読んでいる。外部に漏れるのを防ぐため、警察内部でもごく少数の者しか知らないはずだったんだが〉

これで繋がった。なぜ奴らが突然解散するなどと言い出したのか、なぜ本を出そうとしているのか。すべてはこの準暴力団指定から逃れるためだ。

仮に準暴力団に指定されれば銀行口座の開設や不動産などの取引ができなくなり、表社会では極端に生きづらくなる。これは正業を持つ奴らにとってもっとも恐れるべきことなのだ。

また、これまでの半グレの立場ならば暴力団対策法や暴力団排除条例の対象外であったため、何か事件を起こしても奴らは一般人と同じ扱いで裁かれてきた。

たとえば集団暴行などで人を殺害した場合、暴対法や暴排条例が適用されないので殺人罪に問われるケースはほとんどなく、多くが凶器準備集合罪や傷害致死罪にされていたのだ。執行猶予が付く場合も少なくない。

そうしたことも準とはいえ暴力団指定をされれば量刑がまるで異なってくる。

奴らは正式に警察に解散届を出す腹積りなのだろうが、本を出版することによってそこに真実味を持たせ、準暴力団指定を踏みとどまらせるつもりなのだ。

〈がっさん。奴らはこっちのそうした動きをすでに知っていると思うか〉

「はい。確実に」

〈そうか〉ため息が漏れ聞こえた。〈内部、それも上層部に内通者がいるな〉

「おそらくは」

〈最後だ。この件と坂崎殺害、関係していると思うか〉

数秒ほど思案を巡らせた。「わかりません」

やや間が空き、

〈また随時報告をくれ〉

電話が切れると、窪塚が探るような視線を寄越してきたが、気づかないふりをしておいた。

シートに深くもたれ、目を閉じた。

凶徒聯合の準暴力団指定——これは古賀こそが声を大にして訴えてきたことだった。

かれこれ十年以上も前から上層部に度々上申してきたのだが、本職の暴力団の対応にすら手が回っていないという理由から撥《は》ね付けられてきたのだ。

それがここに来て公安委員会が動いたのは昨今の振り込め詐欺、架空請求詐欺などの特殊詐欺事件が後を絶たないからだろう。潰しても潰しても蛆虫《うじむし》のように湧いて出てくるため、イタチごっこの状態が延々と続いているのだ。

最大の理由は元締を捕らえられずにいるからである。つい最近も大規模な特殊詐欺グループを摘発したのだが、逮捕された幹部連中は自分たちのさらに上の存在がいることに関して最後まで口を割らなかった。

このグループの元締は凶徒聯合のメンバーで蔵前《くらまえ》という男であることはまちがいないのだが証拠不十分で起訴を逃れていた。そして蔵前はほかにもいくつも特殊詐欺グループを抱えている。

ただしこの蔵前ですら、石神丈一郎の代理だと見られていた。指名手配を受けて逃亡中の石神が海の向こうから蔵前に指示を飛ばしているのだ。

もっともこうした特殊詐欺は凶徒聯合に限った犯罪ではない。が、その勢いを殺すには一番でかい組織を潰すほかない。おそらくはそうした声がようやく上層部でも高まったのだろう。

だが準暴力団指定がなされたからといって、凶徒聯合がなくなるわけではなく、それはたとえ解散したところで同じことだ。さらなる地下に潜り、暗躍するに決まっている。

凶徒聯合を本当に根絶するには、石神丈一郎を捕らえる以外に方法はない。古賀はそう確信している。

8

案外、人は眠らずとも平気なものだ。

もう丸二日起きているというのに、こうして光のない空間で横たわっていても睡魔は一向にすり寄ってくる気配がない。

だが、脳が覚醒しているというわけでもなかった。わずかな興奮もなく、むしろ心中は風のない湖面のように穏やかなものだった。

そんな明鏡止水の境地にある自分が英介は不思議で仕方なかった。

うえ……え……。

坂崎大毅が発した断末魔の声がふいに耳の奥で再生された。これは英介が自らの手で彼から絞り出したものだ。

これまでの人生において人を殴ったことすらない自分が人の首にロープを巻きつけ、そして躊躇《ためら》うことなく、ぎゅう、と絞り込んだ。そのときも妙に冷静だった。きつく靴紐を結ぶ。そんな作業と大差なかった。

とどめを刺す前には坂崎の身体に何度もナイフを突き刺した。ただ憎しみこそあれど、英介に彼を嬲《なぶ》りたい願望はなかった。

ここには二つの目的があった。

一つは坂崎から情報を引き出すため。

一突き、二突き、坂崎は最初こそ強がっていたものの、三突き目からはすんなりと質問に答えてくれた。そんな彼の反応が薄くなってきたのは二十回目あたりからだろうか、ナイフを刺してもピクッと動くだけで呻《うめ》き声すら上げなくなっていた。そういう意味ではとどめを刺さずともあのまま坂崎は死んでいただろう。

そしてもう一つは、拷問を加えることによって警察を混乱させるためだった。

この事件を悪党同士による抗争として誤認してもらいたかったのだ。おそらくこれも成功したはずだ。テレビやインターネットのニュースでは〈警察はこの事件を暴力団同士の間で何らかのトラブルがあったとみており――〉といった報道がなされていた。

もっとも英介に警察から逃れるつもりは毛頭なかった。捕まろうとも、死刑になろうとも構わない。

ただ、それは凶徒聯合を完全に駆逐するという目的を遂げてからだ。

奴らは、精一杯自分の人生を生きていた陽介から自由と未来を奪い去った。陽介は自殺したのではない。奴らに殺されたのだ。

深い悲しみの中、死んでいった母も同じだ。死んでも死にきれない。母の最期はそれそのものだった。

もっとも奴らをこの世から消し去ろうとも弟が生き返るわけではない。けっしてそうではないが、英介にとどまるつもりはない。

自分はこれまで復讐の真の意義についてわかっていなかった。

陽介が肉体の自由を奪われたとき、英介は強くこう願った。

加害者たちをこの手で殺してやりたい、と。

だが、それができないことはわかっていた。たとえそれを行ったとしてもこの激情が鎮まらないこともわかっていた。復讐は救いの行為ではない。そう信じていた。

それがまちがっていたと悟らされたのは、陽介の遺体が火葬炉でバチバチと焼かれているときだった。

復讐は死者の魂を鎮めるために行うもの。

いわば鎮魂の儀式なのだ。

英介が天井に向けて静かな息を吐いたところで、枕元のスマートフォンが振動した。手に取った直後、英介は上半身を跳ね起こしていた。

相手は深町京子だった。彼女から連絡をもらうのは十ヶ月ぶりくらいだろうか。

英介は手に振動を感じながら青白い画面を見つめ、ひどく動揺した。やがて振動はおさまったが、かわりに動悸が始まった。

なぜこんな日に彼女から連絡が来るのか。これははたして偶然なのだろうか。

京子とは陽介の葬儀以来会っていない。あんな日に別れを告げるのもどうかしているが、彼女は何も言わず、受け入れるだろうという予感があった。

京子は基本的に明るい人柄だが、妙に、いや奇妙なまでに恬淡《てんたん》としているところがあった。それは諦念といったものともどこか種類がちがっている気がした。今思えば京子自身、心の片隅で別れを悟っていたのかもしれない。

深町京子と出会ったのは三年前、英介が陽介を連れて電車に乗っているときだった。ホームでドアが開き、下車しようとしたところで陽介の車椅子のグリップが京子のショルダーバッグのベルトに引っ掛かってしまった。その際にバッグの中身がこぼれ、またそれが運の悪いことに電車とホームの間に落ちてしまった。

英介は京子に謝罪し、落としてしまった荷物を拾うため駅員を呼びにホームを走った。やがて駅員を連れてその場に戻ると、そこには談笑する京子と陽介の姿があった。

驚いた。事件以来、英介以外の人間と相好《そうごう》を崩してしゃべる弟を初めて見たからだ。

そして驚きは続いた。

「今、弟さんとお腹空いたねって話をしてたんですけど、もしよかったら一緒にお昼食べません？　これも何かの縁じゃないですか」

食事の席で、京子はとある商社で派遣の事務員をしていると語った。年齢は当時三十二歳で英介よりも五つ年下だった。彼氏はいないんですか、と失礼なことを訊ねた陽介に対し、「最近婚約を破棄されたばかりなの」と京子は苦笑して答えていた。じゃあにいちゃんと結婚すればいいよ、と調子に乗った陽介の言葉にも、京子は屈託なく笑ってくれた。

英介はわずかな時間で急速に京子に惹かれていった。だから食事を終えたあと、英介は人生で初めて女性に連絡先を訊ねた。

英介にとって京子は愛《いと》おしく、大切な人だった。これまでも、きっとこれからも。

ただもう、自分は修羅に堕ちた。こんな男といては彼女の人生を壊してしまう。それだけは絶対に避けねばならないことだ。

英介は胸の疼《うず》きと淡い記憶を封じ込めて、再びベッドに横になり、目を閉じた。

ふと陽介の匂いが鼻先をくすぐった。弟が使用していたベッドに横たわっているからだ。

このベッドマットは床ずれ防止のため、やや硬質な作りになっていた。左手側にはリモコンがついており、スイッチを押せば自動でリクライニングする。陽介はこれがなければ身体を起こすことすらできなかったのだ。食事も、排便も、入浴も、ひとりでは何もできない。

陽介は自分とちがって天真爛漫な人間だった。

野球が好きで、ひょうきんで、その名の通り、太陽のような弟だった。

陽介、にいちゃん最後までやるからな——。

英介はひっそりとした闇の中で改めて誓いを立てた。

9

深町京子はえもいわれぬ不安の中にいた。耳に押し当てているスマートフォンからコール音が鳴り響いているが、相手は応答してくれない。

英介に電話するつもりなどなかった。もう二度と会うことも、連絡を取ることもしないつもりだった。自分と英介はもう、終わっているのだ。

だが、凶徒聯合の坂崎大毅が殺されたと知り、京子は今日一日ろくに仕事が手につかなかった。

もちろんあの男が死んだからといって京子が胸を痛めるようなことはなかった。むしろいい気味――とは言わないまでも溜飲が下がるような思いが多少なりともあった。

それが時間を追うごとに徐々に変化してきた。いったい、誰が坂崎を殺したのだろう。

そう考えたら焦燥の気持ちがどんどん膨らんでいった。

ちがう。犯人は英介ではない。そんなことがあるわけない。

繰り返し己に言い聞かせるものの、不安は霧消することなく、逆に脳内に残る英介の像が鮮明になっていくばかりだった。その像はあの日、火葬炉を透かすように見つめる英介の横顔だった。

なぜだろう、と京子は思う。なぜ、根拠もなく英介を疑ってしまうのだろう。いくら考えてみてもこの胸の中で渦巻く不安の正体がわからなかった。

あえていえば直感、だろうか。だが、そんな曖昧なもので殺人犯にされたのでは英介もたまったものではないだろう。

自分は取り立てて勘が鋭いわけでもないのだし、いったい何を根拠に英介を疑っているのか。

人一倍穏やかで、心優しい英介が人を殺すなんてありえない――が、強いていえば彼はその生真面目さゆえ、極端なところがあった。陽介も「にいちゃんは善人だけど、カタブツだからキレたらヤバいと思うよ」とよく言っていた。英介は良くも悪くも杓子定規な人なのだ。

そういう人間は時として針が真逆に振れてしまうことがある。そして陽介の死はその時に十二分に値する。

一分ほど経ったろうか、いまだ耳の中でコール音は鳴り続けている。京子はため息をついて、発信を止めた。おそらく折り返しは来ないだろう。

しばらくスマートフォンを握りしめたままベッドの上で固まっていたが、やがて京子は邪念を振り払うように、かぶりを振った。

つづいて部屋の電気を消し、布団を頭から被《かぶ》った。

だが、それでもやはり、英介のことが頭から離れない。どうしても考えずにはいられない。

三年前、電車の中で偶然にも、英介と陽介の姿を見つけたときのことを思い出す。京子は心臓が止まる思いだった。日本に戻ってきた直後に、どうしてこんな悪質な悪戯《いたずら》を受けねばならないのだろうと、神を呪った。

京子はすぐに車両を移ろうとした。だがここで、自分でも思いがけない行動を取っていた。

さりげなく二人に近づいていたのだ。まるで何者かに背中を押されているかのように。

二人の傍《かたわ》らに立ち、何度か目も合ったものの、彼らに京子の存在を気にする素振りは見られなかった。陽介は覚えていなくても仕方ないが、英介も自分を忘れているようだった。

彼らは、「昼ごはんは何を食べようか」と、そんな他愛もない会話を交わしていた。

そして京子はそんな会話に聞き耳を立てながら、こんなことを考えていた。

この兄弟は今、幸せなのだろうか、と。

やがて電車が駅のホームで停まり、ドアが開くと、彼らはそこで下車しようとした。

京子は咄嗟《とっさ》に、陽介の車椅子のグリップに自身の持つショルダーバッグのベルトを引っ掛けた。

どうしてあのとき、あんなことをしたのだろう。

どうしてあのあと、二人を食事に誘ったのだろう。

その謎が解けたのは、のちに英介と交際を始めてからだった。

きっと安堵したかったのだ。この兄弟は幸せなんだと、自分に言い聞かせたかったのだ。

ただ、ひとつだけ、今でもわからないことがある。

どうして私は、英介を愛してしまったのだろう。

京子は中々寝付けずにいた。意識を失うことができたのは明け方になってからだろうか。

夢を見た。

英介と陽介と三人で幸せに暮らしている——悲しい夢だった。

10

六本木通りと国道246号線の交わるところ、ちょうど渋谷警察署の鼻先に指定された純喫茶はあった。店前でタクシーを降りると、タイミングをはかったように滝瀬仁《たきせじん》のスマートフォンが鳴った。

相手はマネージャーをやらせている若手社員で、今日は駆け出しのグラビアアイドルの撮影現場に朝から同行させていた。

時間に余裕がないので出るか否か迷ったが、滝瀬は応答することにした。

〈今ちょうど撮影終わったところなんですけど、ちょっとナメられてる感じなんで、軽

くクンロク入れちゃっていいっスかね〉

事情を聞けば事前に確認していた水着とは異なる、面積の小さい過激なものを着用するように先方の担当者から強要されたのだという。

あるあるだった。世間の需要がそうであるように、この手の案件はいつだって先方から露出度の高いものを所望される。それがダメなわけではないが、物事には段階というものがある。ハナっから過激なことをさせたのでは消費されるのはあっという間だ。

「で、着させたのか」

〈いえ、断りました。こっちは聞いてないんでって。そうしたら担当のヤツ、急に態度が悪くなって、しまいには『おたくの会社、そんなんじゃこの先やってけないよ』なんてぬかすもんだから、どうしてくれっかなって〉

「そういうことならやっちゃっていいよ。ただし、ビジネス的なやつな」

そうは言ったものの不安を覚えた。こいつは過去に似たような件で揉めたとき、相手を「さらっちまうぞ」と脅し、大問題になった前科があった。若い女の扱いがうまいのでマネージャーをやらせているが、社会常識というものに欠けるのだ。二十五を過ぎていまだ暴走族気分が抜けていないのだから度し難い。

「おい、やっぱいい。後でおれから上の方にクレーム入れるわ」

〈……マジすか。自分、ここ引きたくないんですけど〉

「ダメだ。おまえは限度を知らねえから。今回の仕事は人伝《ひとづて》に紹介されたもんだし、変なふうに揉めたくねえんだよ」

〈……〉

「なんだてめえ。なんか文句あんのか」

〈いえ、ありません〉

「それと、おれはこのあとしばらく電話に出られないからな。なんかあったらメールを入れておいてくれ」

通話を終え、ひとつため息をついた。こいつに限らず、社員の大半は暴走族上がりなので血の気が多く、揉め事が絶えないのが滝瀬の悩みの種だった。

いや、血の気が多いのは自分も同じなのだが、若い奴らは行くところと引くところの境界線がわかっていないのが問題だった。見境なく喧嘩していたのでは表社会ではやっていけない。

滝瀬が「ゴールドクイーン」という芸能プロダクションを設立して今年で八年目になる。所属タレントは全員若い女でグラビアアイドルやレースクイーンが基本の仕事だ。

もちろんそれだけでは食っていけないので、頃合いを見てAVに落としたり、成金の社長連中の愛人にしたりして、収益を得ている。表の仕事でタレントの価値を上げ、裏で高値で売り捌く。これがゴールドクイーンの基本路線だった。

ついこの間、某アパレル企業の社長にあてがった女は、週刊誌の表紙を何回か飾った経歴があったので、契約金だけで二千万円を稼いだ。

「世の中は下半身で回ってるんだよ」

これは自分たち凶徒聯合のトップ、石神丈一郎の口癖だ。人の為すことすべて、突き詰めれば根っこには色が潜んでいるというのが彼の持論だった。

「人間なんて結局、賢い猿でしかないんだよ。これさえ頭に入れておけば、まず負けない」

その言葉に従い、滝瀬が路上でスカウト行為を始めたのは二十年ほど前、十九歳のときだ。器量が良ければAVかキャバクラ、そうでなければ即座に風俗に落とし、紹介料を得る。多いときで月収は三百万にも上った。

数年後には部下を従えて、正式にスカウト会社を立ち上げた。そうした仕事を長く続けていると、時折とびきりの上玉に当たった。そしてこれをもっと有効活用する手はないかと考え、自ら芸能プロダクションを立ち上げるに至ったのだ。

当然ゴールドクイーンを女衒《ぜげん》事務所だと揶揄する連中もいる。それで構わない。もともと芸能界など微塵も興味はない。あるのは華やかな世界の後方に伸びる影であり、闇だ。

ドアを開けるとカランカランと軽やかなベルが鳴った。計算されたレトロ感が鼻につく内装だった。レジ横にはコードの繋がっていない黒電話がこれみよがしに置かれている。

一通り辺りを見回したが、どこにも仲間たちの姿はない。きょろきょろとする滝瀬に、「天野さまとお待ち合わせでしょうか」と店員が声を掛けてきた。どうやら個室が用意されているらしい。

店員の案内で奥まで進み、個室のドアを開けると、全員の視線が一斉に滝瀬に注がれた。狭い空間に四人の男。三人は仲間で、ひとつ後輩の日南《ひなみ》と小田島、そしてひとつ先輩である田中博美だ。本日都合がついたのが滝瀬を含めたこの四人で、凶徒聯合の上層部にはあと五人――一人減ってしまったが――の仲間がいる。

残った一人は双伸社の編集者である天野で、この男とは四日前に軽く挨拶を交わしていた。坂崎大毅の通夜に天野も参列していたのだ。

「遅くなりましてすみません」

と、まずは天野に、そして次に先輩である田中に頭を下げた。その田中から「とりあえずなんか頼めよ」と顎をしゃくられ、「コーヒーをブラックで」と背後にいた店員に告げた。

昔なら待ち合わせに十分も遅刻するなんて考えられなかった。集合場所には先輩よりも早く来て、直立不動で待ち構えているのが常だった。そうでなければ容赦なくヤキを入れられた。凶徒聯合の先輩はヤクザよりもはるかに怖い存在だった。

なかでも、ここにいる田中博美は一番恐ろしく、とりわけ規則にうるさい人だった。そんな人物が今やユーチューバーとなっておちゃらけているのだから、人の未来はまったくもって予測がつかない。

改めて天野と挨拶し、名刺交換を済ませたところで、滝瀬は席についた。テーブルの真ん中にはボイスレコーダーが置かれている。

「あ、ゴールドクイーンさんは芸能プロダクションなんですね」天野が名刺に目を落としたまま言った。「寡聞にして存じ上げず、失礼しました」

「いえ、うちは弱小もいいところですから。けど、結構ルックスのいい子が揃ってるんですよ。これを機に御社のファッション誌でうちの子を使ってあげてください」

滝瀬としてはあながち冗談で言ったわけでもなかったのだが、天野は白い歯を見せて一笑に付した。

「さて、早速取材に入りたいのですが、その前に改めて一言いわせてください。この度はご愁傷様でした。心よりお悔やみ申し上げます」

天野が恭《うやうや》しく頭を下げてきたので、滝瀬は仲間らを一瞥し、「恐れ入ります」と短く返事をした。

「私も一度きりとはいえ、故人様と面識を持たせていただきました。こういう言い方が正しいのかわかりませんが、これも何かの縁と申しますか、天から授かった使命と思って今回の出版をまっとうさせていただきたく存じております」

天野が滔々《とうとう》を語を連ねていく。通夜のときも思ったが、改めてイケ好かない野郎だと思った。吐き出す言葉にどこか軽薄な響きがある。

坂崎大毅の死は自分たちにとっても衝撃で、青天の霹靂《へきれき》だった。なぜ坂崎が殺《や》られたのか、誰にもわからない。自分たちの知らないところでどこかの団体と揉めていたのだろうか。

現在、地下のネットワークを駆使して調査しているが、これといった有力な情報は得られていない。先月、新宿を拠点とする任俠団体の幹部と酒の席で口論になり、互いに「埋めちまうぞ」などと言い合いになったという話を摑んだが、翌日両者共に謝罪をし、矛を収めたということだった。仲間がその幹部に直接確認したのでまちがいないだろう。

本当に、坂崎はどこの誰に殺《や》られたのか――。

なにはともあれ、本の出版についてはそのまま進行することで全員の意見が一致した。それとこれとは別であり、自分たちには猶予がないのだ。

つづいて天野が今回の出版について、改めて主旨から説明を始めようとしたのだが、「それはおれらから伝えてるから省いてもらって結構です」と田中が遮《さえぎ》った。

「では、そうさせていただきます」天野が田中に一礼し、滝瀬に視線を移した。「今、お三方に生い立ちを伺っていたところなんですが、よろしければ滝瀬さんからもお聞かせ願えますか」

滝瀬はコーヒーを舐めてから口火を切った。

滝瀬は杉並区の善福寺にある上流家庭に生まれた。父親は大手航空会社の重役で、母親はキャビンアテンダントだった。四つ歳の離れた姉がおり、その姉は現在東北の方で医療薬品の研究員をしている。もっとも家族とは二十年近く誰とも連絡を取っていない。

幼少期の滝瀬は病気がちな少年だった。私立の小学校に上がると、虚弱体質は改善されたが引っ込み思案だったため、ろくに友達ができなかった。

エスカレーター式で入った私立中学では陸上部に入部したが、練習がつまらなくて早々に辞めた。クラスメイトにも気の合う者はおらず、二年生になったときには滝瀬は教室で完全に孤立していた。

そんなある日、授業中に突然爆音が轟き、生徒全員が立ち上がって窓辺に集まった。そこで滝瀬は目を疑った。七、八台くらいだろうか、派手に改造されたバイクが校庭を縦横無尽に爆走していたのだ。

さらに滝瀬を驚かせたのはそこに石神丈一郎の姿があったことだ。石神は中学こそ違えど、滝瀬が通っていた塾に彼もまた通っていたのだ。クラスも同じで何回かしゃべったこともあった。こういうことをする少年だとはまったく思っていなかった。塾での成績も一番良かったのだ。

彼らは男性教師たちが注意してもいっこうに立ち去ろうとしなかった。警察が来てようやく収束したものの、大人と真っ向から対峙する姿に滝瀬はある種の感銘を受けた。

そしてこの日の夜、来ないものと思っていたのだが、石神は何食わぬ顔で塾にやってきた。

「ねえ、今日うちの学校に来てたよね?」

休み時間、滝瀬はおそるおそる石神に声を掛けてみた。

「ああ、うん。滝瀬んとこの三年にイキがってるヤツがいるって聞いたから、みんなでやっちゃおうと思ってさ」

それは滝瀬の通う中学の不良で番長だった。とはいっても私立中学の番長などたかが知れている。だが滝瀬も一度カツアゲをされ、その際に軽いローキックを食らった過去があった。

「マジ？　だったら滝瀬もおれらと一緒にやらない？　家もわかったし、近いうち襲撃掛けるからさ」

まるでゲームセンターに誘うようなごく軽い感じで石神は言った。

このときなぜだろう、滝瀬もまた二つ返事で「うん。わかった」と了承した。

そしてこれが滝瀬がアウトローの道へ踏み出す第一歩となった。

「なるほど。そのようにして滝瀬さんは石神さんと出会い、のちに凶徒聯合を結成するに至ったんですね」天野がメモ帳にペンを走らせながら言った。「ちなみにその番長さんのことは本当に痛めつけたんですか」

「やりましたよ。下校したところをみんなで取り囲んで、泣きが入るまでボコボコにしました。そしたら翌日から自分が自動的に学校の番長になっちゃって。まだ二年だったのに、三年の先輩たちも自分に敬語で話すようになったんで、そのときはじめて少年たちの間で流れるヒエラルキーみたいなものを感じたんですよね。学校生活が一日で劇的に変わったんですから」

「はあ、そういうものなんですねえ」天野が感心したように相槌を打つ。「ちなみに、もしそのときに石神さんから誘われていなければ、別の人生もあったと思いますか」

「どうですかね。遅かれ早かれ、ワルくなってたと思いますけどね。きっとアウトローの素養があったんですよ。そういえば前に石神に質問したことがあるんです。なんであのときおれを誘ったのかって。そうしたら、『滝瀬がおれと同じ匂いを放ってたから』って」

「匂い？」

「ええ。あいつはそういうのすぐわかるんですよ。一目見ればそいつが本物かどうか見分けられるってよく言ってましたから。まあ石神の特殊能力みたいなもんです」

滝瀬がそう言うと、周りの三人が同調して頷いた。

「特殊能力、ですか」天野がまた感心したように頭を上下させる。「石神さんはそうした能力もさることながら非常に優秀な頭脳を持っていたという話をよく聞くのですが、その辺りはいかがだったんでしょう」

「まあハンパなかったですね。よくそんなことを思いつくなって感心させられることばかりでしたし。自分も比較的勉強はできる方でしたけど、石神とは比べものになりませんでした」

「家裁に行くとね――」口を挟んだのは田中だ。「みんなＩＱテストを受けさせられるんですけど、そこで石神は150っていうバケモンみたいな数字を出したんですよ」

「そのようですね。先日坂崎さんもそう仰《おつしや》ってました」

さらりと故人の名前が出て、一瞬空気が変わったが、天野は何事もなかったように次の話題に移った。

「石神さんをはじめ、凶徒聯合のみなさんは分野は異なれど、それぞれ成功なさってますよね。どのようにしてみなさんのような優秀な方々が揃ったのでしょう」

「まあ、成功というか、みんなそれなりにはやってますけどね」滝瀬が答える。「もちろん自分らの中にも勉強のできないヤツもいますよ。けどバカはいないですね。地頭が悪いヤツは自然と淘汰《とうた》されていって残ったのが今いるメンバーなんです。意外に思われるでしょうが、バカはアウトローの世界でも生きていけないんですよ」

滝瀬がそう言うと、すかさずとなりの田中が「今の時代、アウトローそのものが生きていけないんですけどね。だからおれらは解散することを決めたんです」と補足した。

今回の出版の核心だった。もちろん解散は望んだ結果ではなく、苦渋の決断だ。

もしも警察から準暴力団指定をされたら、ほとんどのメンバーの正業がままならなくなる。それだけは絶対に避けねばならないことだった。

もちろん擬似解散の形だが、それはあくまで自分たちの中でのことであって世間的には消滅したものと認識されるだろう。そうなれば当然デメリットも生じる。これまで大抵の揉め事は凶徒聯合の名前を出せば丸く収まっていたが、今後それが使えなくなる。

それはつまり裏社会でナメられることを意味する。

「ええと、今『おれら』とおっしゃいましたが、ヒロポンさんはすでに凶徒聯合を脱退されている身ですよね」

もっともなことを天野が言った。田中は表向き、五年前すでに凶徒聯合を脱退したことになっているのだ。

「ああ、失敬。こいつらといると現役の気分に戻ってしまってつい」

滝瀬は舌打ちが出そうになるのを堪えた。

「なんにせよこいつらがアウトローから足を洗うというので、自分もこうしてここに同席できるわけです。そうでなければ坂崎の葬儀にも顔を出せませんでした」

「ということはあのとき、ヒロポンさんとみなさんは久しぶりにお会いになったということでしょうか」

「ええ。五年ぶりでした」

日南と小田島が今にも噴き出しそうにしていたので両者をきつく睨みつけた。まったく、どいつもこいつも――。滝瀬は鼻から息を漏らしてから、コーヒーを啜った。

田中博美は今もれっきとした凶徒聯合のメンバーである。

ではなぜ田中が五年前に脱退したことになっているのかというと、そこも今回と同様にやむをえない事情があった。

当時、自分たちには村上という仲間がいた。村上は事業に失敗し、一時期石神の下で働かせてもらっていたのだが、そこで金を横領していたことが発覚したのだ。

追い込みを掛けられた村上は行方をくらませ、その数ヶ月後にあろうことか暴露本を出したのだ。もう凶徒聯合としては当然、東京でのビジネスも無理と判断したのだろう。もしかしたら石神に対する逆恨みもあったのかもしれない。

なにはともあれ凶徒聯合の内情を赤裸々に記した本は爆発的に売れた。その数ヶ月前にとある大物俳優をメンバーの一人が酒の席で暴行してしまい、病院送りにしたことで凶徒聯合の名がメディアで取り上げられ、世間の注目を浴びていたからだ。

裏切り者は粛清しろ——。

石神の号令のもと、日本全国に包囲網を敷き、村上を捜したが見つからなかった。村上もこちらの手の内を知っているので、容易に尻尾を出さなかったのだ。

そんな最中、

「田中くんさあ、凶徒聯合辞めてユーチューバーにならない?」

仲間内で集まっているときに突然石神がそんなことを言い出した。これには田中はもちろん、全員が驚愕した。

村上と田中は地元中学の先輩後輩の間柄で、メンバー間でもとりわけ仲が良かった。暴露本でも田中が犯した罪のことだけはオブラートに包んでいたほどだった。

その関係を利用して、村上を炙《あぶ》り出すと石神は言った。

具体的にはこうだ。田中もまた粗相をし、凶徒聯合を追放され、命を狙われているという噂を流す。そこに信憑性を持たせるために、頃合いを見てユーチューブで田中自ら脱退の言葉を述べた動画を出す。

そうすれば必ず、村上の方から田中に接触してくるはずだと石神は断言した。

「そんな安直なことするかって思うじゃん？　けど人って長く孤独には耐えられないんだよね。だから同じ境遇の仲間を見つけたらつるみたくなるもんなんだよ。とくに村上は昔から寂しがり屋だし、絶対に田中くんに連絡してくるよ」

だとしても無茶苦茶な話だった。田中は長年裏社会で築いてきた地位を一瞬で失うのだ。

それでも田中が異を唱えなかったのは、石神のそれが提案ではなく絶対的な命令だったからだ。

何人たりとも石神にはけっして逆らえない。凶徒聯合の中で最年長であり、武闘派で通っていた田中も例外ではなかった。

結果、すべてが石神の言っていた通りになった。田中が動画を流して二週間ほど経った頃、村上が接触してきたのだ。

翌日、田中は村上の潜伏していた北九州まで飛び、そこで落ち合い、彼を拉致した。あとはもうお決まりのコースだった。凶徒聯合が集結し、村上は地獄の苦しみを味わったのちに死んだ。遺体は焼却炉で跡形もなく消した。死体が上がらなければ警察も捜査のしようがない。

この一件で、凶徒聯合の面々は改めて石神に畏怖の念を抱いた。ユーチューブを使ってターゲットを炙り出すという奇天烈な発想もさることながら、村上の指を一本ずつ切り落とす様は残虐の極みだった。

「つづきまして、凶徒聯合結成に至った当時のことを教えていただけますか」

天野が四人を見回して言った。

「もともとはそれぞれ別の暴走族だったんです」田中が答えた。「自分はマッドブラックっていうチームのアタマ張ってて、滝瀬と石神は杉並愚連隊、日南は坂崎と同じ鬼ヶ島、小田島はステンノーっていうチームの出身で、たまにちいさないざこざはあったもののそれなりに友好関係があったんです。で、自分の代が中学を卒業するときに、みんなでまとまんないかって話になったんです」

「最初に旗を振ったのは石神さんですか」

「いや、そこは明確に誰というのはないんです。みんななんとなく同じ気持ちでいたっていうか、集まる度に話に上がってたんで自然とそうなった感じです。だから自分たちの間に明確な序列はありません。もちろん先輩後輩くらいはありますけどね。一応、リーダーは石神ってことになってますけど、それも話し合いとかで決めたわけではなく、いつの間にかそうなった感じですかね」

「なるほど。結成当初の凶徒聯合の最大の目的はなんだったのでしょう」

「うーん。むずかしいんですけど、やっぱり日本で一番の暴走族になるってことだったんじゃないですかね。東京で一番になれば日本で一番なわけじゃないですか。今思えばどうかとも思いますけど、当時の自分らにとってみれば魅力的だったんですよね」

　そして正式結成後、自分たちの暴走は一気に加速していった。敵を探し求めて連日街を徘徊し、発見次第襲撃をかけた。いったいどれだけのチームが、人間が凶徒聯合の餌食となったのかわからない。

「もう完全に全員の感覚が麻痺していましたね。包丁やバットも最初はお飾りっていうか、相手を威嚇するつもりで持ってたんですけど、いつしかそれを使わないヤツは腰抜けだみたいな空気になって。ここにいる日南なんて、笑いながら人を刺してましたし——なあ」

　水を向けられた日南が苦笑した。

「たしかにあのときはどうかしてました。たぶん人の死に対してあまり深く考えてなかったんですよね。死んだら死んだで仕方ないか、くらいの気持ちでいたんだと思います」

「こいつはマジでイカれてましたよ」つづいて小田島が口を開いた。「包丁を両手に持って喧嘩すんのはおれの知ってる限り日南くらいなもんです」

「おまえが言うな。すぐ車で突っ込んでたくせに」

　小田島が懐かしむように目を細めた。「ボンネットに人が転がるんですけど、その快感がクセになっちゃってたんですよね」

「車で人を轢《ひ》き殺した数ならおまえ日本一なんじゃね？」

「おい、誰も死んでねえよ。勝手に人殺しにすんな」

「けどやっぱり一番は滝瀬だよなあ」と田中が肩を揺すって言った。

「そうっスよねえ。交番に火炎瓶投げ込んじゃうんだもん。この人は狂ってるって思いましたよ」

いくらなんでもしゃべり過ぎじゃないかと思ったが、滝瀬は注意しなかった。これらの悪事はすでに村上の暴露本に詳細に記されている。三人ともそれをわかっていてしゃべっているのだろう。

ただ、昔話をしていて気持ちよくなってしまったのか、その後も三人は止まらなかった。

「本職のヤクザをさらったりもしました。おれらは相手が誰であろうと一歩も引かなかったですから」

「むしろかかってこいよって感じでしたね」

「きっとヤクザの方がおれらにビビってたと思いますよ。おれらの姿を見て逃げ出すヤクザもいたくらいですから」

天野は下を見ないまま、高速でペンを走らせている。

もっと、もっとしゃべってくれ——熱っぽい目がそう訴えていた。

「ちょっと失礼」と、ここで滝瀬は口を挟んだ。「これって本になるとき、事前にこちらでチェックさせてもらえるんですよね」

「もちろんです。ゲラをお渡ししますので、意にそぐわないところは削っていただき、逆に足りない箇所は加筆してくださって結構です。構成は自分が作りますが、著作権者はみなさんですから」

「それなら安心です」滝瀬は天野に微笑んでみせた。「しかし、編集者って構成までするものなんですね。ふつうはライターを立てるものだと思ってましたけど」

「いえ、それがふつうです。ただ今回に限っては、可能であれば外部の人間を入れないでくれと、坂崎さんからご要望があったものですから」

「なるほど。そういうことでしたか」

たしかに携わる人数はできる限り最小限にとどめておいた方がいい。

「ええ。私もこれまで多少なりとも文章を書いてきたので、それなら私がということで。取材を再開しても？」

「どうぞ」

天野が居住まいを正し、「みなさん自身はヤクザになろうと思わなかったんですか」と新たな質問をしてきた。

「全然思わなかったですね」

田中が答え、三人が同調する。

「それはなぜ？」

「看板背負っちゃうと迂闊に喧嘩ができないでしょ。それに最初は部屋住みとか下っ端仕事もしなきゃいけなくなるし、それからも上納金だなんだってそういうのも面倒臭えなって。自分らはそんなの一切ないし、基本的に自由ですから」

「なるほど。これまでの話を聞いていると、みなさんは非常に喧嘩に重きを置いておられると感じるのですが、凶徒聯合にとって喧嘩が強いということは何よりも大切なものなのでしょうか」

「そうですね。やっぱり喧嘩に負けないってめちゃくちゃ大事なんですよ。そのためにもおれらは鍛錬を欠かさないですから。ここだけの話、凶徒聯合は全員が筋トレマニアなんです」

「どうりでみなさん、立派な身体つきをしてらっしゃいますね。ちなみに、喧嘩で負けたことはないんですか」

「そりゃ個々にはありますよ。けどチームとしては一度もないですね。十年くらい前にプロの格闘家の団体と飲み屋で喧嘩になったときも相手の方が尻尾巻いて逃げ出したくらいですから」

「はあ。プロの格闘家がですか」

「あっちは武器を持たないですけど、自分らはそうじゃないですから。喧嘩はとにかく勝てばいいんですよ。それにね、何か揉め事が起きたときは若い者を従えて全員が一斉に現場に駆けつけるってのが、凶徒聯合の唯一のルールなんです」

「掟、みたいなものですか」

「ええ、暗黙のね。ただ、誰が誰に連絡するとかは決まってないものだから、みんな片っ端から仲間や若い衆に連絡するしかないんです。だから現場に着くまでケータイが鳴りっぱなしになる。そのせいで到着する前に充電がなくなっちゃったりしてね」

「きちんとした連絡網を作ろうという話にはならないんですか」

「もちろんなりましたよ。けど、石神がこのままの方がいいって。連絡ルートが明確に定まってしまうと、なんらかのトラブルで連絡が止まったときにタイムロスが生じるからと。だから面倒だけど、結果的にこれが一番いいんだって言ってました」

「なるほど。やはり石神さんは切れ者ですね」

「ええ。なんにせよ、このシステムさえあれば絶対に喧嘩に負けることはありません」

そう、この連絡網の速さとフットワークの軽さこそが凶徒聯合の最大にして最強の武器だった。

あれは数年前だったか、滝瀬が麻布で黒人グループと揉めたことがあった。劣勢だったのだが数十分後には仲間たちが集まって加勢し、状況は一気に逆転した。あのとき、最終的に五十人ほど集まったのではないだろうか。

これがあるからどこの団体も凶徒聯合と揉めるのを避けるのだ。

また、凶徒聯合では有事の際、現場に駆けつけなかった、もしくは駆けつけても手を下さなかった人間は軽蔑される風潮があった。仲間内で信頼を失ってしまうのだ。だからこそ、自分たちは正業でそれなりの立場があっても必ず現場へ駆けつけ、率先して戦《いくさ》に加わるのだ。

この辺りの感覚は一般人にはわからないだろうが、いくらビジネスで成功していようと凶徒聯合の中においてはまったく関係がなかった。金を持っていることが尊敬には繋がらないのだ。自分たちの中ではいかに身体を張ったか、きちんと物事の筋を通したかどうかが大切なのである。

「そんな強者であるみなさんに対し、真っ向から対峙する兄弟がいたと、これは坂崎さんが仰っていたのですが、その兄弟とはいったい何者なんでしょう」

兄弟という言葉に四人全員が反応し、場の空気が一変した。

「藤間《ふじま》兄弟っていってね」田中が口を開く。「ネットとかでも調べりゃ出てくると思いますけど、まあ自分たちと同じくらい悪い奴らだったんですけど、こいつらとはたしかに相当揉めましたね」

兄の孔一《こういち》、弟の孔二《こうじ》からなる藤間兄弟は長年、凶徒聯合の宿敵だった。

この兄弟もまたヤクザではなく、半グレだったのだが、自分たちと同様、いやそれ以上にぶっ飛んでいた。

喧嘩となれば手段を選ばず、相手を徹底的に叩きのめした。そして奴らは必ず、敗者の肉体の一部に『孔』という文字を刃物で刻みつけた。これは藤間兄弟の勝利の刻印だった。つまり喧嘩に勝ったという証だ。

凶徒聯合はこの兄弟を何度も潰そうとしたのだが、ことごとく失敗に終わった。奴らは凶暴なくせに妙に慎重で、中々その姿を自分たちの前に現さなかったのだ。

　もっともこの藤間兄弟は三年前にすでに死んでいる。関西にある任侠団体と揉め、その組長を拉致監禁し、挙げ句の果てに殺害してしまったことで、全国のヤクザから命をつけ狙われることになったのだ。兄弟共に死体は上がっていないが、おそらく凄惨な末路を迎えたことだろう。

「できれば自分たちの手で殺《や》りたかったってのが本音ですけどね。あの兄弟は相当ナメたマネをしてくれましたから」

　これは日南が眉間にシワを寄せて言った。

　藤間兄弟は凶徒聯合の息のかかった闇金とわかっていてタタキに入ったり、わざと自分たちのシマで暴れまわったりとやりたい放題だった。これらすべて凶徒聯合に対する挑発行為だった。

「きっと、東京はおまえらだけのもんじゃねえぞ、ってところだったんだと思うんですけど、まあ手を焼きました」

「藤間兄弟というのはそれほど強かったのでしょうか」

「どうでしょうね。まあ喧嘩自体はそれほどじゃなかったと思いますけど、ただ、兄弟の絆はめちゃくちゃ強かったですね」

「絆？」

「ええ。兄貴がやられたら弟が、弟がやられたら兄貴がって感じで、必ず報復に来るんです。その執拗さは異常なほどでした。それこそ坂崎がね、街で連れと飲んでるときに偶然弟の方と鉢合わせたことがあって、乱闘騒ぎを起こしたんですよ。そのとき坂崎の連れが弟の左腕をへし折ったんですけど、翌日になってそいつのところに兄貴がやってきて、日本刀で左腕を斬り落としやがったんです」

天野の顔が歪んだ。

「だからもう最後の方は藤間兄弟を見かけたら、痛めつけるとかそんなんじゃなくて即殺せって感じになってて——」

あのときの興奮状態を滝瀬は今でもはっきりと覚えている。凶徒聯合全員の腸《はらわた》が煮えくり返っていたのだ。滝瀬自身、街で藤間兄弟を見かけようものなら、たとえそれが人前であろうと即座に殺すつもりだった。後先など考えられないほど、あの兄弟を憎んでいたのだ。

「なるほど。そうした背景があって、渋谷のあの事件に繋がるんですね」

「そうですね。あれはマジで不運というか、自分たちにとっても最大のミスです」

渋谷クラブ襲撃事件は凶徒聯合にとって最大の失態だった。

なにせ、人違いで一般人を半殺しにしてしまったのだから。

「しかし、その事件でみなさんは直接手を下してはおられないんですよね」

「ええ。自分たちは店の外で待機してました。みんな酔っててふらふらだったんですよ」

田中が平然と嘘を言った。

「なるほど。でも結果的にそれが幸いしましたね」

「ええ、本当に」

あの日の夜、水賀谷一歩《みずがやいっぽ》というメンバーにクラブの従業員から一本の電話が入った。

〈みなさんが捜している男と似た特徴の人がうちの店に来ています〉

当時、この界隈に藤間兄弟がよく現れるという噂があり、クラブに顔が利く水賀谷が、もしも藤間兄弟が店に現れたら、すぐに連絡するようにあらかじめ従業員に伝えていたのだ。

聞けばその男は肌が浅黒く、体格はガッチリとしていて坊主頭、さらには左腕を吊っているということだった。たしかに自分たちが摑んでいる藤間兄弟の弟の情報と合致していた。

例のごとく迅速に連絡が回り、各々いきんでクラブへ駆けつけた。滝瀬もクライアントを接待中だったのだが、席を辞して、タクシーで現場へ急行した。

いざ到着してみるとクラブの外には仲間たちと、それぞれの配下の若い衆が二十人ほど集っていた。滝瀬同様、酒が入っている者が多かったが、全員が異様なほど殺気立っていた。

まずは直近の弟を知る坂崎が店内に入り、標的の顔を確認することになった。およそ五分後、戻ってきた坂崎は、「薄暗くてよくわかんねえ。けど、似てる気はする」と発言した。

「まあ行くだけ行ってみようよ」

石神が言い、若い衆を残して滝瀬たちは店の中に入った。そのとき自分たちが着用していた覆面と金属バットは石神が若い衆に買ってこさせたものだった。

はたして標的の男は、キャップを目深に被っていたが、藤間兄弟の弟とはちがって見えた。あまりに若過ぎるのではないか。滝瀬はそう思ったのだ。

後日談だが、そのときほかのメンバーも滝瀬と同様の感想を抱いていたらしい。

だが滝瀬を含め、坂崎以外のメンバーはもう十年以上、兄弟たちとまともに顔を合わせていなかった。だからちがうと断言することもできなかった。

そうして滝瀬たちが戸惑う中、先頭にいた石神がいきなり標的の男を殴りつけた。このとき、石神自身も半信半疑だったのに、だ。

この突発的な行動について石神は事件後、自分たちにこう語った。

「ちがうかもなあって思ったんだけどさ、せっかくみんな久しぶりに集まったんだし、なんもしないで帰るのもどうかと思ってさ。ノリっていうか、祭りみたいな感じでやっちゃったんだよね」

なにはともあれ、これによって全員のスイッチが入ってしまった。やはりこいつは藤間兄弟の弟だ。そう誤認してしまったのだ。

相手は都内の大学に通う一般人だったにも拘わらず、だ。

結果、この大学生は死なかったものの、首から下が不随になってしまった。

「たしかこの一件で、捕まったのは水賀谷さんだけでしたよね」

天野が確認するように言った。

「主要メンバーでいえば水賀谷だけですね。ほかにも実行犯の若いのが十人ほどムショに入りましたけど」

この十人の若い衆は自分たちの身代わりとして逮捕されたのである。暴行時、店に監視カメラを切らせていたこと、覆面や凶器となった金属バットを購入したのが若い衆だったこと、これらのことが幸いしたのだ。

もっとも警察や検察はまったく信用をしていなかったが。

少年時代から付き合いのある刑事の古賀などは、「二、三人でもいいからおまえらの中からガラを出せ」と説得してきたくらいだ。

ちなみにこの十人の若い衆はすでに全員がシャバに戻ってきていて、みんなで手厚く出迎えてやった。滝瀬のところでもその内の二人をマネージャーとして雇っている。

「そういえばまだ水賀谷さんは刑務所に入っておられるんでしたっけ?」

「ええ、もうすぐ出てきます。ホウメンは盛大にやってやりたいと思ってます。なんせ十年も食らったんですから。本当、かわいそうな話ですよ。あいつはなんもやってないのに」

事件当時、水賀谷自身は高熱を出しており、唯一、本当に襲撃に参加していなかったのだ。だが、クラブ従業員から連絡を受け、仲間に集合をかけたという理由で主犯とみなされたのである。実際のところ、水賀谷は石神に連絡を入れただけだった。

結果、水賀谷には懲役十年という実刑が下った。傷害の教唆犯としては異例の重い判決だった。優秀な弁護士をつけたにも拘わらず、こんな結果になってしまったのは警察、検察の世間に対するアピールでしかなかった。

警察は水賀谷の些細な余罪をかき集めてきては、合わせ技で一本をもぎ取り、彼を塀の中に閉じ込めることに成功した。

水賀谷は裁判で有罪判決が下されたとき、「どうしておれが……」という言葉と共に悔し涙を流していた。罪を逃れた滝瀬たちは居《い》た堪《たま》れなかった。

だからこそ水賀谷の放免祝いは盛大にやってやりたいと思っている——が、しかし、一年ほど前から当人の様子がおかしかった。手紙を書いても返信はなく、面会に出向いても拒否されてしまう。水賀谷は誰とも会おうとしないのだ。

これについてはメンバー全員が困惑していた。

「となると、水賀谷さんへの取材はむずかしいですかね。できれば面会に赴いて水賀谷さんにも取材をさせていただきたいと考えていたんですが」

「どうですかね。自分らも今、連絡が取れないもんでなんとも」

「ちなみにそれは石神さんも同じでしょうか」

天野が上目遣いで言い、滝瀬たちは肩を揺すった。

「当たり前でしょう。石神は指名手配犯ですよ。連絡どころか、あいつが生きているのか死んでいるのかも知りません」

「ほう。それは意外ですね。自分はてっきりみなさんと石神さんは今現在も繋がっているものとばかり――」

「なぜです」

滝瀬が遮って訊くと、天野はニカッと白い歯を覗かせた。

「坂崎さんがそのようなことを口にしておられたもので」

「坂崎が？」

「ええ。はっきりそうとは仰いませんでしたけどもね」

思わず舌打ちが出そうになった。

「ところでみなさんは本当に坂崎さんを殺害した犯人について心当たりがないんでしょうか」

「ええ、まったく」滝瀬は即答した。「昔はさておき、今は人に恨まれるようなことはあいつもしてなかったはずです」

期待していた返答ではなかったのだろう、天野は「そうですか」と鼻から息を漏らした。

「では、もしも仮に、犯人が特定できたとしたならば、みなさんはどうされるのでしょう」

滝瀬は口元に笑みをたたえ、「何も」と答えた。

「何もなさらないんですか」

「ええ。もちろん犯人に対して怒りはありますけど、自分らにできることは法の裁きが下ることを願うだけです。ご期待に沿えず、申し訳ありませんが」

天野は鼻の頭をポリポリと掻いて苦笑している。

滝瀬はそんな天野に対し、前のめりの姿勢を取った。

「天野さん。凶徒聯合はもう、危ない団体ではないんですよ。たしかにこれまでの自分たちはワル過ぎました。けど今はみんな後ろめたいことはしていないし、それぞれ正業でがんばっているんです。ですからこれ以上警察の厄介になることもありませんし、世間に迷惑をかけることもありません。自分たちは、これまでの行いを心から反省してるんです」天野の目を見据えたまま、滝瀬は滔々《とうとう》と言葉を継いでいく。「とはいえ、イメージが悪いのは認めざるをえないところですから、だからこそこうして正式に解散を発表するんです。天野さんはそうした自分たちの考えをご理解いただけていると思っておりましたが、自分の思い違いでしょうか」

滝瀬がやや圧を掛けてそう告げると、天野はごくりと生唾を飲み、「いえ、私もそのように認識しております」と言った。

「それはよかった」

滝瀬は微笑んでみせた。

そんな滝瀬のあとに、小田島が続く。

「自分はこれから非行少年を更生させるセミナーを開いていこうと考えています。非行に走る少年たちに向けて、そんなことを続けていても幸せにはなれねえぞって、教えてやりたいんですよ」

次は日南だ。

「小田島の言う通り、それは自分たちに与えられた最大の使命ですね。これからは弱い人のためにボランティアとか、被災地の復興支援とかそういった社会活動を通して反省の気持ちを示していきたいと考えています」

そして最後に田中が、「自分はすでに脱退した身ですけど」と前置きをし、こう締めくくった。

「ここで改めて言わせてください。これまで凶徒聯合の被害に遭った方々、本当に申し訳ございませんでした」

「おまえ、さすがにボランティアはねえだろ。噴き出しそうになっちまったじゃねえか」

ハンドルを握る小田島が助手席の日南に向かって愉快そうに言った。

彼は車で来ていたので、滝瀬は日南と共に適当な場所まで乗せてもらうことにした。

田中だけは、「溜まってる仕事があるから」とタクシーで早々に帰宅していった。ちなみにその仕事とはユーチューブ動画の編集作業らしい。

「てめえがいきなりセミナーとかわけわかんねえこと言い出すからだろ」と日南も半笑いで言い返す。「ダイナマイトを闇で捌いてるような人間がどうやって非行少年を更生させるっつーんだよ——ねえ、滝瀬くん」

後部座席に位置する滝瀬はため息混じりに、「おまえらしゃべり過ぎだよ」と苦言を呈した。

「しゃべり過ぎは田中くんでしょ。もう設定めちゃくちゃ。あの人、すでに脱退したていで参加してるのに、途中からどうでもよくなっちゃってたじゃん」

「しょうがねえべ。田中くんは昔からこういう場面で調子に乗っちゃう人だから。根が目立ちたがりだし」

「だからこそユーチューバーなんてやれてるんだろ、ヒロポンちゃんとしてよ」

滝瀬が小馬鹿にするように言い、前の二人が遠慮なく笑い声を上げた。

かつては恐るべき先輩だった田中も、今や二枚舌の哀れなピエロに成り下がった。ユーチューブで散々おちゃらけているくせに、自分たちの前では今でも一端《いっぱし》のアウトローとして立ち振る舞うのだから、その滑稽さたるや噴飯ものだ。

「あの人、ちょっと人気出ちゃったものだから、だんだん頭が汚染されちまったっていうか勘違いしちゃったんだろうな。本気で表舞台で脚光を浴びるつもりでいるんだよ、きっと」

「本人はそんなつもりねえよって前に否定してたけどな」

「おれらみんなあの人の腹の中わかってんのに、本人だけは上手いことバランス取ってるつもりなのが痛いんだよね」

「そもそも動画だってクッソつまんねえしよ」

たしかに田中のユーチューブはつまらないし、くだらない。それに、調子に乗り過ぎている。

先月だったか、ぼったくりバーに潜入して従業員に説教を行うなどという動画が投稿されていたのだが、その店の経営者が田中であることは仲間ならみんな知っていた。いくらなんでもおふざけが過ぎるし、これを身内が行ったと思うと心底情けない気分になった。

ちなみにそんな田中のことを、リーダーの石神は、「そのうちお灸を据えるよ」と話していた。

「にしても天野のヤツ、おれらの言葉をまったく信用してなかったよな」

「そりゃするわけねえだろ。誰がすんだよ」

「あんなガキはどうでもいいけど、警察にはしてもらわねえとなんねえぞ」と滝瀬は強い口調で言った。「形だけでも解散を認めてもらわねえとおれらマジで食えなくなるよ。日南のところの会社も最近増資したばっかだろ。これで準指定食らったら下手すると営業停止になるぞ」

「それはマジでシャレになんないスわ。もしもそんなことになったら抱えてる女全員ほかのプロダクションに流れちゃいます」

日南はAVの制作会社を経営しており、そこで女優も多数抱えていた。そのうちの何割かはもともと滝瀬の芸能プロダクションに所属していた女たちだ。

「ところで滝瀬くん、前に話してた女の子、腹決めてくれましたか」

「まだ。ヌードはいいけど、男優と絡みだけはしたくないって。つい最近も口説いたけどダメだった」

「なんとかがんばってみてくださいよ。うちもそろそろ大型ルーキーがほしいんスよ」

「今は昔とちがって強引なこともできねえんだって。強要して警察に駆け込まれたらそれこそパクられちまうし」

「あーあ、世知辛い世の中ですなあ」助手席の日南が頭の後ろで手を組んでぼやき、つづいて思い出したように、「そういえば滝瀬くん、石神くんはいつ帰国するか決まったんですか」と訊いてきた。

「今調整中なんだとさ。どうやら現地の世話役と揉めてるらしい」

「揉めてるってどういうこと?」

「詳しいことは知らねえけど、日本に密入国する件で、一旦まとまったはずの手配料を吊り上げられたとか、そんなことを言ってたな」

「ふうん。そんなの払っちゃえばいいのに。金なんか腐るほど持ってんだから、あの人」

「そういう問題じゃねえんだろ。きっと足元見られたのが許せねえんだよ。そういうとこ石神はやたらこだわるから」

「まあ石神くんらしいスね」日南が吐息混じりに言う。「でも石神くん、まさかそのまま日本にとどまるわけじゃないですよね。あくまで一時帰国で、またいつもみたいにすぐに向こうに帰りますよね」

現在、石神の潜伏先はキューバの首都ハバナだ。その前はカンボジアのプノンペンにいたと聞いている。まるで世界一周旅行をしているかのように石神はあちこちに居住地を移していた。

理由は本人曰く「飽きちゃうんだよね」で、国境をくぐり抜けること自体は「余裕」らしい。

そんな石神はだいたい年に一度の割合で日本に帰国し、二週間ほど滞在したのちに、再び船で海を渡っていく。

「さあ」

「さあって、そのままいる可能性もあるってことですか?」

今度はハンドルを握る小田島がバックミラー越しに滝瀬を見て言った。

「だからそんなのおれにもわかんねえって」

「さすがに石神くんでもこっちじゃガラかわせなくないスか？　リスキー過ぎると思いますけどね」

「なんだよおまえら。石神に日本にいてほしくなさそうじゃねえか」

訊くと二人は一瞬押し黙り、「いや、別にそういうことじゃないですけど」と小声で否定した。

滝瀬は二人の気持ちがよくわかった。たとえ一時的なものだとしても、石神の帰国を考えるとひどく憂鬱な気分になるのは自分も同じだからだ。

凶徒聯合のメンバーはいつだって石神に怯えて生きてきた。それこそ少年時代から過度な緊張を強いられてきたのだ。

呪縛とも呼べるそれにはっきり気づいたのは、石神にフダが回り、彼が日本を脱出してから半年後だった。

石神を除いたメンバー全員で久しぶりに集まる機会があったのだが、そのとき、みな憑《つ》き物がとれたような穏やかな顔つきをしていたのだ。

それから今日までの三年間、自分たちはとても平穏だった。もちろん相変わらず喧嘩もしていたし、のっぴきならないトラブルに巻き込まれたことも何度かあった。

だが、それでもやはり安寧の三年間だったのだ。ということはそれが答えであるような気がする。

もちろん滝瀬にアウトローの世界から足を洗う気など毛頭ない。だが、石神に繋がれた鎖からは解放されたい。これはおそらく、全員が同じ思いでいるはずだ。が、誰一人として口に出す者はいない。

車はしばらく走り、先の信号に捕まったところで、「なあ、煙草吸ってもいいか」と日南が言った。

「電子煙草ならな。臭いがつくと嫁がうるせえから」

「そんなの持ってるわけねえだろ」

と舌打ちした日南に対し、「これ吸えよ」と滝瀬は後ろから自分の電子煙草を差し出し、「そういえば小田島、おまえんとこ、もうすぐ生まれるんじゃなかったか」と話題を振った。

「ええ、来月の予定です」

「何人目だっけ」

「四人目ですね」

「すげえな。男、女?」

「また男です。どうやらおれの種からは男しかできないみたいで。滝瀬くんのとこの娘さんは何歳になるんでしたっけ?」

「五歳。来年キリン組に上がるよ」

「キリン? ああ、年長組ってことですね」

「そう。今はパンダ組」

「それくらいだとめちゃくちゃしゃべるでしょ。女の子はとくに」

「ああ、超生意気だよ」

小田島とそんな会話を交わしていると、「二人ともファーザーしてるんだ」と電子煙草を咥《くわ》えた日南がつまらなそうに言った。

「日南もそろそろ身を固めたらどうだ」と滝瀬が言う。

「いやあ考えられないっスよ。おれは一生独り身で結構です」

「おまえが思うほど家庭って悪いもんじゃねえぞ——なあ、小田島」

「ええ、手も金も掛かりますけどねえ」

「滝瀬くんや小田島がそんなことを言うようになっちゃ世も末だ」

日南は煙混じりのため息をついていた。

今では凶徒聯合の半数以上のメンバーに家庭がある。今現在独り身は日南と田中と石神、それと塀の中にいる水賀谷だ。

ちなみに殺された坂崎にも妻と二人の子どもがいた。先日行われた葬儀の際、坂崎の遺体を前に泣く家族の姿を見て滝瀬はひどく胸が痛んだ。彼女らの姿が自分の妻と娘に重なったのだ。

「話は変わりますけど、近々清栄会にガサが入るらしいですよ」

信号が変わり、小田島が車を発進させたところでそんなことを言った。

「初耳だな。その情報は古賀からか」

「まさか。あのおっさんはなんにも漏らしませんよ。我々の心強い味方からのリークです」

その言い回しで誰だか察した。自分たち凶徒聯合を準暴力団指定する話が持ち上がっていることもその人物から教えてもらったのだ。坂崎殺害事件における警察の動向も逐一報告をもらっている。

「でもどうしておまえに清栄会のガサ——なるほど、ダイナマイトの件か」

「です。警察は別件で令状取ってるそうですが、真の狙いはそれです。で、もしもそこで変なもんが出てくると厄介なことになるぞって」

「そんなもん残してないだろ」

「もちろん。ブツは二本しか渡してないですし、その二本とも爆破に使われて消えてますから。まあ一応、恩を売るつもりで清栄会には人伝に注意しておきましたけどね」

「やりとりとかの証拠もないんだろうな」

「ありません。だいいちおれは一度も清栄会とはコンタクトを取ってませんし。だから連中が何に使用するのかおれは本当に知らなかったんですよ。当然坂崎くんは知ってたみたいですけどね」

内藤組の組事務所を爆破したのは清栄会の構成員で、坂崎の知り合いだった。そいつからの頼みで坂崎は小田島に相談を持ち掛けたのだ。

小田島は土木会社を経営しており、仕事柄ダイナマイトを所持している。

「だったらやっぱりさ、内藤組の奴らなんじゃねえの、坂崎くんを殺ったの。ってなると、おまえも結構ヤバいんじゃね？」

日南が手で拳銃の形を作り、それを運転席の小田島に突きつけておちょくるように言った。

「笑わせんなよ。どうして道具を用意したからって狙われなきゃなんねえんだ。報復する相手がちがうし、さすがにタマ取るまではしねえだろ」

「お、ビビってる、ビビってる」

「殺すぞ。だいたい考えてみろよ。おれはもちろん、坂崎くんだって両者の喧嘩には一切関係ないんだぜ。つまり犯人は内藤組じゃねえってことだ」

滝瀬もそう思う。それに下手人が内藤組だとしたら、それは自分たち凶徒聯合に対する宣戦布告でもある。

内藤組は組員をそれなりに抱えているものの所詮は田舎ヤクザだ。清栄会との戦争中に凶徒聯合とも構えるなんてできるはずがない。それこそ壊滅は必至だろう。

だが、そうなるとますます犯人の見当がつかない。内藤組に限らず、凶徒聯合に刃向かう度胸がある者がいるとは思えないのだ。

滝瀬がそう話すと、「ですよね。ふつうに考えたらおれらと本気で揉める連中なんているはずないんですけどね」と小田島が同調した。

もっとも凶徒聯合に消えてもらいたいと願っている連中は星の数ほどいるだろうが。

「そういえば昨夜阿久津《あくつ》くんと電話で話してたとき、それこそ藤間兄弟の仕業なんじゃないかって、あの人は結構マジなトーンで言ってたけど」

日南がボソッとそんなことを言い、滝瀬は鼻で笑った。

「あの兄弟が地獄から蘇《よみがえ》ったってか。あいつは相変わらずだな」

阿久津とは滝瀬と同い年の凶徒聯合の仲間のひとりで、昔からオカルトめいた話や都市伝説の類《たぐい》を好んでいた。

「でも、藤間兄弟だとしたらしっくりくるっちゃ、くるな」と小田島が言った。「あいつらならああいう殺し方をしてもおかしくねえし」

「だろう。おれもあながち的外れじゃないような気がしてきてさ」

「なんだよ、おまえら。マジで言ってんのかよ」

「いや、もしも奴らが生きてたらの話ですよ。だって考えてみればおれらに真っ向から刃向かってきたのって、あの兄弟くらいのもんじゃないですか。それに、誰一人兄弟の死体を直接見たって人もいないわけだし」

小田島の発言後、車内にしばし沈黙が訪れた。

滝瀬はそれを打ち破るように荒く息を吐き出した。

「藤間兄弟は三年前にたしかに死んでるさ。石神がきっちり調べてるし、おれだって信用できるスジからそう聞いてる。おまえらだってそうだろ。それがここにきて生きていたなんてオチはねえ──おい、この辺りで降ろしてくれ」

小田島がハザードを出して車を路肩に寄せて停めた。すぐそこの歩道では大勢の老若男女が行き交っている。

「なんにしても早いとこ犯人を見つけ出して、きっちり落とし前つけないと凶徒聯合の名が廃《すた》るぞ」

最後に滝瀬が低い声でそう告げると、日南と小田島は鋭い目をして頷いた。

「些細なことでも何かあったら連絡をくれ。それじゃあな」

車を降り、行き交う人の群れに加わった。遊歩道をゆったりとしたペースで歩く。

落とし前──先ほど自分が口にした台詞が脳裡に浮かび、滝瀬は気分がずっしり重たくなった。

だが、やらないわけにはいかないだろう。自分たちは石神から正式に命令を下されているのだ。

坂崎を殺した犯人を捕らえ次第、即殺せと。

それができなければナメられることになり、各々の仕事にも少なからず影響が及ぶとも言われた。

たしかにその通りだろう。凶徒聯合が携わるビジネスにおいて、同業他社はけっしてこちらの縄張りに入ってこない。だが少しでも勢力が弱まったとみればあっという間に土足で踏み込んでくるだろう。

これまで自分たちは圧倒的な恐怖を武器に、ビジネスを拡大させてきたのだから。

準暴力団指定を逃れるために解散を装いつつ、恐怖の象徴として今後も裏社会で存在感を示していきたい。

我々は今、とても複雑で難解なことをしようとしている。この危機的状況は凶徒聯合結成以来、初めてのことかもしれない。

11

「犯人に対して怒り？　そりゃあるよ。キョウレンを脱退してからは疎遠になってたとはいえ、坂崎とはチン毛が生え揃う前からツルんでたんだぜ。酸《す》いも甘いもすべて一緒に経験してきたんだよ。そんな同じ釜の飯を食ったダチがあんなふうに殺されちまって——」

深夜零時五分過ぎ、路肩に停めた薄暗い車の中で、黒いサングラスに黒いマスクをしたヒロポンこと田中博美が一人でしゃべっていた。

もっともこの独り言を聞いている人間はたくさんいる。スマートフォンを使ってユーチューブチャンネルの生配信中なのだ。

現在、車は新宿御苑の大木戸門付近の路地裏に停めてある。ここには人に呼び出されてやってきたのだが、早く着きすぎてしまったので時間潰しも兼ねて急遽生配信を行うことにした。が、想像以上の視聴者数に我ながら驚いている。現在の視聴者数は二万を超えており、今もぐんぐんと増え続けていた。

予告することなく、唐突に始めた配信にこれほど多くの人が集まっているのは、無論坂崎が殺害されたからである。あの事件後、田中が生配信を行うのはこれが初めてで、かつての仲間だったヒロポンの発言が注目されているのだ。おそらく視聴者の中には警察関係者もいることだろう。

「ケジメを取らなくていいのかって？　そんなのできないし、するつもりもないよ。だいいちおれはもう、やられたらやり返すとか、そういう切った張ったの世界から完全に足を洗ってるの。だから今はこれを見てるみんなと同じ一般人なわけ。そこんとこ忘れずによろしく」

以前は自宅などで動画を撮り、それに編集を加えてユーチューブにアップロードをするだけだったが、去年の暮れからこうした生配信も不定期で行うようにしていた。視聴者から届くコメントをその場で読み上げ、それに答えていくというスタイルでやっているのだが、これが意外と自分の性格に合っている。いつでもどこでも気軽に行えるし、編集の手間が掛からない。なにより生配信をするたびにヒロポンちゃんねるの登録者数が増える。チャンネル登録者数は田中にとって目下一番の関心ごとだ。

ただし、リアルタイムなだけに発言には細心の注意を払わねばならない。迂闊なことを口にしようものなら手に負えぬ事態に発展しかねないのだから。

自分たち凶徒聯合はこれまで数えきれないほどの悪事を働いてきた。その中には表沙汰になっておらず、警察も知らないことが山のようにあるのだ。

そして、もしも下手を打とうものなら恐ろしい制裁が待っている。それは法によって裁かれるものではなく、身内によって物理的に加えられるものだ。

あれは半年ほど前だったか、焼肉店で肉をつつきながら生配信を行っていたとき、とある視聴者から凶徒聯合のリーダーである石神丈一郎についての質問が寄せられた。

その際、酒に酔っていたせいもあってついしゃべり過ぎてしまった。石神の家族構成から始まり、その家族が今現在は丈一郎とは縁を切り名前を変えて生きていること、そして彼の妹がべっぴんで一時期自分たちのアイドルだったなんてことも雄弁に語ってしまったのだ。

そうした最中、田中に一本の電話が入った。通知された番号は海外からのもので、相手は石神だった。

〈田中くんさあ、ちょっとしゃべり過ぎじゃない。人気者になるのは結構だけど、あんまり調子に乗ってるようならこっちも黙ってられなくなるからね。気をつけてよ〉

潮が引いていくように酔いが急速に醒めていった。

田中は以後軽はずみな発言は絶対にしないと誓い、酒を飲んで配信しないことも約束した。悪魔の申し子の怒りを買ったのでは命がいくつあっても足りない。

とはいえ、である。あまり守りに入っていては視聴者にすぐ飽きられてしまう。彼らが元凶徒聯合で著名なアウトローであった――過去形はあくまで表向きなのだが――自分に求めているのは過激さや危なさであることはまちがいない。だからこそ発信には絶妙なバランス感覚が要求される。そして今、自分は上手いこと立ち振る舞えているはずだ。

現在、ヒロポンちゃんねるの登録者数は二十二万人もおり、動画の総再生回数は一億回をゆうに超えている。これらの数字こそヒロポンが世間の需要とマッチしている証だ。おそらくこうした芸当ができるのは凶徒聯合の中では自分だけで、ほかの連中には逆立ちしてもできないだろう。天才の石神にだって絶対に無理だ。

「昔から坂崎はバイクの運転がめちゃくちゃ上手くてさ、急カーブのとこに狂ったようなスピードで突っ込んでくわけよ。スリルがたまんないなんてあいつは笑ってたけど、ケツに乗ってるこっちからしたらそれこそたまったもんじゃないわけ。けど、当時はおれもビビってると思われたくないから、『スペース・マウンテンみたいで楽しいな』なんつって強がっててさ――」

五年前、石神の理不尽な命令によって嫌々やらされたユーチューブだったが、それがきっかけで今ではこれが自分の生きがいとなっている。

人という生き物はとことんわからないものだ。現在のヒロポンの姿は喧嘩一番の武闘派だった昔の自分からは想像もつかない。

「でも笑えるのがさ、大人になってから坂崎に聞いたら、実はあいつもちょっとビビってたんだって。まあこれも一種の悪いヤツあるあるなんだけど、仲間内でも虚勢の張り合いっつーか、突っぱってないとのし上がっていけないわけ。おれらが無茶な喧嘩を繰り返してきたのもそういう仲間内での評価を気にしてたとこが――」

自分はこれまでアウトローとして名前を売ることに必死だった。裏社会で大物になることだけが唯一のモチベーションだったのだ。

その欲望が本格的にユーチューブを始めたことによって徐々に変化してきた。

多くの人に見られる、世間に注目されることに快感を覚えはじめたのだ。それは夜の街を肩で風を切って歩くといったものとは異なる、新たなエクスタシーだった。

そうして表舞台で芽生えた田中の承認欲求は、今もなおどんどん肥大している。

現在、田中博美の最大の目標は一流ユーチューバーとなり、表社会でもメジャーな人物になることである。それこそヒカルやヒカキンといった奴らを名実ともに凌駕したい。いつか彼らのようにテレビのバラエティ番組にも出てみたいし、チャンスがあればドラマや映画にだって出演してみたい。アウトロー役なら自分はうってつけの人材だろう。

きっとこうした夢を人前で語れば鼻で笑われるだろう。だが、けっして手の届かぬ夢ではないと田中は信じている。

先月末に投稿した『ぼったくりバーの従業員をお仕置きしてみた』という動画はユーチューブ内の急上昇ランキングに載り、いくつかのネットニュースにも取り上げられた。多数の有名人も視聴したらしく、彼らがＳＮＳでその感想を綴ってくれたおかげで再生回数はぐんぐんと伸び、三日で二百万回を突破した。

実情をいうと、そのぼったくりバーの経営者は自分であり、従業員たちも子飼いの若い衆だ。つまり、ヤラセ動画なわけだがそんな内情はどうだっていい。注目を浴びればなんだっていいのだ。

世の中、結果がすべて。勝てば官軍、負ければ賊軍だ。

その観点から言えば死んだ坂崎は賊軍であり、敗者ということになる。

「第三者的な目で見ればさ、坂崎もこれまで人に恨まれるようなことを散々してきたわけで、被害を受けた人たちから見ればあいつの死はいい気味なのかもしんないよね。つまり自業自得っていうかさ、ある意味、ツケを一気に払わされたみたいなとこもあるのかもしんないよ。でも友人の立場で言わせてもらえば、あいつは仲間思いの熱い男で、なにより今は真面目にやってたわけよ。あいつはおれとちがって一応現役だったわけだけど——」

坂崎が誰の手によって殺されたのかはわからない。ただ、あいつはメンバーの中でもとりわけ任俠団体と密接な関係にあったし、おそらく危ない橋を渡ってばかりいたのだろう。つまりは愚か者なのだ。

坂崎に限らず、凶徒聯合のメンバーはみな頭は切れるものの、処世術というものが今ひとつわかっていない。はっきり言ってしまえば、リスクマネージメントがなってないのだ。

その点、おれはちがう。

「ああ、こんなふうに語ってたらなんだか涙が出てきちまった。歳は取るもんじゃねえな。年々涙腺が緩くなってきてんだよね。え？　鬼の目にも涙？　はは。鬼ときたか。まあ否定はしないよ」

自分が抱えているビジネスの中でグレーなものはぼったくりバー程度のもので、それも法を逸脱せぬギリギリのところで運営しているため、摘発される恐れはない。そのほかにも脱毛エステや美容室を都内に数店舗抱えているが、これらは本当に真っ白で、何一つやましいところがない。

ほかのメンバーは程度こそ異なれ、みなブラックビジネスに手を染めている。いつ足をすくわれるともわからないのに、彼らにそこから手を引く気配は微塵も感じられない。おそらく長年億単位の金に浸かってきたせいで感覚が麻痺してしまっているのだろう。

たしかに正業とそうでないものとでは、稼ぎに雲泥の差が出るのは紛れもない事実だ。ゆえに経済的な面でみれば、自分はメンバーの中で一番下だろう。

だが、最後に勝つのはこの田中博美だ。

「きっとこのチャンネルはやんちゃな少年たちも見てくれてると思うんだけどさ、悪いこと言わないから真っ当に生きた方がいいよ。そうすれば人生が開けるし、未来が明るくなるから」

すでに時代は変わっているのだ。ヤクザの陰に隠れて半グレが暗躍できた時代は、数年前に終焉を迎えている。半グレを対象に準暴力団指定の話が持ち上がったのがなによりの証左である。

そして半グレに対する世間の認識も、正体のはっきりしないヤクザである。

だからこそ、田中はいつしか凶徒聯合を本当に抜けたいと考えている。

「お、気がつきゃもうこんな時間か。みんなとこうして話してると時間が経つのが早いわ。そろそろ待ち合わせしている人がやってくるころだな」

ただ、今すぐ足を洗うことはできない。今、凶徒聯合と距離を置けば我が身が危険だ。我ながら悪事に手を染めてきた過去を振り返れば枚挙にいとまがない。人の恨みを買っているという点においては、自分もほかのメンバーと大差ないのだ。武闘派として率先して相手に危害を加えてきたぶん、むしろ上かもしれない。となれば当然、自分を憎んでいる連中は少なくないだろう。

だがそうした連中が復讐に出ることはない。裏社会の人間であれば誰しも田中博美は現役の凶徒聯合であり、引退はフェイクだと知っているからだ。

しかし、もしこれで本当に凶徒聯合と切れたと認知されれば、自分の命を狙う連中も出てくるかもしれない。

そしてなにより、脱退したいなどと申し出れば、自分は仲間によって確実に葬られるだろう。

あの石神が脱退を認めるはずがなく、許すはずがないからだ。

「お」フロントガラスの数十メートル先に待ち合わせ相手と思しき姿を発見した。「そんな話をしてたらちょうどやってきたわ」

だから、待つしかないのだ。石神が自滅するその日を。

あの男は恐るべき頭脳の持ち主だが、時折信じられないような下手を打つ。後先をいっさい考えていないかのような愚行に出るときがあるのだ。

交際していた女を殺害したこともそう、渋谷のクラブで大学生を半殺しにしたときもそう。

前者は浮気発覚の怒りに任せて、後者はまさかのその場のノリだ。

正直、石神はどうかしている。

殺した女は交際していたとはいえ、何人もいる遊び相手の一人にすぎなかった。学生はただの一般人で、危害を加える理由なんて何ひとつなかった。

だから、自分の読みでは石神の破滅の日はそう遠くない。あいつは必ず、滅びる。できれば警察に捕まるなどといった生温い着地ではなく、物理的にこの世から消えてもらいたい。

石神が死ねばおのずと凶徒聯合は消滅し、自分は晴れて自由の身となる。そしてそのとき、田中博美がゴロツキ共など容易に手を出せぬほどの大物になっていればいい。

「さて、次の配信はいつにすっかなあ。こんなに多くの人が見てくれるなら、明日もまた同じくらいの時間にやろうか」

待ち合わせ相手が車のそばまでやってきた。黒っぽいパーカーにキャップを被り、背中には大きなリュックを背負っている。まるでそこらの学生のような出で立ちだ。

なにはともあれ、こんな夜更《よふ》けにいきなり呼び出しておいて、いったいこの男は自分にどんな話があるというのだろう。自分にとって都合のいい話ならありがたいのだが。

田中はフロントガラスの先にいる相手に向けて、ジェスチャーで助手席に座るように促した。

ほどなくして助手席のドアが開けられ、相手が乗り込んできた。

「じゃあ今日の配信はここまで。また明日——」

バチッ！

突然、目の前に白い閃光が走り、激しいスパーク音がこだました。

同時に、すべての感覚が吹き飛んでいた。

12

「なんだったんだ……今の」

自宅の暗い居間の片隅で、パソコンの青白い光に照らされていた中尾聡之は画面を凝視したまま、思わずそう漏らしていた。

すでにヒロポンによる生配信は終了しており、今現在画面には何も映し出されていない。音も何ひとつ聞こえない。

たった今、目の前で見たものはいったいなんだったのだろう。何かしらの演出、もしくはこの手の連中ならではのドッキリのようなものだったのだろうか。

聡之はひとつ深呼吸をしたあと、この画面の中で起きた出来事を冷静に振り返ってみた。

まず、この生配信が始まったのは十五分ほど前だ。聡之がちょうどヒロポンちゃんねるに上がっていた過去動画を視聴していたところに、主による生配信が開始されたという知らせが画面に表示された。

クリックしてみると、薄暗い車内の運転席に座る一人の男が映し出された。黒いサングラスとマスクをしたヒロポンこと、元凶徒聯合の田中博美だ。

そこで田中は一週間前に殺害されたかつての悪友、坂崎大毅について思い出話などを交えて駄弁を展開した。

彼は冒頭で人と待ち合わせていると話していたし、だから短い時間しか配信できないとも言っていた。そして終盤、〈お、そんな話をしてたらちょうどやってきたわ〉と口にし、ほどなくして助手席のドアが開けられる音がした。

そこで彼は生配信を終えるため、視聴者に別れを告げようとした——そのときだった。

助手席側から黒い棒のような物が運転席の方へ向かってスッと伸びた。そしてバチッという破裂音と同時に車内全体が一瞬白く浮かび上がった。

直後、田中の身体はびくんと跳ね上がり、小刻みに痙攣《けいれん》を起こしていた。

そしてその数秒後、配信が切れた——。

あれはいったいなんだったのか。黒っぽい棒が放電したように見えたが見まちがいだろうか。

事故が起きた、ということなのだろうか。車内に置かれていた何かしらの機材があの黒っぽい棒と接触して放電し、そして田中は感電した。少々無理がある気がするがそうとしか考えられない。

まさか襲われたわけではあるまい。田中に警戒している様子はまるで感じられなかったし、自分に危害を加える恐れがあるような人物と、こんな遅い時間に車で待ち合わせるというのも不自然だ。

だが、ひとつ確実なのは生配信を終わらせたのは田中ではないということだ。助手席にいた人物が田中のスマートフォンを操作し、生配信を終了させたのだ。

そんな思索に耽っていた聡之はここでハッとなった。自分以外の視聴者たちは今の出来事をどのように捉えているのか気になったのだ。

早速キーボードを叩いてツイッターを開き、検索ワードに『ヒロポン』と打ち込んでみた。

《ヒロポンの配信見てたんだけど、最後に爆発？　みたいのした。見た人いるー？》

《なんか知らんけどヒロポン昇天してたｗｗｗ》
《あの光と音なんだったん？》
《もしかして襲われたんじゃねえの？　いや、結構ガチで》
《どうせまた得意のヤラセだろ。ぼったくりバー動画の前科もあるし、こいつマジで終わってる》
《一応警察に通報しといた。おれ、偉過ぎ》
聡之が無心で画面をスクロールしていると、突然電気が点けられ、居間がパッと明るくなった。
振り返ってみると、ドアの前で不満げな表情を浮かべた妻の加奈子《かなこ》が立っていた。
いや、どちらかといえば不満ではなく不安だろうか。妻は眉間にシワを寄せ、訝しげな眼差しを夫に注いでいる。
「ごめん。起こしちゃった？」聡之は少々気まずそうに言った。
「ううん。ずっと起きてた」
「どうした。眠れないのか」
「……」
「なんだよ」
妻は返答せず、食卓テーブルに歩み寄り、椅子を引いて腰掛けた。そして両手を使って頬杖をついた。

しばし重い沈黙が続く。

「なあ、どうしたんだって。なんでずっと黙って――」

「おかしいよ」妻がボソッと言う。

「おかしい？　何が？」

「あなた。ここ最近、そうやってずっとパソコンとかスマホとか、一日中ネットにかじりついてばかり。昨日なんて明け方までそこにいたでしょう」

「だからそれは転職サイトを――」

「嘘。本当は例の事件に関することを調べてるんでしょ。悪いと思ったけど、パソコンのアクセス履歴見ちゃったもん」

聡之は視線を外した。

「私、わからない。あなたがどうしてそんなにその事件にこだわってるのか、まったくわからない」

聡之は鼻から息を漏らした。

「言っただろう。おれは被害者が殺される前夜にバーで会ってるって。それに、昔おれの友達があの半グレ連中から暴行被害を受けて――」

「そんなの関係ないっ。私にはそんなの関係ないし、あなたにだって一切関係ないっ。最近のあなた、なんか異常だよ」

突然の妻の大声に狼狽した。こんな妻の姿を見るのは初めてだった。

「夜中にそんな大声出すなよ。子どもらが起きちゃうだろう」

妻は深々とため息をつき、頬杖を解いたあと、今度は頭を抱えた。

またも沈黙が訪れる。零時を過ぎているからだろう、居間の中は不気味なほどひっそりとしていた。

十年前に三十年ローンを組んで購入したこのマンションは壁の防音がしっかりとしており、昼間でも隣人の生活音が響いてこない。さほど平米数はないものの家族四人で住む分には不都合はなく、交通の便も良好で、都内の勤め人にはもってこいの物件だった。それ相応の値段はしたが買って正解だったのだろう。

だが再来月、十二月にはローンに充てるボーナス払いが待ち構えている。まったく貯金がないわけではないが、早いところ次の仕事を決めなくてはならない。

だが、その焦りに反して行動を起こせていなかった。妻の指摘通り、自分は過剰なまでに今回の殺人事件、凶徒聯合の連中にこだわっている。いや、取り憑かれている。

自分でもその理由がよくわからない。

「脩人《しゅうと》のクラスで、イジメがあったって、ちょっと前に話したでしょ」

頭を抱えたまま、妻が途切れ途切れに言葉を発した。脩人とは、小学校四年生になる自分たちの長男だ。

「ああ、今担任の先生が詳しい状況を調べてるところなんだろ。そういえばその件どうなったんだ?」

訊ねてみたものの、妻はずっと黙っていた。

「どうしてそうやって黙るんだよ、毎度毎度。そっちから切り出したんだろ」

聡之は苛立《いらだ》って言った。妻は昔からこういうところがある。会話の途中で突然黙り込んだり、言いたいことをその場で口にすることなく、あとになってこんなふうに態度や仕草で不満を表したりするのだ。聡之はこれまで幾度となく、「子どもじゃないんだから」と苦言を呈してきたが、一向に改善される気配はない。

そんな妻の態度にほとほと嫌気が差し、聡之はかぶりを振ったが、途中でその動きをピタッと止めた。

「おい、まさか脩人がいじめられてたんじゃないだろうな」

「……」

「おい、加奈子」

「逆」

「は？」

「だから逆。脩人はいじめてた方」

一瞬思考回路がショートし、意味が理解できなかった。やがて意味は理解できたものの、言葉が出てこなかった。

脩人が、おれの息子が、他人をいじめていた——？

「もちろん脩人だけじゃなくて、ほかにもいたみたいだけど。でも先生はたしかに脩人くんもやっていたようですって」

聡之は自然と額に手を当てていた。

脩人は小さい頃から他人に親切で、心優しい子だった。それでいて曲がったことが嫌いで正義感が強い子だった。今学期はクラスの学級委員長も務めているのだ。

そんな自慢の息子がいじめの加害者だなんて、とてもじゃないが信じられない。信じたくない。

「脩人自身は認めたのか」聡之はかすれた声で訊ねた。「問い質したんだろう」

妻は小さく頷き、

「最初の方は言い訳してたけど、ママはもう全部知ってるんだよ、怒らないから正直に話してって伝えたら、最後はきちんと認めた」

聡之は数秒間目を閉じ、ふーっと細く長い息を吐いた。

「脩人を起こしてくれ」

「待ってよ。こんな夜中に――」

「関係ない。今すぐ叩き起こせ。しっかり事情を説明させる」

「だからそれは私がちゃんと聞いてるって」

「おれは聞いてない。どういう理由があって人をいじめたのか、そんなことが許されると思っているのか、おれはあいつの口から聞きたい」

聡之は勢いよく椅子から立ち上がり、脩人の部屋に向かおうとした。すると、廊下へとつづくドアの前に妻が立ちはだかった。

「どけ」眼前の妻を睨みつけて言った。

「今日はやめて。せめて明日学校から帰ってきてからにして」

「ダメだ。今すぐに話し合う。おまえは立ち入らないでいい」

それでも妻はどこうとはしなかった。両手をめいっぱい広げて、通せんぼをするように夫の前進を阻んでいる。

「どけと言っているだろう」

聡之はそんな妻の手を摑み、力任せに脇へ押し退けた。そしてドアを開け、その奥へ足を踏み出した。

その直後、

「だったら離婚するから」

背中にそんな台詞が降りかかった。

聡之は立ち止まり、半身を翻《ひるがえ》した。「なんだって」

「もし今すぐに脩人を問い詰めるんだったら、私、あなたと離婚するから」

聡之は首を傾げた。妻はまるで親の仇のような目で夫を睨みつけている。

「おまえ、何言ってるんだ。どうして突然そういう話になるんだよ」

「……突然じゃない」

妻がそうつぶやき、聡之はごくりと唾を飲み込んだ。

「じゃあなにか、前々から離婚を考えてたっていうのか。それはいつからだ？　理由は？」

「だからそうやって問い詰めないで」

「答えてくれなきゃわからないだろう。おれにはおまえの心を読むことなんて——」

「私だってわからないわよっ」妻が大声で遮った。「勢いで言っちゃったけど、別に具体的に考えてたわけじゃないし、どれくらい本気かなんて私にだってわからない」

聡之は鼻を鳴らした。

「それなのに、よく軽々しく離婚だなんて口にできたもんだな」

「……」

「だったら一つだけ答えてくれ。いったいおれの何が不満なんだ。転職ばかりしてるからか？　この先の生活が不安なのか？」

そう詰問すると、妻は萎《しお》れるようにうつむいた。「もういい」

「もういいだなんて逃げるなよ。おれは全然よくないぞ。おい、加奈子」

聡之は妻の両肩を摑み、なおも迫った。だが彼女はなされるがまま揺さぶられるだけだった。

うつむく妻の顔を下から覗き込んでみると、泣いているのがわかった。彼女はポロポロと大粒の涙をこぼしていた。

聡之は荒い息を吐いて、その手を離した。

すると、妻は支柱を失ったように床に頽《くずお》れた。

「もう、疲れたの」

両手で顔を覆った妻が聡之の足元で言う。

「私、あなたの正義感が強いところとか、潔癖なところとか、そういうところがずっと好きだった。でも今は……あなたといると疲れちゃう」

すすり泣く妻を静かに見下ろしながら、聡之は昂《たかぶ》っていた気持ちが急速に冷えていくのを感じた。

そして、自分がなぜこれほど凶徒聯合にこだわってしまうのか、今まで判然としなかった理由がぼんやりと見えてきた。

自分はこれまで道を踏み外すことなく、真っ直ぐに生きてきた。学生時代は勤勉で、部活動にも真剣に取り組んできた。ふだんの生活態度だって褒められてきた。けっして悪い誘惑には乗らず、いつだって自らを律してきた。

言ってしまえば自分は品行方正、清廉潔白の人だったのだ。

だが成人を迎え、いざ社会に出てみたらどうだろう。

自分こそが厄介者として扱われるではないか。要領よく立ち振る舞う同僚や、おためごかしの上司の方がよっぽど評価されるではないか。

表では善人を装いながら裏では小賢《こざか》しい不正を働く。それを指摘した者は疎ましがられ、扱いづらいヤツとして窓際に追いやられる。

大なり小なり違いはあれ、これはどんな職場でも同じだった。

なぜ、まっとうな自分が損をして、汚い連中が得をするのか。

あまりに不公正で、理不尽極まりない。

そして、そんな不公正や理不尽の際たる象徴が凶徒聯合だ。

奴らは少年時代から数え切れぬ悪事を重ね、これまで多くの人を傷つけてきた。そんな横道を歩いてきた彼らが今では肩で風を切り、社会を我が物顔で闊歩している。

はたしてこれを許していいのだろうか。いや、けっして許してはならない。

大袈裟にいえば、奴らの存在を認めることは、我が人生を否定することになる。

中尾聡之の敗北を認めてしまうことになる。

——最近のあなた、なんか異常だよ。

先ほど妻に吐かれた台詞がふいに脳裡をよぎった。

そうなのだろうか。自分はどうかしているのだろうか。

愛する妻のすすり泣く声が居間にずっと響いていた。

13

捜査報告を手短に終えると、目の下に黒ずんだ隈《くま》を浮かべた課長の海老原は下唇を嚙み、鼻からため息を漏らした。

この同い年の上司の気苦労を思うと、古賀は心底申し訳ない気持ちになった。きっと平《ひら》の自分とは比べものにならないほど、上から強烈なプレッシャーを掛けられているのだろう。

「いい報告を持ってこれず、すみません」

古賀が詫びると、「ああ、とりあえずご苦労さん」と海老原は力なく労《ねぎら》い、「そういえば窪塚はどうした？」と思い出したように訊ねてきた。

「今日は自分の判断で直帰させました」

古賀が一瞬視線を逸《そ》らしたのを見逃さなかったのだろう、海老原は「何かあったのか」と細い目で見上げてきた。

「ええ、ちょっと」

夕方に暴力団関係者に事件の聞き込みに回っていた際、窪塚は口の利き方がなっていなかった小僧を痛めつけてしまったのだ。

昔ならこんなことは日常茶飯事で、古賀も感情任せにチンピラを殴ったことなど何回もある。が、今はまずい。

案の定小僧は、「診断書を取って被害届を出してやるからな。覚悟しとけよ」と息巻いていた。古賀が顔見知りの幹部に詫び、矛を収めてもらったのでことなきを得たが、おかげで借りを作ることになってしまった。

今や社会のはみ出し者も法を盾に堂々と人権を主張して憚《はばか》らない。そういう時代なのだから仕方ないが、人権や平等もいき過ぎると弊害を生む。

「なるほど」海老原がため息混じりに言った。「あいつはいかんせんカッとなりやすいところがあるな。たしか半年くらい前もそんなことがあったろう」

「生真面目さの裏返しでもあるんでしょうがね」

「沸点が低いというか、一度スイッチが入ったら止まれないタイプなのかもな」

「ええ、自分も仲裁に入った際、『引っ込んでてください』と突き飛ばされました」

海老原がふーっと息を吐く。「今どき珍しいよな、ああいう激情タイプのデカも。ま、おれは嫌いじゃないがな」

「自分もです」

ふたり同時に肩を揺すった。

「ところでがっさん、メシまだだろう。今夜はちょっくらおもてに出ないか」

「自分は構いませんが、席を外して平気なんですか」

「ああ。おれにも少しくらい外の空気を吸わせてくれ。出前はもううんざりだ」

数分後、海老原と連れ立って代々木警察署を出た。車のヘッドライトが行き交う首都高4号線沿いの遊歩道を新国立劇場方面へ向かって歩いていく。

頭上には下弦の月が滲んでおり、夜気はややひんやりとしていた。あと数時間で日を跨《また》ぎ、月が変わる。明日から十一月に突入するのだ。

そして明日で坂崎大毅が殺害されて十三日目、田中博美が殺害されてからは四日目を迎えることになる。

今、世間を大いに賑わしている凶徒聯合連続殺人事件は暗礁に乗り上げていた。相当な数の刑事が血眼になって連日の捜査に当たっているものの、未だ有力な手掛かりは摑めておらず、めぼしい被疑者も浮上してこない。

もちろん凶徒聯合の存在を疎ましく思っている連中はそこら中にいる。ゆえに動機のある、疑わしき人物はこれまで何人も捜査線上に浮かび上がってきた。が、その全員に崩せぬアリバイがあった。

「がっさん。何食いたい」横の海老原が前を見たまま言った。

「エビさんに合わせますよ」

「じゃあラーメンなんかでも構わんか。少々味気ないが」

やはり捜査本部を長く離れるわけにはいかないのだろう。事件全体の舵取りは捜査一課の花村が担っているが、海老原もその次に責任のあるポジションを任されている。古賀を含めた実働部隊の報告を集約しているのは彼だ。

少し歩いたところで、最初に目に留まったラーメン屋の暖簾《のれん》をくぐった。

店内は閑散としていた。夕食時は過ぎており、酒のシメにはまだ浅い時間だからだろう。今はカウンター席の端で一人のサラリーマン風の男がスマホ片手に麺を啜っているだけだ。

そのサラリーマンとは逆端のカウンター席に海老原と横並びで腰掛けた。壁掛けのメニューを眺め、二人ともすぐに品を決めた。

「あ、それと中瓶を一つ。グラスは二つで」

海老原が後追いで厨房に向けて声を上げ、「一杯くらいやってもバチは当たらん」と古賀に口の端を吊り上げて見せた。

ほどなくして運ばれてきたビールを互いに注ぎ合い、グラスを軽くぶつけた。

「正直、まいった」

喉を潤《うるお》したあと、海老原がそう漏らした。

「がっさんははじめから一筋縄じゃいかんと感じていたようだが、内心おれはそれほど難しいヤマじゃないと思っていた。マルガイはキョウレンだけに、周辺トラブルを探ればホシはすぐに挙がるだろうとな」

「自分だって同じですよ。それに、まさか二人目が出るとは考えてませんでした」

はじめの事件が起きたとき、たとえ犯人が組織に属する人間であっても、坂崎はあくまで個人的なトラブルから恨みを買い殺害されたもの——結果としてそれは凶徒聯合に宣戦布告を突きつけることとなるわけだが——という見方が警察内部では有力であり、古賀自身もその線で捜査に当たっていた。

それが田中博美まで消されたことで、事件の見方を根本から変えざるをえなくなった。犯人の標的は個人ではない。凶徒聯合そのものを潰しにかかっている。

「本当にまさかだな。こうなったらますます全面戦争は免《まぬか》れんぞ」

「ホシが組織に属する人間ならばそうでしょうね」

「それは確実だろう。一般人が単独で行ったとはとても考えられん」

いや、と古賀は否定しようとしたがやめておいた。

坂崎大毅と田中博美を殺害した犯人はおそらく同一人物だろう。今現在、警察では暴力団、マフィア、もしくは凶徒聯合同様の半グレ組織に属する人間の仕業であると考えている。

だが、古賀はそこはかとない違和感を抱いていた。

理由としてはやはり両者の殺害方法が挙げられる。裏社会の人間による殺し方とは思えないのだ。

もっとも海老原が主張するように、犯人が一般人であるというのもまた、あまりにリアリティがないのも事実だが。

海老原のグラスが早々に空になったので、古賀がビールを注ぎ足そうとすると、「いや、おれはもういい。あとはがっさんが飲んでくれ」と遠慮された。

横目をやる。海老原の顔はたったこれしきの酒量で赤らんでいた。

「エビさん、もう何日泊まり込んでるんですか」

「まだ三日目だ。さすがに今は帰れないさ。それに、おれなんてまだマシな方で、サイバーの連中なんぞ連日寝ずの番らしい」

サイバー犯罪対策課は警視庁生活安全部に属するインターネットなどを用いたハイテ

ク犯罪を捜査する部署で、年々彼らの需要は増している。

「ネット掲示板を相手にしてるんですか」

「ああ、それとSNSだ。そういうところから事件解決の糸口が何か見つかるんじゃないかってな。ただ、量が膨大すぎて手に負えんようだ」

世間は今、この連続殺人事件の話題で持ちきりだった。テレビのワイドショーをはじめ、インターネットニュースでも常にトップでこの記事が出てくる。ツイッターのトレンドワード第一位は連日『凶徒聯合』だ。

坂崎が殺害されたときもそれなりに騒がれたが、思っていたほどではなかった。だが次の被害者が出たことで、世間の関心度が爆発的に高まった。

連続殺人事件ということもあるが、そこにはもうひとつ大きな要因があった。田中博美が犯人に襲われる瞬間の映像がユーチューブを通して生配信されてしまったからだ。

時間にしたら三秒足らずだが、この前代未聞の事態に警察が、いや、日本中が騒然としている。興奮の坩堝《るつぼ》と化しているといってもいい。

「そういえばがっさん。ホシが着ていたとされるトレーナー、もしくはパーカーだがブランドをほぼほぼ特定できたらしい。カラーは黒じゃなくて濃紺だそうだ」

「本当ですか。どうやって」

映像には犯人の肘から先の腕が見切れて映っていたのだ。古賀も映像を何度も見たが、その服が濃紺であることなどまるでわからなかった。時間帯が夜更けだったということもあり、車内はかなり暗かったのだ。

「画面を拡大して、解像度を最大まで高めて生地の繊維を調べたそうだ。だが残念なことにブランドは十中八九ユニクロであるとのことだ。となると市場に出回り過ぎている。そこから犯人を絞り込むのはほぼ不可能だろう」

「そうですか。では道具の方はどうですか」

「まだ入手経路は判明していない。モノ自体は通販や秋葉原の電気街などでも売られているふつうのやつらしい。元はな」

犯人の手には棒状のスタンガンが握られていた。車内全体を白く浮かび上がらせるほどの閃光と、激しく響き渡ったスパーク音。

改造品であることは一目瞭然で、専門家は市販用で出回っている通常の物のおよそ十倍ほどの威力があったのではないかと推測していた。相手が子どもであればこれだけで心臓が止まってもおかしくないほど強力な物だったそうだ。

それを首筋に直に当てられ、もろに喰らわされた田中は一瞬で意識を失ったはずだ。運転席のシートに座っていた彼の身体は一瞬跳ね上がったあと、小刻みに痙攣を起こしていた。

そうして自由を失った田中は抵抗することなく、ロープで首を絞められ、車内で静かに息絶えた。

これにより、一人目の被害者である坂崎殺害の犯行も単独犯である可能性が一気に高まった。

当初、ガタイのいい坂崎が拘束されていたことから犯人は複数人いたのではと見られていたのだが、あれを用いて相手の自由を奪えば一人でも十分犯行を行えたことだろう。ちなみにこのスタンガンの改造は――もちろん違法だが――多少の知識と必要な道具さえ用意できれば誰にでも可能だという。

「いずれにせよホシはかなり用意周到な人物だ。防犯カメラの位置すら把握していたってことは下調べを行い、綿密に計画を立てていたことは明らかだろう」

犯行時、またその前後、犯人の姿は街頭防犯カメラに一切映っていなかった。

街中に設置されている街頭防犯カメラシステムは平成十四年から都内の繁華街を中心に始まり、今では街を歩けば至るところで目にする。

が、それでも当然死角は出てくる。新宿でいえば防犯カメラは歌舞伎町にはいくつもあるが、新宿御苑の方にはほとんど置かれていない。それも犯行現場となった大木戸門付近の路地裏の一角は完全なる死角地帯だった。

犯人はそうした安全な場所で犯行を成し遂げ、安全な逃走経路を通って姿を消した。

「敵ながらあっぱれだが、こっちの方は相当ぶっ飛んでるな」海老原がこめかみを指でトントンと叩いた。「いくら死角があるとはいえ、東京のど真ん中、それも眠らない街でコトに及んだんだ。二、三本はネジがぶっ飛んでないとできやしない」

「同感です。それと同時にある種の開き直りのようなものを自分は感じるんです」

古賀がそう言うと、海老原が顔をこちらに向けてきた。

「なぜそう思う」

「ホシは結果としてコトを成し遂げましたが、冷静に考えれば両件ともにリスクが高過ぎます。おっしゃる通りホシは頭の切れる人物でしょうから、それを承知で行動に及んだのはまちがいないでしょう。だとするとホシは、たとえ捕まろうとも構わない、万が一死ぬことになっても――と腹を括っているのかもしれません。それくらいの覚悟がないとこれほど大胆な行動には出られんでしょう」

「なるほど。開き直りと覚悟、か」

「ええ。なにより相手はキョウレンです。保身が一片でもあれば喧嘩は売れません」

ここで「お待ち」とラーメンが二つ運ばれてきた。古賀は塩ラーメン、海老原はチャーシュー麵を注文していた。

あまり空腹を感じていなかったが、湯気立った丼を前にしたら食欲が湧いてきた。まずはレンゲを使ってスープを啜る。甘味のある塩気とほど良い油が口の中に広がった。

その後、黙々と麵を啜っているとドアがガラガラと開いた。どこかの高校の野球部の部員だろうか、制服姿で共に坊主頭の男が二人入店してくる。顔の造作は異なれど、背丈が似通っているのでパッと見は双子のようだった。

「がっさん。F兄弟はたしかにホトケになってるんだよな」

麺を挟んだ箸を宙で止め、海老原がいつもの癖かイニシャルで藤間兄弟のことを訊いてきた。

「ええ、おそらくは。少なくとも自分はそう認識しています」

「となると、やはりあの文字は我々を攪乱する目的で彫られたわけだな」

古賀は頷き、「それとキョウレンを、だと思います」と補足した。

「だが、奴らだってF兄弟の末路を知っているだろう」

「もちろんそうでしょうが、こういう状況になってくると人は動揺してしまうものです。奴ら自分の前では強がっていましたが、おそらく疑心暗鬼になっていることと思います」

遺体となった田中の手の甲には、アイスピックやマイナスドライバーのような先の尖った物で彫られた『孔』という文字が刻まれていた。

これは藤間兄弟の勝利の刻印であり、象徴である。

藤間兄弟は凶徒聯合の長年の宿敵であり、最大の天敵だった。両者は十代の頃から度々衝突を繰り返し、これまで多くの惨劇を生んできた。

もっとも藤間兄弟に凶徒聯合のような知名度はない。裏社会では名が通っているが、世間一般的にはほぼ無名といっていいだろう。

あの兄弟は派手なことを嫌い、街で必要以上に自分たちの力を誇示することもなかったからだ。

彼らは、ただ人の下につきたくない、人に頭を下げたくない、その一心で同世代のアウトローの頂点にいた凶徒聯合に反目し、渡り合ってきたのだ。

だからといって、藤間兄弟が可愛い奴らかといったら大間違いで、その凶暴さは凶徒聯合にまったく引けを取らない。

それは兄の孔一、弟の孔二ともにだ。とりわけ喧嘩となったら二人とも容赦なく、誰であろうと残虐なまでに相手を叩きのめしてきた。そして彼らは敗者の肉体の一部に、必ず『孔』という文字を刻み込んだ。

彼らと同世代のアウトローの中には今もその文字が残っている者が少なくない。

そんな藤間兄弟がとある任侠団体とトラブルを起こし、消されたという噂が流れたのは今から三年前だ。

現在も犯人は捕まっておらず、兄弟ともに遺体は上がっていないが、近しい暴力団関係者の話から死んだのは事実であろうと警察は認識していた。事実、その時期から兄弟は手掛けていたビジネスをすべて放り出し、銀行口座にも動きがなくなっていた。

「つまり、ホシの作戦は半分は成功したってわけか」

「そういうことになります。本日ニンドウさせたメンバーのAなどF兄弟の名前を出しただけで顔を引き攣らせてましたから」

今日は凶徒聯合の阿久津という男を任意同行で引っ張り、警察署の取調室で話を聞いた。阿久津はイケイケで通っているが、実際は小心者で臆病であることを少年時代から見てきた古賀はよく知っている。そこであえて脅すように、「おれらは藤間兄弟の線を捨てているわけじゃないぞ」と告げると、阿久津は生唾を飲んでいた。

「キョウレンが恐れを抱くほどの兄弟か。おれはF兄弟と面識はないが、どちらもそんなに暴れん坊だったのか」

「ええ、無茶苦茶でした。ガキの頃から危険過ぎて、どこの団体も自分のところに誘わなかったくらいですから」

「しかし、危険で無茶苦茶なのはキョウレンも同じだろう」

「まあ。ただ、キョウレンとF兄弟には明確なちがいがあります」

古賀はビールで口の中の物を流し込んでから海老原に向けて身体を開いた。

「それは血です」

「血?」

「ええ、当たり前ですが兄弟は血縁関係にあります。だからこそ、二人は固い絆で結ばれていて、お互いを守るために戦うんです」

「絆——キョウレンにはそれがないってわけか」

「ありません」古賀は断言した。「奴らが戦うのは恐怖からです。仲間のためと叫びはしますが、実際はどいつもこいつもリーダーのIによって見えない鎖で繋がれているだけです」

おそらくメンバーの中にはその見えない鎖が見えてきた者もいるのではないだろう

か。

だが、自らの首に回っている鎖に気づいたところで、奴らは誰一人として石神に対し反旗を翻すことができない。少年時代から石神の恐ろしさを側で見てきたため、絶対的な恐怖が刷り込まれてしまっているのだ。

「だから奴らはたった二人の兄弟を最後まで潰せなかったんです。恐怖じゃけっして勝てませんよ、兄弟の絆に」

「なるほどな」海老原が遠い目をして言った。「悪かったな、箸を止めさせて。仕事の話はここで終わりにして食おう。麺が伸びちまう」

そう言ったものの、海老原は最後まで食べ切れなかった。丼には手付かずのチャーシューが何枚も残されていた。飯もろくに喉を通らないのかと思うと、古賀の中でまたも同情心が湧き上がった。

立場を得るということは重圧を背負うということなのだろう。

その証拠にここ数年、彼はめっきり老け込んだ。

もっとも、その原因が仕事だけではないことも、古賀は風の噂で知っていた。

三十を過ぎた海老原の娘の美香《みか》が精神を病み、自宅に引きこもっているからだ。何度か自殺を図ったこともあるらしい。

これに関して口にこそ出さないものの、古賀も悲痛な思いでいた。

古賀にも同じ年頃の娘が二人おり、彼女たちが幼い頃に何度か美香と遊ばせたことがあるからだ。美香は父親に似て、目元のくっきりした可愛らしい顔立ちをしたお嬢さんだった。

もしも自分の娘が美香のようになっていたらと考えると、心中穏やかではいられない。もう若くないだけに、なおさら心配してしまうだろう。

「さあ、戻ろう」

勘定を済ませて店を後にし、署を目指した。おもてはやや風が出てきていた。もうすぐ定年を迎える二人の刑事が身を小さくして夜道を歩いていく。

海老原はずっと黙っていたが、「がっさん。窪塚のことよろしく頼むぞ」とふいに言った。

「あいつは見込みがある。がっさんみたいなデカに育ててやってくれ」

「自分のように育ったらヒラのまま終わってしまいますよ。エビさんのようにならないと。もっともあの男も昇任とは縁遠そうですけどね」

海老原が肩を揺すっている。

「そういえば窪塚のやつ、そろそろ結婚するんじゃないのか。たしか長く付き合ってる彼女がいただろう」

「どうやら少し前に別れたようですよ」

「なんだ。そうなのか」

「ええ。訊くのも野暮なので詳しい理由は知りませんが、『この仕事は家族を不幸にしてしまいますから』なんてことを本人は言ってました」

海老原が鼻を鳴らした。「若造のくせに何を悟ったようなことを」

「本当ですよ」

「だが、あいつの見てくれが突然変わった理由がこれではっきりしたな。失恋して肉体改造に励むなんて可愛らしい奴じゃないか」

「それが理由かはわからんですよ」

「いいや、それ以外に考えられんだろう。ちょっと前まで軟弱坊やだったんだから」

そんな会話を交わしながら歩くこと数分、視線の先に代々木警察署の建物が見えてきた。

明日は凶徒聯合の小田島が代表を務める土木会社へ行き、彼から話を聞かせてもらうつもりだ。電話で署に来るように告げたら、〈そんなにヒマじゃないんスよね。任意ならお断りします〉とあっさり拒否された。

なにはともあれ、明日小田島と顔を合わせれば——海外に逃亡中の石神と塀の中にいる水賀谷を除き——凶徒聯合の主要メンバーと一通り会ったことになる。

もっとも彼らは一つとして有益な情報を落とさないのだが。

奴らは奴らで裏のネットワークを駆使し、犯人を追っているのは確実で、同じ標的を狙う警察はライバルなのだ。

そこの勝負にだけは警察の威信をかけて絶対に負けてはならない。人知れず、凶徒聯合によって犯人が葬られたなどという着地だけは、何がなんでも阻止せねばならない。

古賀は夜空に向けて大きく息を吐き出した。

おそらく今回の事件は、我が刑事人生で最後の大仕事になるだろう。

14

強い陽射しが降り注ぐ中、青空に放たれた白球は緩やかな放物線を描き、相手のグローブに綺麗《きれい》に収まった。バシッと気持ちのいい音が鳴り響く。

球を放った兄は満足したものの、捕球した弟は呆《あき》れて笑った。

「にいちゃん、肩から投げなきゃダメだって。腕しか使ってないから強い球が出ないいんだよ」

そう生意気なことを言ってシュッと投げ返してきた弟の球は、たしかに兄のような山なりではなく、胸を目掛けて一直線に飛んできた。

へっぴり腰で捕球した英介が「痛っ」と叫ぶと陽介はまた笑った。

「それも手の平で受けるからだよ。ちゃんとこのポケットのところで受けないと」

「そう簡単にできたら苦労はしないだろう。それに、にいちゃんは目が悪いからボールがよく見えないんだよ」

「言い訳は禁止。まあ心配いらないよ。おれが特訓してあげるからさ」

そんな弟の言い草に英介はつい苦笑してしまった。中高は共に文化部で、現在通う大学ではバケガクを専攻している自分に野球技術の向上は必要ない。こちとら運動とは縁のない人生を歩んできた身である。

「ほら、早く投げて」

こんがりと肌の焦げた弟に急《せ》かされ、それとは対照的な色の兄が狙いを定めて球を投げ返す。

だが球は明後日《あさって》の方向へ飛んでいってしまった。

アハハハ――。

腹を抱えた陽介の笑い声が高々と青空に響き渡った。

陽介が地元の少年野球チームに入団することになったのは二年前、彼が小学校三年生のときだ。陽介は以前から野球に興味があったものの、父にそれを言い出すことができず、チーム練習に向かう友達たちを横目にひとり壁にボールを投げつける日々を送っていた。

土日に対外試合が組まれた場合、保護者の送迎が必要だということを友達から聞かされていた陽介は、父も継母もそれをしてくれないだろうと、幼心にあきらめていたのだ。

そして事を知った母と英介が、送迎は自分たちが担うからと父に頼み込み、入団を認めてもらったのである。

「もうすぐな、うちの車新しくなるんだぞ」

テーブルを挟んだ先でチョコレートパフェを頬張る陽介に向けて言った。キャッチボール後はファミリーレストランに寄るのがお決まりのコースだった。

「ウソ？　ホントに？」

「ああ、また中古のちっこいのだけどな。でも今度のはちゃんと冷たい風を吐き出してくれるよ」

冗談めかして言うと、「あれは地獄だったもんね」と陽介は顔を歪《ゆが》めた。

「なあ。サウナみたいだったよな」

送迎は任せてくれと言ったものの、当時英介と母の家には車がなかった。そこで慌てて買った車は走行距離十万キロをゆうに超えたオンボロの軽で、半年ほど前からそいつのエアコンの調子が悪くなっていた。春先はそれでも我慢できていたのだが、夏に突入した今はたまったものではなかったのだ。

「でも大丈夫？」と陽介が上目遣いで視線を寄越してくる。「ママとにいちゃん、そんなお金あるの？」

彼は継母をお母さんと呼び、実の母をママと呼ぶ。

「あるに決まってるだろう。母さんは朝から晩まで働いてるし、にいちゃんだって学生だけどちゃんとお金を稼いでるんだぞ」

現在、母はパートを三つ掛け持ちしており、英介は中高生向けの家庭教師のアルバイトを週四で行っていた。

ちなみに大学の名前が通っているので、一番待遇の良いAランク講師として雇ってもらっているのだが、その時給が母がパートでいただく金額の三倍以上もあると知ったとき、なぜだろう、英介は喜びよりも一抹の虚しさを覚えた。

もっともそのおかげで自分たちの生活にゆとりが出てきたのも事実だ。

世の中は金がすべてではない。けっしてそうではないが、この先母には楽をしてもらいたい。母はそうは思っていないだろうが、苦労の末にここまで育ててもらったのだ。だからこそ英介は就職に関してひどく思い悩んでいた。現在大学三年生なので、早い人はすでに動き始めているのだ。

やりたいことを優先すべきか、それとも待遇を重視すべきか。もちろん母に相談はできない。彼女の出す答えがわかりきっているからだ。

「おれはプロ野球選手になりたいな」

口の周りにチョコレートをつけた陽介が言った。弟に将来の夢を訊ねてみたのだ。

「きっとなれるよ、陽介なら。おれとちがって運動神経いいしさ」

「にいちゃんより運動神経がいいやつなんてそこら中にいるよ」

「言ってくれるよなあ。まあ、自覚はしてますよ」

「たぶんさ、走ったらおれのほうが速いんじゃない」

「さすがにそんなことはないだろう。十歳に負けたら泣くよ」

「じゃあ、店を出たら勝負してみようよ」

そうして店を出たあと、本当に路上で競走することとなった。英介は食べたばかりで走りたくないと言ったのだが、「負けるのが怖いんだ」と陽介が挑発してくるのでやらないわけにはいかなくなってしまったのだ。

「じゃあここから、あそこの電柱までね。ヨーイドン」

言うが早いか、陽介が脱兎の如く飛び出していく。

「あ、ズルイぞ」

慌てて英介もスタートを切ったものの、すでに陽介の背中は五メートル以上先にあった。

全力で走った。

跳ねるように駆ける弟の背中を追って、英介は無我夢中で足を繰り出していた——。

夢、か——。

闇の中、薄目を開けた英介は口の中で独りごちた。

もっともこれが夢であることを英介は早い段階で気づいていた。その証拠に今、自分は泣いている。なぜ、涙の中で見る夢は幸せな思い出ばかりなのだろう。

こうしたことがあの日からずっと続いていた。初めて人を殺《あや》めたあの日から、ずっとだ。

修羅に堕ちてしまえば毎晩のように悪夢にうなされるのだろうと覚悟していたのだ

が、そんなことは一度としてなかった。罪悪感に苛《さいな》まれることもない。二つの命をこの手で奪っておいて奇妙な話だ。

枕元の時計を見ると、時刻は深夜三時だった。英介はしばらくベッドに横たわったまま逡巡していたが、やがて寝巻きからジャージに着替え、その上にジャンパーを羽織って家を出た。

寒々とした光を放つ街灯が等間隔に並んでいる。辺りはひっそりした静けさに支配されていた。そんな頼りない夜道をジャンパーのポケットに両手を突っ込んだ英介が歩いていく。

向かっている先は近所のコンビニだ。小腹が空いたのである。

ここ最近の自分はやたらと食欲旺盛で、それが少々気味が悪かった。英介はもともと食が細い上に、深夜に物を食べる習慣などなかったからだ。

おそらく何かがきっかけで体質が変わってしまったのだろう。味覚すら変化してきているのだから摩訶不思議だ。とにかく身体が甘い物を欲している。生クリームやチョコレート、そうしたスイーツに目がなかったのは自分ではなく、弟の陽介だったはずなのに。

「イラシャイマセー」

コンビニの自動ドアをくぐると、棚卸し作業をしていた若い男性店員が手を止め、微妙なイントネーションの挨拶を発してきた。おそらく中国人留学生だろう。近所に日本語学校があり、そこの生徒の大半は中国人とベトナム人で占められている。

彼らを見ていると日本人が勤勉と叫ばれていたのはいつの時代の話だろうと思う。政府が推し進めたグローバル化は皮肉にも日本人の怠惰を浮き彫りにすることとなった。職場には仕事をサボることに熱心な同僚がごまんといる。

スイーツを物色する前に英介は雑誌コーナーへ足を向けた。ラックに並んだ種々ある週刊誌の表紙をざっと見回す。どれも見出しから自分の起こした事件の特集を組んでいるのがわかったが、すでに目を通しているものばかりだった。

その中の一つ、『震撼！ 凶徒聯合連続殺人事件』と赤いフォントで仰々しく書かれていたものに手を伸ばした。これは本日発売なので未読のものだったのだ。

目的の記事を探して英介がページを繰り始めると、「ゴメンナサイ。タチヨミダメデス」と店員からやんわり注意を受けた。

「あ、失礼。ここに書いてあったね」

ラックには『立ち読みはご遠慮ください』と書かれた札が立てられていた。最初から気づいていたのだが、真夜中で他に客もいないため許されるかと思ったのだ。が、どうやら見逃してはもらえないらしい。

英介が週刊誌を元に戻すと、「ゴキョリョクアリガトゴザイマス」と店員は丁寧に頭を下げてきた。揉め事にならないよう、こうするように指導されているのだろう。

「偉いね、ちゃんと仕事してて」

英介が微笑んでそう告げると、店員も白い歯を見せてはにかんだ。

その後、英介はカゴを手にしてスイーツコーナーに向かった。ショートケーキにチーズケーキ、モンブランやティラミスもある。プリンやシュークリームは種類の異なるものがいくつも並んでいた。近頃のコンビニスイーツはデパート顔負けの品揃えで驚かされる。

英介はその中からチョコレートムースをチョイスした。たぶん陽介ならこれを選ぶだろうなと思ったからだ。

ついでに朝食用のヨーグルトと食パンをカゴに入れ、レジへ向かった。気づいた店員が小走りでやってくる。

すべての商品のバーコードを通したあと、「フクロイリマスカ?」と訊かれ、「お願いします。支払いはペイペイで」と答えた。

その後金額を告げられ、英介はスマートフォンを読み取り機にかざそうとしたが、途中でその手を引っ込めた。

「ちょっと待ってて」

英介は小走りで雑誌コーナーへ向かい、先ほど読もうとしていた週刊誌を手にしてレジへ戻った。「これもお願いします」と差し出し、受け取った店員がバーコードを読み取る。

「フクロイレカエマスカ?」

今手にしているレジ袋は小振りなのですでに食料品で一杯なのだ。

「いえ、そのままで結構です」と告げると、店員が週刊誌をそのまま英介に手渡してきた。

英介はここで、表紙の『震撼！ 凶徒聯合連続殺人事件』の文字を指差し、「この事件、知ってるかな」と店員に訊ねてみた。

客からそんな質問をされることもないのだろう、店員は一瞬困惑した表情を浮かべたあと、「シッテマス」と首肯しながら答えた。

さらに、「ハンニンハ『リュウジン』ノヒトタチトイワレテイマス」とも言った。

「ああ、そういう噂もあるよね。ぼくはちがうと思うけど、きみはどう思う？」

「ワタシハリュウジントオモイマス」

店員ははっきりと言った。

「どうして？」

「キョウトレンゴウニナカマヲヤラレタカラデス」

リュウジン──『龍人』とは首都圏を中心に活動する中国残留孤児の二世、三世からなるチャイニーズギャングで、日本では凶徒聯合と並び凶悪な半グレグループとして有名だった。

この龍人と凶徒聯合は長らく友好関係にあったが、数ヶ月前に揉め事を起こしていたという噂が巷で囁かれていた。

凶徒聯合の息のかかった闇金融とは知らず、龍人のメンバーが店を襲撃し、従業員に暴行を加えた上に現金を強奪したとのことで、その制裁として凶徒聯合がそのメンバーを捕獲して半殺しにしたというのだ。

ちなみに英介はこれが噂ではなく、事実であることを知っていた。瀕死の坂崎大毅本人から直接聞いているからだ。

「つまり報復合戦みたいなことか。でも、怖い兄弟の仕業って噂もあるでしょう。それも知ってる？」

「シッテマス」

「ぼくはそっちだと思うけどな」

店員がかぶりを振る。「ソレハキットダミーデス。リュウジンハカシコイデスカラ」

身内のことのように誇らしげに言うので英介は笑ってしまった。

「そっか。じゃあきみの言う通りかもな」

店員は満足げな笑みを浮かべ、最後にこう言った。

「チュウゴクジンニトッテナカマハカゾクデス。カゾクガヤラレタラカゾクガシカエシスルノアタリマエ」

英介は一瞬硬直したあと、鷹揚に頷いた。

「アリガトゴザイマシター」

挨拶を背に受け、出入り口へ向かった。自動ドアの窓ガラスには、レジ袋を提げた殺人鬼が映し出されていた。

「正解だったな」

ソファーに腰掛け、チョコレートムースを口に運んだ英介は独りごちた。目の前のローテーブルには先ほど買ってきた週刊誌が広げられている。

正解とは、このスイーツを選んだことと、死体に細工を施しておいたことだ。田中博美の手の甲に『孔』の文字を刻みつけたのは咄嗟の思いつきではなく、あらかじめ用意していた策だった。だからこそ犯行時、英介は円錐型の錐を所持していたのだ。

『孔』の刻印が凶徒聯合と犬猿の仲だった藤間孔一、孔二という兄弟の象徴であることは以前から知っていた。インターネットで検索すればいくつもエピソードが出てくるし、中には兄弟が被害者に刻んだとされる傷痕の画像すらヒットする。

もっともこの藤間兄弟はすでに死亡しているというのが世間の認識だった。多くの関係者がそう話していたことからこれはたしかな情報だといえよう。にも拘わらず、凶徒聯合の連中は藤間兄弟の話題になるといまもって目の色を変えていた。

だからこそ、英介はこれを利用しようと考えた。

兄弟、というところに皮肉を感じたのも理由の一つだった。

信じる信じないはさほど重要ではない。大切なのは相手の心を揺さぶることだ。おそらく奴らは動揺し、疑心暗鬼に駆られていることだろう。

もちろん、こんな子どもだましで警察までをも混乱させられるとは考えていない。先ほどの中国人の若者ですら小細工であると見破るくらいだから、警察も当然そう考えているだろう。

では、奸計をめぐらしたのは誰なのか。それが目下の話題になっているのか、この週刊誌の記事には以下のように書かれている。

『警察は凶徒聯合と敵対している組織が攪乱する目的で行ったと見て捜査を進めていることが関係者の取材から明らかとなった。そしてその敵対組織の中でも有力視されているのは、後述するチャイニーズギャング「龍人」であり、警察は連日彼らの動向に目を光らせている』

これをそのまま鵜呑みにするわけにはいかないが、事実だとしたらすべて英介の計算通りである。警察が真っ先に疑いの目を向けるのは敵対組織であり、直近で凶徒聯合と揉め事のあった龍人であろうと思っていた。

とはいえ、身に覚えのない連中をいくら調べようとも犯人はおろか証拠が出るはずもなく、いつしか潔白が証明されてしまうだろう。

それで構わない。警察の自分に対する疑いの目を逸らし、少しでも時間を稼げたなら御の字だ。

そもそも英介は完全犯罪などまずもって不可能だと考えている。

いくら精緻な策を練り、周到な準備をしても、所詮は机上の空論でしかなく、現場では必ず予想だにしない事態が起きてしまう。

田中博美のときなどまさにそうだった。まさか彼がユーチューブの生配信をしているなどと想像すらしていなかったのだ。

それに気づいたのは車の助手席を開け、田中に向け、棒状のスタンガンを伸ばした瞬間だった。英介はもともと出会い頭で攻撃を仕掛けるつもりだったのだ。

今さらその手を引っ込めることなど不可能だった。そうして彼に電気ショックを与えたあと、英介はパニックに襲われた。物凄いスピードで血の気が引いていった。

だが、それはほんの一瞬のことだけで、すぐにこの場で最善の行動を取るべく頭をフル稼働させていた。

真っ先に行うべきはただ一つ、生配信を終わらせることだ。英介は田中のスマートフォンを手に取り、電源から落とした。

大丈夫。画角的にこちらの顔までは映っていないはずだ。

つづいてリュックの中に忍ばせていたロープを田中の首に回し、両端をありったけの力で引っ張った。彼が抵抗することはなかった。手足を微妙にバタつかせていたが思い通りに動かない様子だった。だが、それも十数秒でピタッと収まった。

おそらく田中はそこで息絶えていたはずだが、英介は念のため一分ほどロープを締め続けた。

そうして事を終えた英介は一刻も早く現場を立ち去ろうとした。が、車外へ出て、数歩足を踏み出したところで英介は立ち止まった。はたしてこのままでよいのだろうか、そんな心残りのようなものがポンと頭をもたげたのだ。

殺害を成し遂げはしたが、当初予定していた田中の肉体に『孔』の文字を刻みつけることはできていない。

そんな悠長な時間は残されていないのは百も承知だったが、英介はここが岐路であるような気がした。この非常事態において、冷静かつ大胆な行動がとれるかどうかが、凶徒聯合を全滅させられるか否かの分かれ道であるかのような気がしたのだ。

英介は検討した結果、再び車内へ舞い戻った。助手席を開けると、運転席には完全に事切れた田中が座っていた。彼は大口を開け、目を見開いて低い天井を睨みつけていた。マネキンのようとは思わなかったが、人間だとも思わなかった。これはただの物だ。

本来なら背中に大きく文字を刻むつもりだったが、さすがに服を脱がせる余裕は残されていない。そこで英介が次善として選んだのは手の甲だった。

田中の左手を上に向けた状態でコンソールボックスに押さえつけ、錐の尖端を甲にピタッと当てた。そして習字を書くようにゆっくり錐を動かした。死後間もない状態だからか、多くの鮮血が噴き出してきたが、はっきりとした文字を刻むことができた。

そうして文字を完成させた英介は、あらかじめ下調べをしてあった逃走経路を使って現場を離れた。

その際、多少の高揚感を覚えていたが、満足感はなかった。少なくとも胸のすくような思いはちっとも湧かなかった。

おそらく、これはこの先も変わらない。たとえ凶徒聯合を全滅させても、達成感は得られないだろう。

それでよいのだ。これはあくまで鎮魂の儀式なのだから、粛々と淡々と作業を行っていけばいい。

そんなことを考えているうちに、チョコレートムースを食べ終えてしまい、英介は吐息を漏らした。もう一つ、二つ、甘い物を買っておけばよかった。まったく腹が満たされないのだ。

こんなことになるなら、インターネット通販で甘い菓子などを大量に買って自宅に常備しておけばいいとも思うのだが、そうなると自分は延々と食べ続けてしまいそうな気がして、嫌だった。だから面倒でも、こうしてその都度コンビニに足を運んでいる。

もう一度、行こうか。ふとそんな思いが頭をもたげる。

いや、それはさすがによした方がいい。いくらなんでもやり過ぎだ。

英介は自分を律し、ローテーブルに広げてある週刊誌を手に取り、次の頁を繰った。

『なお本誌記者は、龍人の創始者の一人である張李氏《ちょうり》（54）のもとを訪ね、当事件の見解と現代のアウトロー事情について話を聞いてきた。

張李氏は十五年前に龍人を引退しており、現在はＮＰＯ活動などを通して裏社会で生きる人々に更生を呼びかけている人物である。そんな張李氏のもとには、昔取った杵柄で現在も裏社会の情報が度々寄せられるという。

以下、張李氏が本誌に語ってくれた内容である。

「龍人が疑われているようですが、私はちがうと思うし、ちがうと信じたい。時代も異なるのでなんとも言えないですが、ああいうの（殺害方法）は龍人のやり方じゃないですし、ちょっと手がこみすぎていると思います。

そもそも、キョウレンと龍人が本格的に対立しているなんて話を私は聞いたことがありません。もちろん両者は同じようなところで棲息しているわけですから、多少のいざこざはあったのでしょうが、こんな事態になることはまずありえないと思います。大抵の揉め事は話し合いでうまく収めるものなんですね。要はお金です。たまに折り合いがつかず、暴力沙汰になってしまうこともありますが、相手のタマを取るまでは考えづらいですね。戦争になれば自分たちも失うものが大きいんですから。

ですので私は、犯人は組織の人間ではないのではと考えているんです。これは昨日やってきた顔見知りの刑事にも同じように答えたのですが」

――組織の人間でないとすれば、張李氏は犯人がどのような人物であるとお考えなのでしょうか？

「イチ個人ですね。さらに言えば、犯人の動機は私怨ではないかと私は感じています。

それとこれもあくまで私の個人的な想像なのですが、犯人は捨て身といいますか、それこそ相手と刺し違えるくらいの覚悟で犯行を行っているんじゃないかと思うんです。そうでないと、こういう大それたことはできないでしょうしね。そこからすると、組織の人間だとはやはり考えづらい。龍人にしても、今のメンバーは良くも悪くも損得勘定で動く子たちが多いようですし」

——ちなみに今現在、張李氏と龍人の現役メンバーとの間柄は？

「一応OBだから街で会えば挨拶くらいはしてくれますが、あっちは私を面倒なおっさんだと思っているでしょうね。自分は現役のときに好き勝手やっておきながら、後輩には真面目になれだなんて説教垂れてるんですから。ですので彼らからすれば、私の存在は目の上のたんこぶってところなんだと思います。

ただ一つ言わせてもらうと、私たちのときは自分たちの身を守るために徒党を組むしかなかったんです。それくらい周りの日本人から滅茶苦茶にいじめられていましたからね。でも、今の子たちの多くはそうじゃない。差別をされることもないだろうし、貧困だって知れたものでしょう。昔のことを持ち出すのは卑怯かもしれませんが、それでも今の時代が恵まれてるのはまちがいありません。住むとこがしっかり用意されていて、温かいご飯が食べられる。なにより個人の権利が守られているでしょう。ですので私から言わせてもらえば悪くなる理由がないんです。

今、龍人の幹部をやってる子たちも、殺された凶徒聯合の子たちも、私が現役の頃はまだガキンチョだったんですね。会ったこともありますし、ちゃんと覚えていますよ、殺された坂崎くんも田中くんも。

そして現代のアウトローの頂点にいるのはまちがいなく彼らの世代なんです。あくまで半グレという枠組みの中での話ですが。

今回の件に限らず、彼らが世間を騒がせていることに関しては、少なからず私も責任を感じる部分はあります。悪かった先輩としてね」

――そうしたアウトローの後輩を更生させるべく、張李氏は活動されているとのことですが、具体的にはどういったことをされているのでしょうか?

「全国の刑務所や更生施設などで講演会を開いています。また、名の知れている子なんかが服役している場合には個人的に面会の機会を設けてもらったりもしています。やっぱり知名度のある子が足を洗ってくれると、周囲に与える影響力が大きいですから。例えばヤクザなんかだと、尊敬する兄貴が堅気になるなら自分も、となることがままあるんです」

――彼らは張李氏の話に耳を傾けてくれるのでしょうか?

「一応は聞いてくれます。邪険にされることはほとんどありません。ただ、それは自分の悪名が高いからなんでしょうけどね。皮肉な話です。

正直なところを申し上げますと、私は全員を救えるわけではないと思っているんです。ただその中から、一人でも二人でも改心して、まっとうな道を歩み始めてくれたらいい。

そんな願いを込めて地道に活動を行っています。

ちなみに私は少年院や少年刑務所など、未成年の子たち向けにはあまり活動をしていません。それは私以外にも、更生を説いて回られている方々が大勢おられるからです。私自身、中年になって足を洗った人間なので、そういったイイ歳をした不良に向けて経験と想いを伝えたいんです。

彼らは二言目には、『今さら』と口にしますが、そんなことは絶対にありません。いつだってやり直しが利くんです。私はそういうことを一人ひとりに真摯に伝えてあげたい。

なぜなら至極単純な話で、まっとうに生きた方が結局のところトク（得）ですし、トク（徳）なんです。それは自分自身に限った話ではありません。周りにいる大切な人を助けることもできるし、幸せにすることができる。逆を言えば、アウトローを続けている限り、周りの人を不幸にするし、恨まれ続けるんです。

今回の事件についても、そうした怨恨の感情から起きてしまったものではないかというのが私の見解です。

話を締めさせていただきますが、私はこれ以上被害者が出ないことを願っていますし、一日も早く事件が解決することを心より祈っています」

ここで取材を終え、謝辞を述べた記者が辞去しようとすると、張李氏から呼び止められた。そして氏は記者に対し、「最後に犯人に対してのメッセージも載せてもらえませんか」と申し出た。

以下、張李氏から犯人へのメッセージである。

「あなた（犯人）がこの記事を読んでくれているかわからないけれど、もしもあなたの目的が復讐であり、今後もこれを続けていくつもりなんだとしたら、どうかここで思い止まってほしい。なぜならその目的を遂げたところであなたが救われることはないからだ。もしもあなたの中に話したいことや訴えたいことがあるなら、私に聞かせてくれないか。どうしても収まりがつかない感情があるなら、私にぶつけてくれないか。その上で私からもあなたに話をさせてほしい」

張李氏は終始真剣な眼差しで本誌にこのように語ってくれた。記者は、張李氏のこの言葉が犯人に届いてくれることを切に願っている──』

英介は週刊誌を閉じ、静かにローテーブルに戻した。

天井に向け、ふーっと長い息を吐く。

率直に悪くない記事だなと思った。読んで正解だった。

もちろん張李氏の言葉が心に響いたわけではない。が、彼にいつか会ってみたいとは思えた。そこで議論を戦わせるつもりなどないし、自分が考えを改めるとも思えないが、じっくり彼の話を聞いてみたい。

たぶん彼の根底には深い諦めがあり、その上でこのようなお題目を唱えているのだろう。どれだけ手を差し伸べようとも更生できない人間はいるし、堕ちていく者はとこととん堕ちていく。そういうことを十二分に知りつつ、張李という人間は啓蒙活動を行っているのだ。自身がアウトローとして生きてきただけに、そこらのおめでたい性善説論者とはまったくちがうはずだ。

だが、英介の考えも少しちがう。更生はなによりだし、悪人が善人として生まれ変わるのなら喜ばしいことこの上ない。

ただ、屍《しかばね》となった者の魂を鎮めるために手向けは用意すべきなのだ。復讐は行う者に空虚をもたらすかもしれないが、鎮魂のためには必要不可欠なのである。

大前提として、自分は救いなど求めていない。

ここで英介は壁掛けの時計に目をやった。時刻は五時半、そろそろ空が白み始める頃だろう。

膝に手をついて立ち上がり、浴室へ向かった。どうせ横になっても眠れないだろうから、シャワーを浴びることにしたのだ。

陽介がこの家を去ってから、自分はすっかり眠れない体質になってしまった。今になって思えば、弟の存在は寝つき薬のようなものだったのかもしれない。

そして人をこの手で殺めて以来、不眠がどんどん加速している。おそらく昨日も一昨日も、二時間も眠っていないのではないだろうか。ただ、だからといって、倦怠感が襲ってくるわけでもないのだから不思議だ。

もしかしたらこの旺盛な食欲が睡眠不足を補っているのかもしれない。糖分が麻薬のように自分を覚醒させているのかもしれない。

きっとそういうことなのだろう。英介は自分をそう納得させ、脱衣場で衣服を脱ぎ去った。

手摺りのついた介護用の風呂椅子に座り、熱いシャワーを頭からかぶりながら、今後について思考を巡らせた。

今後とは、次は誰を、どのような方法で葬るか、だ。

無論、何パターンも策は用意しているし、その一つひとつに対するシミュレーションも丹念に行ってきている。が、どれもハードルが高く、成功率は極めて低いように思えた。

なにより、今は奴らの警戒心が増しているため、これまでのように一筋縄ではいかないはずだ。

だがどうしてだろう、それらの冷静な分析とは裏腹に、英介の中に憂慮の念は一片たりとも存在しなかった。

15

シャワーの湯気で曇ったバスミラーに深町京子の双眸《そうぼう》がぼんやり滲んで映し出されている。日本人には珍しい平行型のくっきりした二重瞼《ふたえまぶた》は、彼女の瞳の丸みをより際立たせていた。

学生時代は周囲の人によく羨ましがられ、京子自身もこの瞼を気に入っていた。だがいつしか嫌いになった。この瞼に刻まれたわずか数センチの線に憎しみすら抱くようになった。

シャワーの取っ手を摑み、バスミラーに湯を浴びせた。曇りが取り払われたバスミラーと向かい合い、まじまじと己の顔を見つめる。

そして改めて嫌悪感を抱き、次に英介を思った。

坂崎大毅に続いて、田中博美まで殺害されたと知ったとき、京子の中で曖昧模糊としていた懐疑心が一気に鮮明になった。覆われていた霧が突風で吹き飛ばされ、実体が露わになった——いうなればそんな感じだった。

たぶん、二人を殺したのは英介だ。

もう、半信半疑ではない。京子は確信に近い思いすら抱いていた。具体的な証拠や根拠など何一つなくとも、わかってしまうのだ。

だとしたら、会いに行かなきゃいけない。彼を止めなくてはいけない。

ここ数日、京子は何度もそう思った。実際に、英介と陽介が暮らしていたマンションの前まで足を運びもした。だが、エントランスより先へは進めなかった。

もしもその先へ進んでしまったら、この肉体と精神が粉々に壊れてしまうのではないかと、そんな底しれない恐怖に襲われ、足がすくんでしまったのだ。

だが、それも言い訳だろうか。

もしかしたら私は、英介を止めたくないのかもしれない。このまま、ことの成り行きを外野から見守っていたいのかもしれない。

そんな卑怯で邪《よこしま》な思いがこの心の片隅に潜《ひそ》んでいるのだとしたら、自分はなんて罪深い女なのだろう。

京子は目を閉じ、右の掌を左胸に当ててみた。トクン、トクンと心臓がゆっくり、ゆっくりと膨張と収縮を繰り返していた。

やがて脳裡にうっすらと英介の像が浮かび上がり、それが徐々に鮮明になっていった。弟思いの、優しい英介の微笑――ただ、その両目からは真っ赤な血の涙が流れていた。

その瞬間、突如として心音が駆け足になっていくのを感じた。

心音は走り幅跳びの助走のように徐々に加速していき、やがて全速力となった。

ドクドクドクドクドクドクドクドク――。

京子はえもいわれぬ焦燥に駆られ、そして猛烈な破壊衝動に襲われた。

気がついたときには、目の前のバスミラーを思いきり拳で殴りつけていた。

バスミラーは砕け落ちこそしなかったものの、割れて歪《いびつ》な曲線がいくつも刻まれ、映した京子の顔をぐにゃぐにゃに歪ませていた。

もちろん拳の方もただではすまなかった。真っ赤な血がどんどん噴き出している。

そこから垂れ落ちた血液は、シャワーの水と混ざって薄くなり、尾を引くようにして排水溝へと流れていっている。

京子はその様子を薄目でジッと眺めていた。自分の存在が排水溝へ流されていくような気分だった。


翌日、会社に出社すると、「深町さん、その手どうしちゃったの？」と会う人、会う人が目を丸くさせ、心配の声をかけてきた。

今、京子の右手の甲には大仰に包帯が巻かれている。

裂傷よりも、骨の方が痛かった。病院で診察を受けたわけではないが、骨折しているのはまちがいないだろう。インターネットで調べてみたところ、おそらくはボクサー骨折というやつで、拳を握ったときに甲側に飛び出るはずの中手骨頸部が凹《へこ》んでおり、これはボクサーが相手にパンチを打ち込んだ衝撃で負ってしまう怪我らしい。

いずれにせよ、一介のＯＬの身に起こるような怪我ではない。「転んだときに右手から地面についちゃって」と京子は説明していたが、誰も疑うことをしないものの、よくよく考えてみればそれもおかしな話である。

当然、業務に多大なる支障をきたした。痛みには耐えられるのだが、手がまともに動かないので使いものにならないのだ。

京子が勤めているのは、社名を聞けば誰でも知っている大手の総合商社だった。カップラーメンからミサイルまでといわれる総合商社において、京子は物流・小売部門に在籍しており、主に担当しているのは輸入物のインテリア家具だった。

もっとも正社員ではなく、派遣事務員なので、取引の交渉や決済などに直接携わることはないのだが、勤めて三年目にもなると、業務全般にそれなりに精通しており、周りから仕事の質問や相談を受けることも少なくなかった。

そして、それらのやりとりはすべてメールで行われるのだった。もちろん、取引先とのやりとりもすべてそうだ。

つまり、キーボードを打てなければまともに仕事にならないのである。

また、怪我しているのが利き手なだけに、食事やトイレもままならず、ふだんの日常生活において、いかに自分がこの右手に頼って暮らしていたのかを、京子は痛感させられた。

「もしあれだったら、そういうのはこっちに回してよ。データ入力くらいならサポートするからさ」

夕時、京子がぎこちなくキーボードを打ち込んでいると、平岡《ひらおか》という男がわざわざデスクまでやってきて、耳元で囁いてきた。

平岡は京子よりも三つ年上の課長で、直属の上司に当たるのだが、まだこの部署にやってきてから日が浅く、細かいことは京子が教えてあげることの方が多かった。

「それとさ、和食じゃなくてイタリアンに変更しといたから。その手じゃ箸は持てないだろうけど、フォークやスプーンならなんとかなるだろ」

一瞬、意味が理解できず、京子は小首を傾げた。

「まさか忘れてる？　今夜一緒に飯に行こうって約束してたじゃないか」

「あ、いえ、もちろん覚えてましたけど」

咄嗟に嘘をついた。本当はすっかり忘れていたのだ。

「なんだ、よかった。また先送りにされるのかと思って不安になっちゃったよ。じゃあ、後ほど」

平岡が白い歯を覗かせて去っていく。

その背を見つめ、京子はため息をついた。

あれは先々週のことだったか、その日の仕事が片付かず、会社に遅くまで残っていると、同じく残業をしていた平岡から食事に誘われた。京子としては上手い具合にあしらったつもりだったのだが、平岡はその日がダメなものと捉え、後日改めて食事に誘ってきた。

それも都合が悪いという理由で二回ほど先送りにしてきて、とうとう逃げ切れなくなったのが今夜だったのだ。

「深町さん、完全に狙われてますね」

向かいの席にいる同じく派遣事務員の若い女が小声で話しかけてきた。見ると、パーテーションの上から好奇の目を寄越していた。

「いいじゃないですか、平岡課長。ちょっとナルシストっぽいけど、高スペックなのはまちがいないし」

「さあ、どうかな」

京子がそう煙に巻くと、女はひとつため息をつき、「おばさんでも美人はトクするようにできてるんだ」と聞こえるか聞こえないかという声でつぶやき、キーボードをカタカタと鳴らした。

洒落たイタリアンレストランで豪華な食事に舌鼓を打ち、平岡の話に合わせて時折相槌を打つ。

だが、京子は心ここにあらずだった。

料理は本当に美味しいし、平岡は話上手だった。味覚と聴覚はしっかり稼働しているが、肝心な心のスイッチが切れていた。

ではほかに考え事をしているのかというと、そういうわけでもない。限りなく無なのだ。

「深町さんは、何か大きな悩みごとを抱えているね」

ふいに平岡にそんなことを言われ、京子は口元に持っていこうとしていたワイングラスを止めた。

平岡は占い師のように顔の前で指を組み、目を細めて京子を見つめている。

「おれ、そういうのなんとなくわかるんだ——なんて言ったら、怒られちゃうかな」

「いえ、別に。ただ、そんな大そうな悩みごともないですけど」

京子が苦笑して言うと、平岡は「まあ、話してくれなくてもいいさ」と微笑を浮かべた。

「深町さんはミステリアスというか、ちょっと翳のある人だよね」

「そうですか」

「うん。で、男は歳を重ねるとね、そういう女性に惹かれるようになるんだ」

京子はどう返答していいものか判断に迷い、黙ることを選んだ。

「おれの前の奥さんはさ、真逆な人だった。明るくて、天真爛漫な女性」

先ほど平岡からバツイチであるという話を聞かされていた。長らく離婚調停をしており、今年に入ってようやく決着したらしい。

「ただ、そのぶん弱い人だった。我慢ができないっていうのかな、ちょっとしたことでヒステリーになっちゃうようなね。そうなるとやっぱりさ、こっちも疲れちゃうだろう」

昨夜、鏡を力任せに殴って割ったと話したらこの男はどんな反応を示すだろう。

「きっと奥様は、海外で長く生活されていたストレスなんかもあったんじゃないですか」

「まあ、それは大いにあったろうね。彼女は最後まで簡単な英語しか話せなかったし。ただそれなりの大学の英文科を出てるんだぜ。あっちに行って逆に驚いちゃったよ」

平岡は今の部署へ来る前は、イギリスのロンドン郊外にある海外支社で長く働いていた。そして来年の四月からはスウェーデンのストックホルムへ渡る予定だという。要は現在のポストは腰掛けなのだろう。会社からも「ロングバケーションだと思ってゆっくりすればいい」と言われているのだそうだ。

「その点、深町さんなら安心だ」

「え」

「きみはビジネス英語もなんなく扱えるし、なにより長く海外で暮らしていた経験がある。正直、不思議だよ。深町さんのような能力の高い人がこんなところで派遣の事務員をしてるだなんて」

「そんな。買い被りです」

「いいや」平岡がかぶりを振る。「先月みんなに歓迎会を開いてもらったじゃない。あの席で、きみが高卒だって聞かされて驚いたよ。学歴なんてアテにならないなって改めて思い知らされたな」

京子は都内の高校を卒業後、単身でアメリカのフロリダ州へと渡り、長らくそこで暮らしていた。学生時代から英語は得意な方ではあったが、生活をしていくうちに自然とネイティブな発音が身についた。観光客に向けたホテルコンシェルジュの仕事をしていたことも大きかったのだろう。

「言葉は悪いけど、名家のお嬢さんなんかを嫁さんにもらっても、うれしいのはそのときだけで、長い人生においてはなんの意味もない。そういう価値観がこの歳になってようやくわかったんだ。おれがパートナーに求めているのは聡明な知性と、内に秘めた逞しさなんだってね。そしてきみはその両方を持っている」

平岡は恥ずかしげもなく、歯が浮くような台詞を吐いた。その振る舞いは日本人の男性とは思えないほどだった。

フロリダで生活をしていたとき、京子はこの手の口説き文句を何度も耳にした。外国人の男性はいつだって情熱的だった。

思えば、英介はこうした言葉を一度も口にしなかった。

ただ、言葉にせずとも自分を大切に思ってくれていることは十分伝わってきた。彼ほど愛情深い男性を京子は知らない。

「要するに、深町さんはおれの理想の女性なんだ」

この人は私の何を知っていて、こんなことを言っているのだろう。

フロリダで暮らしていたとき、京子は週末になるとサラソータという都市にある射撃場に通い、拳銃をひたすら撃ちまくっていた。

いつかこれを用いてあの男を殺せたら——その一心で、引き金を引きつづけていた。

「おれの気持ちは置いといたとして、深町さんの中で、また海外で暮らすって考えはないのかな」

「まったく。なんだかんだいって日本にいれば楽ですから」

期待していた返事ではなかったのだろう、平岡は不服そうに「そう」と唇を尖らせた。

「でもさ、楽かもしれないけど、つまらないじゃない」

「つまらない？」

「うん。日本にいると息苦しさのようなものを感じないかい？」

「いえ、私はそういうことはあまり」

そう答えた京子の言葉を無視して、平岡は前のめりで語を継いだ。

「例えばテレビなんかのニュース一つ取り上げてみてもさ、日本はどの局も横に倣《なら》って似たような内容の報道をするじゃない。多様性がないっていうか、個性がないんだよね。そうは思わない？」

「まあ、それは」

「だろう。最近でいえば、例の連続殺人事件のことばかり連日取り上げててさ、なんの進展もないのにどうしてどの局も——」

心臓が鷲掴みにされたような痛みを覚えた。

「あんなの言ってしまえばくだらない連中のくだらない諍《いさか》いだろう。まともに生きている人間には関係がないし、本来騒ぎ立てるようなことじゃないんだよ。広く世界を見渡せばもっと取り扱わなきゃいけないニュースがごまんとあるはずなんだ。それなのにテレビ局は大衆に迎合し、視聴率を優先するから——」

徐々に胸が苦しくなってくる。それを自覚したら、次は呼吸のリズムが不規則になっていった。息を吸って吐くだけ。それだけの作業なのに意識しないとうまくできない。

「そうやって無責任なメディアに煽られた大衆が過剰に反応して、ああでもない、こうでもないとネットで議論を交わす。そいつ自身にはまったく関係がないことなのに、だ。おれは日本に戻ってきてからそういうのばかり見せられて心底うんざり――」

ついには肩で息をするようになった。過呼吸など初めてのことで、どう対処していいのかわからない。

「おれはね、メディアというのはその国の体質を表していると考えるんだ。たとえばフランスなら――深町さん、どうした？」

京子は席を立ち、口を手で押さえ、トイレに向かって駆け出した。荒い呼吸を繰り返していたからか、突如として嘔吐の気配が込み上げてきたのだ。

個室に駆け込み、鍵をする前に便座に両手をついて、思いきり吐いた。喉が焼けるように熱い。酸っぱい胃液が口の中いっぱいに広がった。

そのまま便座に突っ伏してしまいそうになるのを必死で堪える。意識が遠のいてしまいそうだった。

京子はそれから三十分以上、立ち上がることができなかった。

「今日は本当にごめんなさい」

店を出た先の路上で、傍らに立つ平岡を見上げ、改めて詫びを伝えた。京子は歩道と車道を隔てている縁石に腰掛けていた。

自分たちの前を車の眩しいヘッドライトが行き交っている。タクシーを捕まえようとしているのだが、金曜なので中々空車が通らない。

「いや、おれが悪いんだよ。無理に飲ませちゃったから」

平岡が目を合わせずに言った。

怪我をしているからアルコールは控えたいと告げた京子に対し、「少しくらい平気だろう」と酒を勧めたのは平岡だった。

もちろん彼に責任などないし、自分の体調がおかしくなったのは酒のせいでもない。

片手を挙げた平岡が「なんだよ」と舌打ちを放つ。空車のタクシーが自分たちの前を素通りしたからだ。

たぶん、京子が縁石に座ってぐったりしているからだろう。面倒な酔客だと思われたのだ。

思えば英介と陽介と三人で外出しているとき、タクシーを捕まえようとして、今のように素通りされることが何回かあった。二人は慣れているようで、「車椅子を乗せたくない運転手って多いんだよね」と意に介していなかったが、京子は切なさと憤りを覚えていた。

ただ、そうした場面で、自分はいつも黙り込んでいた。どう発言していいかわからなかったからだ。

ただ今は、なんでもいいから口に出せばよかったと思う。ああいうとき、「ふざけるなクソタクシー」などと感情任せに叫んでいれば、こんなことにはならなかったかもしれない。

こんなことに――。

京子がそんなとりとめもない思考に耽っていると、「しっかり病院に行った方がいいよ」と、ふいに平岡が言った。見上げると彼もまた京子を見下ろしていた。

「もう平気です。だいぶ楽になりましたから」

「そうじゃなくて、その手。ちゃんと診察を受けた方がいい。こっちはまさか折れてるとまで思ってなかったからさ」

先ほど、「たぶん骨折してるんです」と告げ、なぜこの怪我を負ったのかも京子は話していた。平岡は、「まあ誰にでもむしゃくしゃするときはあるよな」と笑っていたが、その顔はやや引き攣っていた。

おそらく、今後この男から食事に誘われることはないだろう。それでいい。

京子は包帯の巻かれた右手を顔の前に持っていき、透かすように見つめた。

片方の手が思い通りに使えない。たったこれだけのことが、いかに日常生活に不便をもたらすのかと、京子は今日一日で嫌というほど思い知らされた。

ただ、陽介はこんなものではなかった。彼の肉体は今の京子と逆で、片手のみしか使えなかったのだ。それも利き手ではない左手で、それすら満足に動かすことができなかった。

肉体の自由を失った陽介の怒りや悲しみ、絶望は想像するにあまりある。

そして、そんな最愛の弟を失った英介の心の痛みもまた――。

ただ、彼の暴走だけは止めなくてはいけない。

それと引き換えなら、たとえこの命が尽きてもいい。

16

遠隔操作でガレージのシャッターを開け、ベンツG7を駐車しようとすると、妻の乗っているルノーカングーが微妙に中央寄りに停められていることに気づき、小田島大地は舌打ちした。

どうしてあともう三十センチ壁側に寄せられないのか。小田島はサイドミラーを睨みながら慎重に車をバックさせた。このガレージには愛車のKawasaki Z1 900も停められていて、もしそれに傷がつこうものなら一週間は落ち込むだろう。この単車には若かりし頃の思い出が詰まっており、家族の次に大切な存在だ。

車を降りると、ひんやりした空気に包まれた。先月のうだるような暑さはどこへ消えたのか。思えば十月も今日で終わりだ。

シャッターを下ろし、ガレージを出る。夜空には怪しげな薄雲がたなびいており、ただでさえ頼りない月の光を遮っていた。

小田島はアルミ鋳物製の頑強な門扉を開け、我が家の敷地内に足を一歩踏み入れた
——ところで動きを止めた。

サッと身を翻し、首を伸ばして左右の路地を見通す。

周囲に怪しげな人物がいないことを確認し、安堵の吐息を漏らした。

こうして背後を気にする生活を強いられるのはいつ以来だろうか。

周囲との抗争が絶えなかった十代のころ、小田島は当時住んでいた家の玄関口で、敵対していたチームの連中に拉致されかけたことがあった。隠し持っていた包丁を無我夢中で振り回し、必死に応戦したことで難を逃れたが、あのときもし捕まっていたら今自分はここにいないかもしれない。

天然の溶岩を使った飛び石を踏み、西洋風な構えの玄関を目指す。居間の窓からはオレンジ色の淡い灯りが漏れていた。

去年建てた注文住宅だった。細部まで徹底的にこだわったつもりだったが、実際に住んでみるともっとこうしておけばよかったと思うことも少なくない。それでもここに越してきたことにまちがいはなかった。

凶徒聯合の仲間たちからは、「なんであざみ野なんかに建てたの?」と口々に言われていた。「会社に通いやすいから」そんなふうに小田島は答えていた。それも嘘ではないが、もうひとつ別の理由があった。

揉め事で呼び出されたとき、応援に駆けつけるのに時間を要するからである。大抵の揉め事は都内で発生するものであり、そこから物理的な距離をとりたかったのだ。駆けつけるのが遅ければそのぶん戦闘に加わらないで済む。

「ただいま」

玄関のドアを開け、奥に向かって声を上げると、「パパだ！」と居間の方が一気に騒がしくなった。

六歳の長男の彪雅《ひょうが》、四歳の次男の泰雅《たいが》、二歳の三男の桜雅《おうが》、そして愛犬のポメラニアンが廊下の奥から姿を現し、ドタドタと床を鳴らして順々に小田島に飛び込んでくる。

この瞬間が、小田島にとってなによりの至福のときだった。

「ごめんね、大ちゃん。今夜はたいしたものを作れてないの」

次男と三男を抱き抱えて居間へ行くと、大きい腹を上に向けてソファーに座っている妻がそう詫びてきた。妻の美穂《みほ》のお腹の中には来月生まれる予定の四男がいる。

「ああ、いいよ。ちょっとした酒のつまみがあればいい」

小田島が子どもたちを下ろし、仕事用のジャンパーを脱ぎながら言う。

「もしかしてどこかで食べてきた？」

妻が立ち上がり、小田島の脱いだジャンパーを受け取る。

「いや、そういうわけじゃねえけど」

「食欲ないの？」

一瞬、小田島は目線を逸らした。

「ちげえよ。最近ちょっと腹がたるんできたから。それより、おまえの方こそどうしたんだ。具合悪いのか」

「少しだけ。熱とかがあるわけじゃないんだけど、なんだか気怠《けだる》くて」

精神的なものか、と訊こうとしたがやめた。だいいち子どもたちの前で話すような内容じゃない。

「なんだよ、こいつらまだ風呂入れてないのか」

足にまとわりついている子どもらの髪に触れ、妻に訊ねた。

「うん。みんなパパと入りたいっていうもんだから」

「おれパパと入るー」「おれもー」「おれもー」と子どもらが声を上げる。

「じゃあ飯の前に風呂に入れてくるよ」

小田島は息子三人を連れ、浴室へ向かった。

それぞれの衣服を洗濯機につっこみ、男四人で素っ裸になる。磨りガラスのドアを開けると、長男と次男が競うようにして湯船に飛び込み、派手に水飛沫《みずしぶき》が上がった。

小田島が三男の身体を洗っている間、長男と次男は湯船の中で待機するのがお決まりだった。いつも下から順に身体を洗ってやるのだ。ちなみに長男の彪雅は自分でも洗えるのだが、小田島がいると必ず「おれもやって」と甘えてくる。

その彪雅が、「おれも大きくなったらパパみたいにカラダに絵を描きたい」と湯船の中から無邪気に言った。「おれもー」と次男がつづく。

小田島の身体には刺青が無数に彫られている。

「やめとけ、やめとけ。めちゃくちゃ痛えんだから。針でぶっ刺すんだぞ。血がドバーって出るぞ」三男の頭にシャンプーハットを被せながら脅した。

「へーき。おれ注射だってよゆーだし」

「そんなもんと比べ物にならねえって。パパだって泣いちゃうくらいだぞ」

「え？　パパが泣くの？」

「ああ、大泣きだよ。だからおまえらはやめとけ」

ベビー用のシャンプーを手に適量取り、三男の頭の上でわしゃわしゃと泡立たせた。せわしく手を動かしながら、小田島は我が息子たちの将来を思った。

こいつらもまた、自分のようにいつしかアウトローの道に進むのだろうか。

もちろん嫌だが、おそらくは止められないだろう。悲しいかな、不良の素地は大いにあるのだ。それに、自分がそうだったように、息子は父親を見て育つものなのだから。

ほかのメンバーと違い、小田島はカタギの家の生まれではなかった。凶徒聯合の中では唯一、ふつうの家庭ではなかったのだ。

父親はとある極道一家の組長で、同時に右翼団体の幹部も務めていた。物心ついたころから、家にはたくさんの若い衆が住み込んでおり、小田島の遊び相手はいつだって彼らだった。

若い衆は自分を「坊ちゃん」「若」などと呼び、大抵のわがままを聞いてくれた。アイスが食べたいと言えばすぐに買ってきてくれたし、ドライブに行きたいと言えば嫌な顔一つせず外に連れ出してくれた。ただ、それがボディに旭日旗の描かれた街宣車だったのは今では笑い話だ。

そんな彼らが一人、また一人と姿を消していったのは、小田島が小学校に上がった辺りからだろうか。

今でもはっきりとした理由を聞かされていないのだが、母の話によるとどうやら父は極道として義理を欠き、それが原因で周囲の者から見放されたようだった。

小指どころか薬指まで失い、かわりに莫大な借金を抱えることとなった父の姿はあまりに惨めだった。昼間から酒を飲み、悪酔いをしては家族に当たり散らすようになった。

小田島はそんな父の姿にショックを受けた。尊敬していただけに、本当につらかった。母もまたそんな父の姿は見るに堪えなかったのだろう、夫が落ちぶれてからおよそ半年後、幼い息子を連れて家を出た。

それから母は水商売を始め、必死の思いで小田島を育ててくれた。おかげで小田島は貧しい思いをした覚えがない。

そんな母の口癖は、「貧乏人のような真似をするな」で、小学生だった小田島が万引きで補導されるたびに息子を厳しく叱った。小田島としては万引きはただの遊びだったのだが、母はそうとは捉えなかったのだ。

もっとも、彼女が世間一般的にまともな母親だったかというと、けっしてそうではなかった。「売られた喧嘩は全部買え。そして何がなんでも勝て」と常々口にしていたし、教師から息子が殴られようものなら、事情はどうあれいきり立って学校に乗り込み、「あたしの息子に手を上げた野郎はどいつだ」と騒ぎ立てるような女だった。母が原因で小学校にパトカーがやってくることもあったほどだ。

やがて中学生になった小田島は凶徒聯合の面々と出会い、本格的に不良の道を歩み始め、度々問題を起こすようになった。母は警察署に呼び出されるたびに、「いい加減にしてよ」と泣いていたが、最後には必ず息子をかばい、けっして見捨てなかった。小田島がナイフで人を刺して、少年院に入所していたときも、片道二時間掛けては面会にやって来てくれた。手紙と差し入れもいつも目一杯送ってくれた。

小田島はそんな母が大好きだった。

ただ、どうしてだろう、そんな母を悲しませないためにアウトローから足を洗おうとは思えなかった。そうした考えには一度たりともならなかったのだ。

もっとも母自身も息子の更生をあきらめていたのか、出所の際に送ってくれた言葉は、「お勤めご苦労さん。これでちょびっと箔がついたね」だった。おそらく母は息子が極道になるものと思っていたのだろう。

そんな母は現在、世田谷にあるマンションで独居生活を送っている。一緒に住もうと何度も誘っているのだが、毎回「勘弁してよ」と断られていた。

母はその理由を口にはしないものの、おそらく妻の存在が気に食わないのだろう。妻に原因があるわけじゃないのだが、母からすれば妻は息子を奪った女なのだ。

小田島にはその気持ちがなんとなく想像がついた。母は昔からそういう大人気ない人だ。

よくよく考えれば自分のこの性格や気質も、どちらかといえば父よりも母に似ているのかもしれない。

「ねえパパ。おれ、これからそろばん塾に通うんだって」

長男の彪雅がふいに言い、小田島は手を止めた。

そういえば前に妻からそんなことを相談され、今の時代にそんなものが必要かと思ったが、「まあ好きにすれば」と、そんなふうに返答した覚えがある。

「いいじゃねえか。しっかり金勘定を学んでこい」

「カネカンジョウ？　そもそもそろばんってなに？」

「そろばんってのは、頭がかしこくなる習い事だ」

「ふうん。おれは野球がやりたいんだけどなあ」

長男の意外な言葉に小田島は驚いた。初耳だったからだ。

聞けば、小学校の体育の授業でハンドベースボールが行われた際に、彪雅はヒットを二回も打ったそうで、それがものすごく気持ちよかったというのだ。ただ、自分よりも上手いクラスメイトがいたらしく、その子は地元の少年野球団に入っているのだという。

「じゃあ彪雅も入ればいいじゃねえか」

「ほんと？　いいの？」

「当たり前だろ。なんでパパがダメだなんて言うんだよ。明日早速バットとかグローブとか、そういうの一式買ってきてやるよ」

そう告げると、彪雅は「やったー」と両手を突き上げて喜びを表した。

長男の彪雅は子どものくせに少し遠慮しいなところがあった。性格も穏やかで、次男の泰雅とおもちゃの取り合いになると、いつも折れて譲ってあげている。

たぶんこういうところは妻の方に似たのだと思う。

「ずりー。おれもー」と次男の泰雅が口を尖らせた。

「わかった、わかった。泰雅にも買ってやっから」

そのぶん、次男の泰雅は自分に似てわんぱく坊主だった。すぐに家の障子にパンチやキックをして破るので、もう張り替えないことにした。

ただそんなやんちゃな泰雅でも、自分の幼少期に比べればはるかにマシだろう。まだ聞き分けはあるし、周りの子に暴力を振るうこともない。ついこの間も、通っている幼稚園に小田島が迎えに行くと、園長先生から「泰雅くんは心優しい子ですね」と言ってもらえた。なにより兄弟の中で一番、妻に顔が似ているのが泰雅だ。

「ああ、そうか」小田島は思わず口に出していた。

こいつらは半分、妻の血が入っているのか。小田島は今さらながらそんなことを思い、口元を緩めた。

だとしたら、まっすぐ歩んでいけるかもしれない。

自分のような外道ではなく、正道を。

おまえら、父親を見習うなよ――。小田島は心の中で息子たちに言った。


「実は昼間にね、お義母《かあ》さんから電話があったの」

妻が小田島の持つグラスに瓶ビールを注ぎながら切り出した。子どもらはすでに寝かしつけている。時刻は二十三時に差し掛かろうとしていた。

「おふくろはなんだって」

妻の目を見て訊いた。母が妻に電話することなど滅多にない。もっとも用件は想像がついている。

「大ちゃんのこと、ちゃんと見ておけって。それと、用心しろって」

やはり、と思うのと同時に舌打ちを放った。どうして身重の妻にそんなことを言うのか。ただ不安を煽るだけなのに。

「お義母さん、ものすごく大ちゃんのこと心配してた」

「ああ、おれにも連絡あったよ。おふくろは昔から心配性なんだよ。ったく、ヤクザの女房だったくせにだらしねえ」

「でも、本当に大丈夫？」

「当たり前だろ。だいたいおれは狙われてねえっつーの」

小田島は鼻で笑い、ビールを呷った。

「本当だよね。大ちゃんは殺されないよね。そんなこと、絶対にないよね」

「ない、ない」笑いながら顔の前で手を振った。「何度も言うけど、坂崎くんも田中くんも個人的なトラブルから殺《や》られただけで、キョウレンとはいっさい関係がないの」

「そっか。ならよかった」

妻はそう口にしたものの、その表情は暗く沈んだままだ。そんな妻を横目に小田島は手酌でビールを注ぎ足した。

妻の美穂と出会ったのは今から十年前、小田島が二十九歳のときだった。

当時、小田島の主な収入源は大麻の売買だった。リーダーの石神から、「大地はマメだから向いてると思うし、やってみたらいいんじゃない」と勧められたのがきっかけだった。

借金を抱えた奴らを囲い、彼らに自宅で大麻を栽培させ、それを都会で売人たちに売り捌かせる。

多くの人間をコントロールするのは骨が折れる作業だったが、粗利は笑いが止まらないほど多かった。

そうしたある日の夜、売人をやらせている小僧から小田島のもとに連絡が入った。聞けば、大麻を買い求めてきた客の中に十代の少女がいたのだという。客に若い女がいた

場合は必ず連絡してこいと、小田島は常々売人たちに伝えていた。女衒《ぜげん》商売をやってい

る凶徒聯合の先輩の滝瀬に高値で買い取ってもらうためだ。

はたして会ってみれば、少女はあまりにも幼過ぎた。少女は自分の年齢を十八歳と偽っていたが、実際はまだ十五歳の小娘だった。

十八歳未満は援助交際をさせるくらいしか使い道がなく、そしてその斡旋は摘発されるリスクが高いという理由から滝瀬も敬遠していた。

「きみはどうして大麻なんかやりたいの」

小田島は興味本位で少女に訊ねてみた。少女は良いところのお嬢さんという風体で、違法行為とは縁がなさそうだったのだ。ただその一方、手首にはいくつもリストカット痕が刻まれていた。

「興味があったからです」少女は素っ気なく答えた。

そこから小田島は、「これはおれの勝手な想像だけど」と前置きして、少女について推測を述べた。

「きみは母子家庭の一人娘として生まれ育ち、長らく貧乏生活を送ってきたが、母親が再婚したことで生活が一変した。ところがきみが成長するにつれ、その再婚相手から肉体関係を強要されるようになった。母親はそれを知っているが、きみを助けてはくれない」

少女は驚愕していた。すべて当たっていたからだ。まるで目の前でマジックを見せら

れたかのように、「なんで。どうして」と少女は何度もつぶやいていた。

「おれは人の心が読めるんだよ」小田島は真顔で冗談を言った。実際はこんなものにタネも仕掛けもなく、経験則から言い当てただけだ。

ただ、少女があまりに「すごい。すごい」と感心してくれるものだから、小田島も愉快な気持ちになり、「よっしゃ。今からきみの親父をぶっ飛ばしに行こうか」と少女にそんな提案をしてみた。

そして実際に少女の家へ行き、父親を痛めつけた。落とし前として金もきっちり取った。

そしてその日の夜、小田島は少女と自宅でセックスをした。

以来、その少女——美穂と共に暮らしている。

やがて子どもができたことをきっかけに籍を入れ、正式に夫婦となった。小田島が三十二歳、美穂が十八歳のときだった。

家庭を持つことにためらいはなかった。美穂はけっして明るい性格ではなく、そこらにいる世間知らずな小娘だったが、守ってやりたいと思わせてくれる女だった。なにより、彼女は根が真面目で、家庭的だった。結局、大麻は一度たりとも使用していない。あのときは自暴自棄になって手を伸ばそうとしただけなのだ。

おそらく美穂は自分がいなければ生きていけないだろう。本人もそう思っているらしく、「私より先に死なないでね」と事あるごとに口にする。

そんな美穂は小田島の仕事や生き方について口を出さないものの、夫がアウトローでいることを快く思ってはいない。子どもができてからはそれをより一層、強く感じる。ことあるごとに「足を洗った」と伝えているものの、彼女に信じている様子はなかった。

「おれはとっくの昔に悪いことはやめてるんだよ。だからおれが狙われるわけはねえ。心配するな」

小田島は妻の手を取り、改めてそう伝えた。

「でも、仲間の一人だからって理由で――」

「ありえない。そんなことは絶対にない」語気を強めて言った。「キョウレンだって今じゃただのサークルみたいなもんで、世間で言われてるような危ない組織じゃねえんだ。これだって何度も話したろ」

「……」

「だからおまえはそんな暗い顔をしてないで、毎日笑って楽しく過ごしてくれよ。そんでもってまた元気なガキを産んでくれ」

妻は自分を納得させるように頭をゆっくり上下させている。

小田島はその頭を撫で、「そんなことより美穂、四男の名前どうすっか」と話題を変えた。

「おまえ、ちゃんと考えてんだろうな」

「ううん、まったく。だっていつも大ちゃんが決めてくれるじゃない」

「だとしてもおまえも候補くらい出せよ。毎度毎度おればかり悩ませやがって――」

何がなんでも死ぬわけにはいかない。

小田島は心の中で己に言い聞かせた。

おれには守るべき家庭がある。こいつらを守ってやれるのはおれだけなのだ。

翌日、小田島は次男を幼稚園へ送り届けてから、車で自身が経営する土木会社へ向かった。そこですべき仕事があるわけではないのだが、今日は昼過ぎに来客の予定がある。招かれざる客だ。

刑事の古賀から任意で警察署へ来るように連絡があったのは一昨日のことで、これを拒否すると「だったらこっちから会いに行ってやる」と恩着せがましく言われた。

そこで海老名にある会社を指定すると、「ああ、わかった」と二つ返事をされてしまったのである。小田島としてはわざわざそこまではやってこないだろうと思い、半分冗談のつもりで言ったのだ。

もっとも古賀と会うなら会社がいい。喫茶店など御免だし、我が家など絶対に嫌だ。

東名高速を静岡方面へ下り、海老名インターを目指す。

車を走らせ、大和トンネルまでもう少しというところでいつもの渋滞に捕まった。小田島はハザードを焚いてから、水の入ったペットボトルに手を伸ばした。

飲もうと顔を上げると、フロントガラスの先の上空に小型の飛行機が浮かんでいるのに気がついた。カマキリを思わせる異様な形状に思わず目を奪われる。あれはどういう役割をこなす飛行機なのか。おそらく近くにある厚木航空基地から飛び立ったものだろう。

誰かが大和トンネルは厚木航空基地のために作られたものだと話していた。だとしたらこの渋滞はアメリカのせいだということになる。なんとも腹立たしい話だ。

終戦から七十五年も経っているのに、今もこの国はアメリカの顔色ばかり気にしている。小田島はそれがひどく気に入らなかった。この辺りは右翼団体を率いていた父の気質を受け継いでいるのかもしれない。

ここで車内に電話の着信音が鳴り響いた。相手は凶徒聯合の先輩であり、小田島の中学時代の先輩でもある阿久津だった。

〈大地、おつかれ〉

Bluetoothを介して阿久津の声が車内に響く。

〈古賀のおっさんとはもう会ったの？〉

「いえ、今からです。何かあったんですか」

〈いや、とくに何かがあったわけじゃねえんだけどさ〉

じゃあなんのために電話をしてきたんだと言いたくなった。おそらく阿久津は不安で仕方ないのだろう。この先輩は昔から腕っ節も強いし、商売も上手なのだが、ハートがガラスで作られているのだ。

「そういえば阿久津くんは昨日、古賀と会ってるんでしたっけ？」

〈そう。警察署に呼び出されてさ、取調室で二時間もカンヅメ食らったよ〉

「どんなやりとりがあったんですか」

〈ずっと腹の探り合いみたいな感じだったけどね。あっちも本音を見せないし、こっちもそうだからまったく話が進展しないわけ〉

前の車が動いたのでフットブレーキを解除し、アクセルを踏んだ。徐行運転でトンネル内に入っていく。

〈ただ、古賀も藤間兄弟を疑ってるっぽいってのはわかったけど〉

「マジですか」

〈うん。警察はその線でも捜査してるって〉

「それってただの脅しで、本気で思ってるわけじゃないでしょ。ほら、そう言えば阿久津くんがビビると思って」

その言い方にカチンときたのか、阿久津が黙り込んだので、「そんなんで阿久津くんがビビるわけないのにアホですよね」とフォローの言葉を添えた。

〈でもよう大地、おれは考えれば考えるほど藤間兄弟しかいないと思うんだよなあ〉

そうつぶやいた阿久津の言葉はあまりに弱々しく響いた。

この先輩は十代半ばの頃、藤間兄弟の兄と一時期親しくしていた。もともと自分たちに「こいつらの気合いは半端ないよ」と藤間兄弟を紹介したのは阿久津だったのだ。

ただ、「おれらは誰かの下につきたくない」という理由から彼らは凶徒聯合に加わらず、結果的にそれが理由で反目し合うことになった。

「あいつら、ちょっと生意気だよね。やっちゃおっか」

石神がそう発言したのをきっかけに、凶徒聯合は藤間兄弟を狙うようになったのだ。

対立の発端は本当にそんな些細なことだった。それが命の取り合いにまで発展するのだから、冷静に考えれば異常な話である。外野から見たら実に度し難いことだろう。

ただ、当時の自分たちからすれば藤間兄弟は親の仇、いやそれ以上の存在だった。いつしか理由などどうでもよくなり、ただただあの兄弟が呼吸していることが許せなくなっていた。

坊主憎けりゃ袈裟まで憎しとはよく言ったもので、奴らが乗っていたとされる単車を街で見掛ける度に――それがたとえ持ち主が誰であろうとも――片っ端から焼き払っていたくらいだ。

もっとも藤間兄弟も凶徒聯合に対して同様の憎しみを抱いていたことだろう。

〈もし藤間兄弟だとしたら、奴らが次に狙ってるのはたぶんおれなんだよ。なぜならあの兄弟と実際にやり合ったのって、キョウレンの中じゃ坂崎と田中くんとおれだけなんだから〉

「阿久津くん」小田島はため息混じりに名を呼んだ。「考え過ぎですよ、考え過ぎ。藤間兄弟は絶対にないですって」

〈なんだよ。ちょっと前に話したときは、もしかしたらって大地も言ってたじゃねえか〉

「あのときはおれも少しそう思ったけど、でもやっぱりよくよく考えたらないなって。だって奴らたしかに死んでるんですから」

〈けど、誰も死体を直接見たわけじゃないだろ。それに、藤間兄弟じゃないなら誰がおれらを狙ってるんだよ。この短期間に二人も殺《や》られてる以上、あっちの狙いはキョウレンにまちがいねえぞ。それに内藤組も龍人も、自分たちは知らない、今回の事件とは一切関わりないって正式に通達してきてるし、そうなるといったい誰がこんな――〉

小田島は心底うんざりした。すでにわかりきっていることを延々と語られるのは苦痛でしかない。

犯人が誰であるかなど、自分だって四六時中考えている。眠っているときですら頭から離れてくれないくらいだ。

今、凶徒聯合の全員が見えない敵に頭を悩ませ、そして苦しんでいる。

〈――そうなるとやっぱりさ、藤間兄弟しかいねえと思うんだよ〉

「石神くんが藤間兄弟はちがうって言ってるんですよ。だったら絶対にちがうでしょ。これまで石神くんがまちがってたことなんかないし」

〈けど、石神は日本を離れて長いから〉

だからなんだというのか。小田島はこの先輩にほとほと嫌気が差し、運転席の窓を下げた。トンネル内とはいえ、おもての空気を吸いたくなったのだ。

排気ガスの臭いが車内に入り込んでくる。

「じゃあ聞きますけど、仮に犯人が藤間兄弟なら、どうして田中くんはそんな野郎を助手席に乗せたんですか？　坂崎くんも、どうして家に上げたんですか？　おかしいでしょ、そんなの」

小田島は詰問するように言った。

そう、今唯一わかっているのは、犯人は坂崎と田中と顔見知りだということだ。

ただこれは、よくよく考えるとあまりに恐ろしい話だった。田中が残したユーチューブの映像では、彼に警戒している様子は微塵も感じられなかった。

つまり、犯人は自分たちの近くにいて、なおかつ警戒心を抱かせない人物なのだ。

〈そこはおれなりに考えてみたんだけど……ちょっと話してもいい？〉

小田島は鼻から息を吐いて、「どうぞ」と言った。

〈これは大地だから話すことで、ほかのヤツには絶対に言わないって約束してくれるか〉

「ええ。約束します」

すると、電話の向こうで阿久津が大きく息を吸い込んだのがわかった。

〈坂崎と田中くんは、石神を潰そうとしてたんじゃないかって思うんだ〉

「潰す？　石神くんを？　意味がわかんないんですけど」

〈まあ最後まで聞いてくれよ。つまり、二人が藤間兄弟と結託して、石神のクビを取ろうとしてたってことだよ。たぶん二人はおれらの知らないところで、石神を恨んでたんじゃねえかな。考えてみれば田中くんは石神の理不尽な命令でキョウレンから脱退させられてるし、坂崎も昔、石神の怒りを買ってえぐいヤキを入れられたことがあったじゃん。あいつの視力が極端に悪くなったのはそれが原因だってことは大地も知ってるだろ。で、そんな二人をうまいこと唆《そそのか》したのが、藤間兄弟なんじゃねえかって思うんだ。たぶん、石神のもとにいたら永遠にあいつの奴隷だぞとか、いつか破滅するぞみたいなことを言われたんじゃないかな。ただ、それはあくまで奴らの方便で、藤間兄弟の本当の狙いはキョウレンメンバーの皆殺しだった。どこでどうやって接点を持ったとか、そういう細かいことはわからねえけど、ありえない話じゃないと思うんだ〉

あんた、よくそんなんでここまでアウトローとしてやってこれたもんだな。小田島はそんな台詞が喉元まで出かかっていた。

もったいぶって何を言うかと思えばこれである。とても正気の沙汰とは思えない。たぶん阿久津は恐怖のあまり脳みそが腐ってしまったのだろう。

「阿久津くんはあくまで藤間兄弟が生きてるってのが前提なんですね」

〈まあそうだね〉

ようやくトンネルを抜け、車内に眩しい光が射し込んだ。車線を変更し、わずかにスピードを上げる。

「否定するようで悪いですけど、おれには考えられないですね。はっきり言わせてもらうと、見当違いだと思います。すみません、そろそろ会社に着くんで」

そう言い終えると、小田島は通話を一方的に切った。

先輩にこんな無礼を働くのはおそらく初めてのことだ。ただ、罪悪感はちっとも湧かなかった。こんな妄言に付き合ってなどいられない。

藤間兄弟など、絶対にありえない。

むしろ――そう思ったところで、小田島はゾクッとした。

ここ数日、突拍子もない仮説が頭をもたげては小田島の背筋を寒くさせていた。

もしかしたら犯人は、自分たち凶徒聯合の中にいるんじゃなかろうか――。

あまりにぶっ飛んだ想像だが、少なくとも坂崎や田中が犯人に対し警戒心を抱かなかったことには説明がつく。田中の肉体に刻まれた『孔』の文字も、それがもたらす効力を十分に知っているからこそ、行ったのかもしれない。

現に阿久津などこうして怯えきっているし、凶徒聯合全体にも少なからず混乱を及ぼしている。

ただ、自分たちの中の誰が、どんな動機があってこんなことを仕出かしたのかは皆目見当がつかない。

現在の凶徒聯合の主要メンバーはリーダーの石神をはじめ、阿久津、滝瀬、日南、蔵前、塀の中にいる水賀谷、そして自分だ。

はたして、この中でもっとも怪しい人物は誰だろうか。

まず自分、そして物理的に犯行が不可能である石神と水賀谷も除外される。となると、残るは阿久津、滝瀬、日南、蔵前の四人——。

阿久津は先ほどの電話の感じからしてちがうだろう。いや、あれがすべて芝居の可能性はないだろうか。自分を油断させるために、あえて弱ったフリをしているのかもしれない。

そうなってくると蔵前も怪しい。田中の葬儀でメンバーが顔を合わせた際、「絶対におれらで犯人を捕まえて、殺してやろうぜ」と、もっとも憤っていたのは蔵前だった。そうすることで仲間たちの疑いの目から逃れようとしていたとは考えられないだろうか。

つづいて滝瀬。あの先輩は常に冷静沈着な男だが、そのぶん冷徹なところがある。損得勘定で動く人間なだけに、営利目的なら仲間を殺すこともいとわないかもしれない。

最後に日南だが、あいつだって絶対にないとは言い切れない。日南は唯一の同い年で、凶徒聯合の中では一番親しくしてきたが、それはあくまで若い頃の話だ。ここ十年は有事のときにしか顔を合わさないし、プライベートで連絡を取ることもない。大前提として、人というのは変わるものだし、裏切るものだ。

結論、全員怪しい——と思ったところで、邪念を振り払うよう、小田島はかぶりを振った。身内を疑うなんてどうかしている。

小田島は隙間を縫うように車線変更を繰り返し、どんどん車を追い抜いていった。急ぐ理由もないが、スピードを出したい気分だったのだ。

おれの頭も阿久津同様、おかしくなっているのかもしれない。

ここ最近、小田島にぐっすり眠れた夜は一度もなく、悪い夢ばかり見ていた。脳が一時も休まっていないのだ。

若いときは抗争の真っ只中でも、布団に横になれば死んだように眠ることができた。だが今はそれができない。

理由は考えるまでもない。失いたくないものができたからだ。

やがて海老名インターを降り、車を十分ほど走らせると『小田島土木』と書かれた看板が先の道路に見えた。

現在、会社が拠点として構えている土地は、もともとは地元の運送会社のものだったのだが、倒産したことで長らく遊休地になっていた。当時、土木ビジネスに本格的に乗り出し、この辺りで土地を探していた小田島にとって、そこはおあつらえむきな土地だった。

結果として土地代は安く買い叩くことができ、仲介手数料もお小遣い程度ですんだ。

当時地上げ屋をやっていた、今は亡き坂崎のおかげだった。

小田島にとって坂崎は、凶徒聯合の中でもとりわけ世話になってきた人物だった。

そんな坂崎の頼みだからこそ、ダイナマイトを譲らざるをえなかったのだ。

小田島としてはもちろん嫌だった。用途は聞かなかったが、危険なことに使われるのは火を見るより明らかだったからだ。

会社の敷地内に入り、駐車場に車を停める。今は大型トラックや重機のほとんどが出払っているため、敷地内はゆったり広々と映るが、戻ってきたときはかなりのすし詰め状態になる。

小田島土木は事業拡大に伴い、従業員も乗り物も年々増え続けていた。今や百人を超える男たちが自分のもとで汗水垂らして働いている。

もっとも、それでも仕事が回らず、多くの現場で外注を使っていた。それほど事業は軌道に乗っているのだ。

仮に今、凶徒聯合が準暴力団指定などされれば、とんでもないことになる。公共事業はおろか、民間業者からの依頼も激減するだろう。もともと、建設業を生業としていたヤクザと企業とが付き合いづらい世の中になったからこそ、多くのビジネスチャンスがあると踏んで起こした会社なのだ。

本当に、悩ましい問題だらけで嫌になる。

社屋に入り、内勤の社員たちに「おっす」と声を掛けた。「おはようございます」と挨拶が返ってくる。

役職者の中には数名現役のアウトローもいるが、そのほかの社員はみな一般人だった。みな、一人ひとり小田島自ら面接をして雇ったのである。

彼らは小田島の裏の顔を知っているが、とくに恐れを抱いている様子はない。小田島は会社では暴力はもちろん、怒りを露わにすることもないからだ。

ただ、坂崎や田中が殺されて以来、社員たちが自分に気を遣っているのがひしひしと伝わってくる。もっともそれは心配しているというより、好奇の目に近いのだが。

「おい」とデスクでキーボードを打ち込んでいる幹部社員の一人である堀田《ほった》を手招きした。

堀田は小田島がもっとも可愛がっている部下で、世代は離れているが地元の後輩だった。昔からフットワークが軽く、要領がよかったので自分のそばに置くことにしたのだ。ちなみに堀田は渋谷クラブ襲撃事件の実行犯として自分たちの身代わりとなり、二年間刑務所に入っていた若い衆の一人だ。そういった意味では恩義のある後輩でもある。

「もうすぐ古賀がやってくるから、来たらおまえが社長室まで案内しろ」

耳元で告げた。堀田も古賀とは面識があるのだ。

「それと茶もおまえが運んでこい」

手短にそう言いつけて、階段で三階の社長室へ向かった。

施錠を解き、室内に入る。中には自分専用のデスクに応接セット、観葉植物のドラセナ、そして各種筋肉トレーニング器具が置かれている。身体を鍛えるのは趣味を通り越して、もはや仕事だ。

いつ、どんなときに、誰と闘うかわからないのだから。

そう、自分はこれまで常に危険と隣り合わせで生きてきたのだ。

なのに、どうしてだろうか。ここ数年は明らかに気が緩んでいる。認めたくはないが、アウトローとして確実にヒヨってきている。

人との喧嘩はできるだけ避けたいし、危険なこともなるべくならしたくない。

だからといって今さらカタギになろうとも思えない。

凶徒聯合として、アウトローとして名を馳せてきたからこそ、今の地位があるのはまちがいないのだから。

仮に凶徒聯合の名前を失えば、自分は確実に失墜するだろう。これは理屈ではなく、本能でわかるのだ。

おそらく凶徒聯合の仲間たちもみな、わかっているはずだ。

大人になり、それぞれに守りたいもの、守るべきものができた。だが、これまで築いてきたものも失いたくない。

安寧な毎日を送りたいが、おっかない人物として世間に認知されていたい。

この矛盾した思いを凶徒聯合の誰しもが両手に抱えている。

いずれにせよ、もう止まれない。どうあがこうが凶徒聯合という列車から下車することなどできやしないのだ。

小田島は腕時計を見た。もうそろそろ古賀がやってくる時間だ。

椅子から腰を上げ、窓辺に寄った。木目調のブラインドを指で下げ、おもてを見下ろすと、ちょうどグレーのクラウンが敷地内に入ってくるのが見えた。

古賀の覆面パトカーだ。

絶対にパンダなんかで来るなと言いつけておいたので、この点はホッとした。ちなみに社内で刑事だと名乗るなとも伝えておいた。そうすれば社員たちにはただの打ち合わせに見える。

クラウンは小田島の車の隣につけられ、ほどなくして二人の男が降りてきた。

古賀と――あともう一人は誰だったか。その面影に見覚えはあるのだが、名前が出てこない。

小田島は目を細め、記憶を探った。何度か会ったことはあるはずだ。だが小者だと思って相手にしていなかった。

たしか窪塚――そうだ、窪塚だ。

窪塚は自分と同世代か、少し下くらいだろう。遠目にも屈強な身体付きをしているのがわかる。以前はもっと細身だったはずだが、肉体改造をしたのかもしれない。印象が違って見えたのはこのためだろう。

あいつとタイマンを張ったら勝てるだろうか。

なぜかそんなことを思い、小田島は窓から離れた。

17

「どうぞ、こちらへ」

顔見知りの堀田の案内で窪塚と共に狭い階段を上っていく。小田島の会社へ来るのはかれこれ二年ぶりだ。

「堀田、おまえここで働いてどれくらいになる？」

階段を上りきったところで訊いた。

「創業からいるので今年で六年目ですね」

「偉くなったのか」

「まあ、それなりに」

古賀は鼻を鳴らした。「あとで名刺を寄越せ」

堀田は今から約十年前に起きた渋谷クラブ襲撃事件の実行犯として捕まえざるをえなかった男だった。

この男はたしかに事件現場にいた。が、彼が実行犯でないのは明らかだった。

「おまえたちはキョウレンにいいように利用されているだけだ。考え直せ」

当時、堀田を含めた若者らを古賀は何度も説得した。だが、彼らは頑として「いいえ、やったのは自分たちです」と主張を覆《くつがえ》さなかった。

あのときの無念は生涯忘れることはないだろう。

「ではごゆっくりどうぞ」

堀田が開けたドアの先に、ソファーに足を組んで座る小田島が待ち構えていた。相変わらずの太々《ふてぶて》しい態度だが、目に昔のような鋭さがない。この男は家族ができてから顔つきが柔和になったのだ。

そしてやや憔悴しているようにも見えた。もっともこれは小田島に限らず、ほかのメンバーもみなそうだった。

今、凶徒聯合は混乱の渦中にあるのだ。

「お久しぶりです。わざわざご足労いただきありがとうございます。結構かかったんじゃないですか」

小田島が立ち上がり、対面のソファーを勧めた。

「そんなことはない。車を飛ばしてたったの二時間だ」

窪塚と横並びで腰掛け、古賀は皮肉を交えて答えた。

「事業の方はどうなんだ。儲かってるのか」

「ぼちぼちってとこっスかね。古賀さんは忙しくされてるんですか」

「冗談なら付き合う気はないぞ。おまえらのせいでこっちは休日もないんだ」

「おれらのせいじゃないでしょ。早いところ犯人を捕まえてくださいよ」

「ああ、そのためにこんなところまで遠征してきてやったんだ。坊主で帰らすなよ」

「無茶言わんでくださいよ。おれらだって八方塞がりなのは知ってるくせに」小田島は鼻息を漏らし、背もたれに身を預けた。「ところで古賀さん、阿久津くんに変なこと言うのやめてもらえます？　藤間兄弟が怪しいだなんて適当なことを言って。あの人、真に受けちゃってるんスから」

「おれは怪しいとまで言った覚えはないぞ。可能性は捨てきれんと伝えただけだ。現にその線でも捜査してるしな」

「で、どうだったんですか」

「まあ、ないだろうな」

「当然ですよ。奴らはとっくに死んでるんですから」

ここで古賀は前のめりの姿勢を取った。

「単刀直入に訊く。小田島、おまえは誰だと思う？」

「わかんないっスよ。マジで」

「じゃあ、犯人はどんな人物だと思う？　おまえの見解を聞かせてくれ」

「申し訳ないんですけど、本当にさっぱりなんです」

「そうやって腹を見せずにいると、その内おまえも消されるぞ」

小田島が鼻を鳴らす。「どうしておれが」

「どうしてだ？　みなまで言わせるつもりか」

「キョウレンを全滅させることが犯人の目的なんですか？　警察はそこまで掴んでるん

ですか？」

「状況からしてそれが妥当な考えだろう。少なくとも犯人は目的をすべて遂げたわけではない。じゃなきゃ田中の遺体にわざわざ藤間兄弟の刻印を刻んだりしないさ。あれは明らかにおまえらを刺激するために彫られたもんだろう」

「それと警察を攪乱するためでしょ」

「ああ、だからこそ犯人はまだやるつもりなんだ」

そう告げると、小田島は頭の後ろで両手を組み、天を仰いで目を閉じた。

しばしの沈黙のあと、「古賀さん、うちのメンバー全員とすでに会ってるんですよね」と小田島は目を閉じたまま言った。

「ああ。石神と水賀谷以外はな」

「みんな、どんな具合でしたか」

「おまえと同じだよ。何も語らずだ」

「語りたくても語れないんですよ、本当に」ここで小田島は目を開けた。「ただ、おれが聞きたいのはそういうことじゃなくて、古賀さんから見て不審なヤツはいたのかってことです」

「不審？　どういう意味だ？」

「そのままっスよ。疑わしく感じたりしたヤツがいるかなって」

古賀は目を細め、目の前の男をジッと正視した。

「おまえ、もしかして仲間を疑ってるのか」

「別に、そういうわけじゃないですけど」

小田島は視線を逸らして答えた。

身内による犯行説は当然、捜査本部でも上がっていた。理由としては被害者となった二人の内、少なくとも田中博美と犯人が顔見知りであることは確実だからである。

「ついでに訊きますけど、みんなのアリバイはもう取れてるんですか」

「まだ誰ひとり取れてやしないさ。おまえも含めてな」

古賀は嘘をついた。

先日、小田島と電話をした際、彼は田中博美が殺害された時刻は帰宅途中であったと話していた。その証言通り、東名高速道路に設置されているNシステムに、小田島の車と、運転席でハンドルを握る本人の姿が映っていたのが確認されている。

また、その他のメンバーのアリバイもすでに証明されている。ただし、石神を除いてだ。

「アリバイの一つも取れないで、捜査本部は何をやってるんスか。なんだったら証人を出しますよ。おれはその日、夕方にここにやって来てから夜遅くまで残ってたし、社員の何人かともしゃべってますから。それに会社に掛かってきたおれ宛の電話にも出てます。つまり、どうやったっておれは犯行時刻に新宿にいられないんですよ」

「なんだおまえ、やたら必死で潔白を訴えるじゃないか。何かやましいことでもあるのか」

「古賀さん」小田島がため息と共にかぶりを振る。「そういうのやめましょうよ。時間のムダですから」

古賀は鼻を鳴らした。「世間はそれこそ石神が犯人だって騒いでるようだけどな」

「ネットで、でしょ。くだらないっスよ」

「おまえは石神を疑ってないのか」

「笑わせないでくださいよ。もしあの人が犯人だったら古賀さんの前で舌を嚙み切って死んで見せますよ」

「ほう。それは見ものだな」古賀は口の端を吊り上げて見せた。「ま、おまえらは石神の居所を把握しているわけだからな」

「それはどうだか」

ここでドアが二回ノックされた。ドアの向こうから現れたのは盆に湯呑みを載せた堀田だった。彼は古賀たちの前で膝を折り、「失礼します」と告げてテーブルに湯呑みを置いた。そしてそれを終えると、すぐに去っていった。

古賀は湯呑みを手に取り、唇を湿らせてから、改めて口を開いた。

「小田島。石神がおまえらにも誰にも知らせず、秘密裏に日本に帰国している可能性はないか」

訊くと一瞬、小田島の目が左右に散った。

「まず、ないですね」

「それはたしかか？」

「ええ。ありえないです」

「どうしてそう言い切れる」

「どうしてって……だって、石神くんは──」小田島はここで言葉を途切らせた。「古賀さん、本気で石神くんを疑ってるんですか？　あの人が仲間を殺《や》る理由なんてどこにもないでしょ」

「おれにはおまえらの内部事情がわからんもんでな。それに、あの男はわからんさ。あいつの思考は常人には理解できん。その辺りはおまえらの方がよく知っているだろう」

「だからって……絶対にないですよ」

「信じてるのか、あいつを」

「そういう話じゃないでしょう」

「ただ怖いだけなんだろう、石神が。おまえらは石神を恐れているからこそ、あいつの無茶な命令に従うほかないんだ。このまま一生、石神に支配されて生きていくのか」

「話が逸れてますよ。っていうか古賀さん、本気で石神くんが犯人だと思ってるなら相当ヤバいですよ。アホらしい」

「アホだと？」

そう口を挟んだのはここまで黙って、となりでメモを取っていた窪塚だった。

「おいチンピラ、誰に向かってナメた口利いてやがるんだ」

するとと小田島の顔つきが一変した。

「おまえの方こそ口の利き方に気をつけろよ。半人前が」

一瞬で場が緊迫した空気に包まれた。

まさに一触即発といった中、先に窪塚が立ち上がった。それとほぼ同時に小田島も立ち上がる。ローテーブルを挟んで二人の片腕が伸び、互いの胸ぐらを摑み合った。

「おいコラ、ガキ、殺しちまうぞ」小田島が目を剝いて凄む。

「上等だこの野郎。やってみろよ」負けじと窪塚も言い返す。

「おい。二人ともよせ」古賀はうんざりして言った。「座れ」

だが、二人はその指示に従わなかった。

そして次の行動に出たのはまさかの刑事の方だった。

「こんな半グレ、ぶっ飛ばしてやりゃいいんですよ」

窪塚はそう言った直後、テーブルを回り込み、両腕で小田島の胸ぐらを摑み上げ、その身体を力任せに持ち上げた。小田島のかかとが浮き上がる。

「よせっ、窪塚。これは命令だぞ」

古賀の発した怒声が部屋中に響き渡った。

その声が聞こえたのだろう、数秒後にドアが乱暴に開けられ、堀田が飛び込んできた。

状況を見て一瞬目を丸くし、すぐさま般若のような顔つきになった。

「テメェ、うちの社長に何してくれてんだ」堀田が大股で窪塚に向かっていく。「相手ならおれが――」

瞬間、堀田の身体が後方に吹き飛んだ。カウンターを喰らわすように、窪塚が堀田の顔面を殴りつけたのだ。

床に倒れ込んだ堀田はぴくりとも動かなかった。今の一撃で完全に伸びてしまった様子だった。

古賀は唖然としていた。あまりのことに思考が巡らない。なぜ窪塚はいきなりこんな愚行に出たのか。

「おい、手ェ出しやがったな。もう冗談じゃすまさねえぞ」

小田島が素早くその場を離れ、隅に置かれていたダンベルを一つ持ち上げた。

「脳天カチ割ってやっからよォ」

小田島は完全にキレていた。昔の、もっとも凶暴だった頃の凶徒聯合の目だった。

「おう、やれるもんならやってみろ」

窪塚は怯むどころか、なおも小田島を挑発した。

古賀はテーブルに置かれていた湯呑みを蹴り払った。壁にぶつかり、耳をつんざく衝撃音を伴って砕け散る。

「おまえら、いい加減にしろっ」

「おっさんはすっこんでろ」小田島が吠える。

「小田島、いいからそいつを下ろせ。公務執行妨害で逮捕するぞ」

「見ただろ。こいつが先にやりやがったんだ。これは正当防衛だ」

「ああ、わかってる。今のは完全にこっちが悪い。頼むからそいつを下ろしてくれ」

「断る」

小田島はそう言って、砲丸投げをするようにダンベルを肩口に構えた。そして窪塚に向かって突進しようとした。

まずい。こいつは本当にやる男だ。

古賀は咄嗟に胸元から拳銃を取り出し、銃口を小田島に向けた。

小田島の動きがピタッと止まる。

「もう一度言う。そいつを下ろせ」

古賀は力いっぱいハンドルを握り締めて車を操縦し、小田島の会社の敷地を出た。そうでもしていないと指先が震えてしまいそうだった。

三十年以上、刑事をやってきたが、人に拳銃を突きつけたのはこれが初めてのことだった。もちろん発砲などしていない。ただ、自分が人に拳銃を突きつけたという事実にひどく動揺していた。

情けない。心底、思った。

そして、これまで失態を犯してきた同僚たちの気持ちがわかった。

警察官による拳銃の発砲事件は数年に一度はある。それが必要だった場合もあれば、そうでない場合もあった。

不必要に発砲してしまった者は一種の興奮状態にあったのだろう。いざというとき、人は冷静な判断が下せなくなる。それがよくわかった。

なにより、脅しのつもりだったにも拘わらず、拳銃を構えたあの瞬間、自分の中でわずかな、それでいてたしかな殺意が芽生えていた。

もちろん凶徒聯合の撲滅は自分の悲願だ。だが、個人を殺してやりたいと憎んだことなどない。なのにどうしてこのような感情が湧き上がったのだろう。

もしも小田島が止まらなかったら、自分は本気で引き金を引いたのだろうか。もちろんそうなってみなければわからないが、一つはっきりしていることは、あの瞬間、自分の頭の中に威嚇発砲という選択肢がなかったということだ。基本ルールを完全に失念していた。

相方の刑事が些細なことから一般人と喧嘩になり、それを収めるために拳銃で相手を撃ち殺してしまった――。

悪い冗談にもほどがある。自分のクビが飛ぶだけでは済まないだろう。

「さすがに上に黙っているわけにはいかないからな」

古賀は前を見たまま、静かに告げた。

海老原の顔が脳裡に浮かぶ。結果的に彼の助言に従ってよかった。「何があるかわからん」と、古賀の出際に拳銃を携帯するように助言してきたのは海老原だった。だが、まさかこんなことに用いることになろうとは。

「ええ。覚悟しています」

窪塚は俯いたまま答えた。

古賀は理解に苦しんでいた。ここ最近の窪塚はいくらなんでも短気が過ぎる。以前はこうではなかった。もちろん癇癪《かんしゃく》持ちのきらいはあったが、根は生真面目でけっして荒々しい男ではなかったのだ。

この男と共に働くようになって三年ほど経つだろうか。

むしろ初めて紹介されたときは、こんな軟弱そうな男が特捜隊の刑事としてやっていけるだろうかと心配したほどだった。

以前の窪塚は華奢な身体つきにマッシュルームカット、そして丸縁眼鏡を掛けていた。一見するとインテリサラリーマンのような風体だったのだ。

それが去年の暮れ辺りからだろうか、突然髪を短く刈り込み、眼鏡を外した。そしてみるみる筋肉を蓄え、以前の姿からは想像もつかないほど別人に生まれ変わった。

そして気性が激しくなった。

先ほどの窪塚の行動はあまりに常軌を逸していた。なぜあのような場面で、あんな些細な諍いごときで手を出したのか。「頭で考えるよりも先に身体が反応してしまって……」窪塚は子どもみたいな言い訳をしていたが、これではとてもじゃないが仕事にならない。

「なかったことにはできねえぞ。落とし前はきっちりつけてもらうからな」

別れ際、古賀は小田島からこのように凄まれた。古賀はただただ詫びるしかなかった。

まさか凶徒聯合に頭を下げる日が来ようとは――。

「おまえ、プライベートでなにかあったのか」

東名高速道路に乗り、本線車道に合流したところで古賀は訊ねた。

「いえ、なにも」

「なにもないのに、あんな馬鹿な真似をしたのか」

「はい」

「だとしたらおまえは刑事じゃない。ただの荒くれ者だ」

「……」

「窪塚、本当は何かあったんじゃないのか」

「本当に何もないんです。ただ自分が未熟なだけです」

そこで会話は終わってしまった。ここからしばらく沈黙が車内を支配した。

いったい、何をしに海老名くんだりまでやってきたのか。フロントガラスの先、赤く染まった空を眺めながら古賀は思った。

小田島にはまだまだ訊きたいことが山ほどあった。

今回の事件についてはもちろんのこと、準指定暴力団から逃れるために奴らが本を出すことや、直近の組織の動向についても探りを入れたかった。そして内藤組の組事務所の爆破に用いられた可能性のある、ダイナマイトについても改めて揺さぶりをかけたかった。

もちろん、小田島がそれらを素直に語ってくれるなどと考えていたわけではない。だが、奴の一つ一つの言葉やその挙動から、心の内を推し量ることはできる。現に小田島が仲間に対し、わずかな疑心を抱いていることは知れた。

そしてこれは他のメンバーにも共通していえることだが、やはり奴らはリーダーの石神丈一郎を心の底から恐れている。

あの男は今、いったいどこでなにをしているのか。

「——ですよ」

ふいに、窪塚がボソッと何かを口にした。

「なんだって」

古賀は横目で助手席を見た。

「なくなればいいんですよ、凶徒聯合なんて。あんな奴ら、消え去るべきなんです」

その抑揚のない言い方に古賀は返答に詰まった。

「古賀さん、犯人に対してどう思いますか」

「どうって、何がどうなんだ」

「憎いですか。犯人が」

「当たり前だろう」

「……そうですか」

こいつ、危ういなと思った。

今、世間ではSNSを中心に、犯人に対して好意的な意見が飛び交っていた。

悪者を処刑しているのだから犯人は良い行いをしている――。

このまま犯人の世直しを警察も国民も見守るべきだ――。

無責任で危険な思想だが、現実にそれらの戯言《ざれごと》は多くの賛同を得ており、警察も無視できない事態になっている。

古賀の妻などは「世間なんてそんなもの」と達観したようなことを言っていたが、刑事としては見過ごすことはできない。

これ以上そういった声が高まれば犯人蔵匿や、犯行に協力する者が現れるとも限らないのだから。

そんなことにならないためにも、早急に事件を解決しなければならない。

18

夕飯はパパカレーだと伝えると、長男の彪雅と次男の泰雅が両手を上げて「やったー」と喜び、それを見た三男の桜雅も兄たちに倣って短い両手を頭上に持ち上げた。

そんな息子たちを前に小田島大地は苦笑した。もうじき帰ってくる妻の美穂にこれを報告したらきっと悔しがるだろう。

もっとも料理の腕前に関していえば妻とは比べようもない。小田島がまともに作れる料理はカレーだけなのだ。

「おら泰雅、そういうイジワルをするな」

野菜を刻む包丁を止め、小田島は居間にいる次男坊を叱った。

泰雅は自分のおもちゃで遊んでいた弟から、「これはおれの」とそれを奪い取ったのである。桜雅のやかましい泣き声が居間に響いている。

「だってこれはおれのだもん」

「今遊んでるわけじゃねえんだから貸してやったっていいだろう」

「でも――」

「でもじゃねえ。これ以上、文句言うならおまえには今後おもちゃを買ってやらねえぞ」

そう言いつけると、今度は泰雅も泣き始め、居間はより一層の喧騒に包まれた。そんな中、長男の彪雅だけは我関せずでiPadのユーチューブ動画を静かに視聴している。

やれやれと思いつつ、偉大なる妻の存在を改めて思い知らされた。妻は四六時中こいつらの相手をしているのだ。さらにもうじき生まれてくる赤ん坊が我が家にやってくれば彼女の休息の時間は皆無となるだろう。家政婦でも雇ったらどうだと小田島は提案しているのだが、妻は頑なにこれを嫌がる。自分の子どもは自分で面倒を見たいのだという。健気にも思うが、彼女が精神的に追い詰められないか心配だ。

妻は現在、病院へ定期健診に行っており、そして再来週には入院する予定だ。

泣いている二人をなだめ、カレーを煮込んでいると携帯電話が鳴った。相手は凶徒聯合の先輩の滝瀬だった。一気に気持ちが沈み込んだ。

「彪雅。パパはちょっと電話してくっから桜雅のこと見ててくれ」

小田島は長男にそう告げ、窓を開けてベランダに出た。

縁側に立ち、「お疲れ様です」と応答すると、〈おう〉と滝瀬の声が聞こえた。

〈大地、会社か？〉

「いえ、今日は休みで朝からガキ共の面倒を見てます」

〈そうか、それなら手短に。要件は二つだ。一つは石神の帰国の日が決まった。急だが九日後、来週の金曜日だ〉

小田島はごくりと唾を飲み込んだ。

〈集合時間は夕方十八時、場所はいつものとこだ〉

いつものとこ――蔵前の所有している葉山の別荘だ。

「でも、今集まるのはヤバくないですか」

〈おれだって何度もそう言ったさ。もう少し落ち着いてからの方がいいんじゃないかって。おれら一人ひとりが警察に尾行されてるかもしれねえし、そうなれば石神が危険だ

ぞって〉

「そしたら石神くんはなんて？」

〈余裕っしょ、だと〉

小田島は携帯電話を握りしめながらかぶりを振った。

実に石神らしいが、さすがに今回ばかりは常軌を逸している。リスクがあまりに大き過ぎるからだ。だが、石神が集まると言った以上、自分たちは従うしかない。

「で、もう一つの要件というのは？」

〈ああ、これは気を悪くしないで聞いてもらいたいんだが――〉

電話の向こうで滝瀬が息を吸い込んだのがわかった。

〈おまえ、仲間を疑ってるのか〉

小田島は困惑した。「なんですか、いきなり」

〈先ほどおれんとこの事務所に古賀が訪ねてきたんだ。おれはおっさんにこう言われたぞ。『小田島は身内の犯行と考えているようだがおまえはどうなんだ』って〉

「ちょっと冗談はよしてくださいよ。そんなの古賀の揺さぶりに決まってるじゃないですか」

〈だろうとは思ってるさ。ただおまえ、若い衆が古賀の相棒のデカにやられたことをなぜおれらに報告しない〉

「……」

〈聞けば三日も前のことらしいじゃねえか。おれがそのことを知らなかったことに古賀の方が驚いてたぞ〉

「……すみません。ただ、別に、取り立ててみんなに共有するほどのことでもないかなって」

〈些細なことでもなんでも報告しろって言っただろう。ついでに言うが、おまえ、このあと双伸社の天野と会うらしいじゃねえか。そういうことだって一応おれらに報告があって然《しか》るべきなんじゃねえのか。こまけえことかもしれないが、あの本はおれらの生命線で、慎重に進めなきゃならねえ案件なわけだ。そうだろう〉

ふだんは冷静沈着な滝瀬が珍しく憤っていた。この男もまた穏やかならざる日々を過ごしているのだ。

〈大地。今おれらがどういう状況に置かれてるか、おまえだってわかってるだろう〉

「……はい、わかっています」

滝瀬のため息が漏れ聞こえた。

〈とりあえず金曜日はそういう細々したことも含めて、石神はおれらと膝を突き合わせてすべてを聞きたいらしい。これまでのことは大抵おれから伝えているが、現状を正確に把握したいんだろう。あいつはその上でキョウレンを立て直すって言ってた。そんときに新事実が出ればあいつだって機嫌を損ねるし、連絡役のおれだって立場がねえ。大地、頼むぞ〉

「はい。以後気をつけます」

電話が切れ、小田島は肩を落として天を仰いだ。まだ白っぽい三日月が薄闇の空に浮かんでいる。

小田島自身、堀田が窪塚に殴られた一件は仲間に報告しなくてはと思っていた。だが、どうしても気が進まなかった。

正直、今は凶徒聯合の誰とも関わりたくない。なぜなら、そいつが自分の命を狙っているかもしれないのだから。

ここ数日、考えれば考えるほど、小田島の中で犯人は身内説は深まっていた。

もっとも誰がどんな理由で、こんな馬鹿げた凶行を働いたのかまではわからない。だが、殺された坂崎も田中も、気の置けない相手だからこそ油断していたのはまちがいないのだ。

背中の方からまた桜雅の泣き声が上がった。小田島は振り返り、窓ガラスを通して居間の中を覗き込んだ。きっと泰雅にぶたれでもしたのだろう、桜雅が頭を押さえて泣き喚いている。

小田島はやれやれとため息をついて、窓に手を掛けた。

「あ、いい匂い」

十八時を過ぎてタクシーで帰宅した妻の美穂は居間に足を踏み入れるなり、嬉しそうに言った。

「大ちゃん、夕飯の支度ありがとね」

「ああ。で、どうだったんだ、健診の方は」

「うん、順調だって」

「そっか。そりゃなによりだ」

そう言うなり小田島はブルゾンを手に取り、ソファーに沈めていた腰を上げた。

「え、もう出掛けちゃうの。私、ご飯は一緒に食べるものだと思ってた」

「そろそろ出ないと待ち合わせに間に合わねえんだ」

双伸社の天野とは以前も訪れた麻布の喫茶店に十九時に待ち合わせている。彼は自宅近くに伺うと申し出てくれたのだが、小田島はそれを断り、自ら都心まで出向くことにした。気分的なものだが、我が家の周辺に凶徒聯合絡みの話を持ち込みたくない。

「仕事、だよね」

妻が意味深な目で訊いてきた。

「ああ、商談だ」

妻には凶徒聯合が本を出すことについてまだ話をしていなかった。

今、凶徒聯合のメンバーは個別に天野と面談を行っており、本の中身を着実に詰めていた。だいぶ形になってきたようで、今日は小田島にまつわるエピソードなどの文面チェックを膝を突き合わせて行う予定なのだ。

小田島が家の玄関を出ると、いつものように妻や三人の息子たちが見送りにやってきた。父が出掛けるときは家族みんなで見送るのが小田島家の習わしだ。

車庫のシャッターを上げ、愛車のベンツG7に乗り込んだ。エンジンを掛け、車を車庫から出して門扉の前で停める。サイドウインドウを下げ、門扉の前に横一列に並ぶ家族たちに、「じゃあ行ってくる。おまえら、ママの言うことをしっかり聞くんだぞ」と言いつけると、「はーい」と彪雅と泰雅が手を上げて応じた。

だが、美穂に抱かれた三男の桜雅だけは、なぜか背後にある玄関の方を指差して、「おうち。おうち」と喚いていた。彪雅に抱かれた愛犬のポメラニアンもキャンキャン吠えている。

「桜雅くん、ちがうでしょ。パパにバイバイでしょ」

美穂がそう言いつけても、桜雅は「おうち。おうち」と母親に必死に訴えていた。

小田島は苦笑し、「美穂。戸締まりだけはしっかりな。どこの誰が来ても絶対に家に通すなよ」と念を押した。

もっともこんなことを言わなくても、妻は戸締まりを忘れることは絶対にないだろう。田中が死んで以来、夫が不在のときは宅配物も受け取らないくらいの用心ぶりだ。

サイドウインドウを上げ、アクセルを踏み込んだ。バックミラーモニターには手を振る家族の姿が映し出されている。

東名川崎ＩＣで高速に乗り、東京へ向かった。平日のこの時間なので、上りは比較的空いている。ただし小田島は左車線をゆったりしたペースで走っており、後ろからやってきた車に次々追い抜かれていた。

頭の中が石神のことで占拠されているのだ。

毎年恒例とはいえ、どうして石神はこんな騒動の最中に帰国する気になったのだろう。今は警察も自分たちの動向に目を光らせているし、なにより自分たちの命を狙っている何者かがいるのだ。ふつうに考えれば事件が収束してから悠々と戻ってきた方がいいはずなのに。

本当、あの人の考えることはよくわかんねえな――。

と、そこまで考えて小田島はハッとなった。

もしかしたら石神も自分と同様、身内に犯人がいると考えているのではないだろうか。それを見極めるために、石神は危険を冒してまで帰国することを決めた――。

そこに考えが至ったら、ますますそれが正しいような気がしてきた。

きっとそうだ。もともと石神は猜疑心の塊のような人物で、そして人の心を読むことに絶対的な自信を持っている。おそらく石神は自分たち一人ひとりの顔色や仕草、吐き出す言葉やその態度から犯人を炙り出そうとしているのだ。

小田島の脳の奥底から遠い記憶が這い上がってくる。

あれは二十年以上前、自分たちがまだ十代だった頃、敵対していた組織の連中に石神の隠れ家が強襲され、彼が軽傷を負ったことがあった。石神は窓から逃亡し、隣家を屋根伝いに走り、命からがら逃げ切ったのだ。

そしてその後行われた集会で、石神はとある人物を突然指差し、「おまえでしょ。ウタったの」とそんな言い掛かりをつけ始めた。

もちろんその人物は否定したのだが、石神はそれを信じず、一方的にヤキを入れ始めた。彼自身、たしかな根拠はなかったのにも拘わらず、だ。

たしかに石神の隠れ家の存在を知っているのは仲間だけだった。だが、自分たちの中に裏切り者などいるはずがない。

小田島たちは、あまりの理不尽さにさすがにそのときは石神を諌《いさ》める側に回った――が、しかし、後に本当にその人物が石神を売っていたことが発覚したので驚愕した。

あのとき自分たちは、この男にはどんな嘘も通用しないということを心に深く刻み込まれた。

もしも、今起きている連続殺人事件が身内の犯行によるものなら、あのときのように石神に犯人を炙り出してもらいたい。

もっといえば、犯人は誰でもいいから終わりにしてもらいたい。

そんなことを考えていると、いつのまにか用賀の首都高速方面へ向かう分岐点が目の前に迫っているのに気がついた。小田島は慌てて右車線に移った。

すると後ろの車にクラクションを鳴らされ、パッシングをされた。バックミラーモニターを確認すると、シャコタンの軽自動車にヤンチャそうなガキ共が乗っているのがわかった。一昔前ならガキ共を車から引き摺り下ろし、半殺しにするところだが、そんな気はまったく起きなかった。

たぶんこれは歳を取って丸くなったというより、自分が揉め事に疲れてしまっているせいだろう。

できることなら、これからは誰とも争うことなく、穏やかに暮らしていきたい。

叶わぬ願いを胸に、小田島は再び左車線に車を戻した。

芝公園出口で高速を降り、近場のガソリンスタンドに入った。

「ハイオク満タンで」

従業員にカードを差し出し、腕時計に目を落とした。現在の時刻は十八時五十五分。待ち合わせにはぎりぎり間に合うだろう。

四男が生まれたら車を買い替えるかな。小田島は革張りのシートに背をもたれ、ふと思った。この車は五年ほど前に一年待ちで購入し、以来仕事でもプライベートでも乗っているが、取り立てて愛着は湧いていない。たぶん、自分はあまりベンツの乗り心地が好みではないのだ。

今度は国産のふつうのファミリーカーでいいかもしれない。家族全員が乗れて、ゆったりと過ごせる車——そうなるとグランエースかアルファード辺りか。帰ったら妻に相談してみよう。おそらく彼女は「大ちゃんの好きにすれば」と言うだけだろうが。

ここで携帯電話がポロンと短く鳴った。見知らぬアドレスからのメールだった。

文面を読み込んだあと、小田島は頭を蹴られたような衝撃を覚えた。

『奥様と三人の息子の身柄は預かりました。このことを警察、もしくは第三者に話せば、その時点で家族とは一生会えなくなるものとご理解ください。また連絡をします』

小田島は指先一つ動かすことができなかった。完全に思考が停止していた。

ほどなくしてカチカチと音が立った。自身の歯が小刻みにぶつかり合っているのだ。

「サインをお願いします」

横から従業員に告げられ、ここで小田島は正気に戻り、急いで妻の携帯電話に発信した。

「あの、お客様」

だが電源が落ちているのか、繋がらなかった。自宅にいる以上、こんなことはありえない。

つづいて自宅の固定電話に掛けた。すると、こちらもコール音が鳴ることはなかった。

おそらくコードが抜かれているのだ。

「お客様、どうかされたんですか」

客に無視され続けているからだろう、従業員は怪訝な表情で小田島の顔を覗き込んでいる。

小田島はやにわにエンジンを掛けた。そしてアクセルを踏み込み、車を急発進させた。

今走ってきたばかりの高速道路を逆走し、自宅を目指した。波打つようにして前方を走る車をすり抜けていく。邪魔な車には遠慮なくクラクションを鳴らし続けた。

だがほどなくして渋滞に捕まった。この時間、下りは帰宅ラッシュなのだ。

小田島はハンドルを殴るように叩いた。込み上げてくる焦燥で頭がどうにかなってしまいそうだった。

ダメだ。冷静になれ。小田島は必死に己に言い聞かせた。

大丈夫。妻と子供たちはまだ生きている。絶対に、生きている。

小田島は改めて妻の携帯電話と自宅の固定電話に発信した。しかし、やはりどちらもコール音が鳴らない。

ということは、先ほどのメールは悪質な悪戯ではないということになる。

だが、いったいどこの誰がこんなふざけた真似をしたのか。

わかっているのはこれを行った犯人は、坂崎や田中を殺した人物と同一人物だということだ。それ以外に考えられない。

そして犯人の標的はまちがいなく自分だろう。

犯人は次のターゲットを自分に定め、小田島家を訪れた。だが不在と知り、家族を人質に取った。

単純に考えればそういうことになるが、疑問はいくつも残る。

まず犯人はどうやって自宅へ忍び込んだのか。他人がやって来ても妻が玄関の鍵を開けることは絶対にありえないのだから。たとえ犯人が配送業者を装って訪れたとしても、妻は応対しないはずだ。まさか窓を割ったわけでもあるまい。

いや、待てよ。小田島はふと思った。

もしも犯人が警察を装っていたとなると、どうだろう。その限りではないのではないか――。

ここで膝の上にある携帯電話が鳴った。小田島は弾かれたように手に取った。

だが相手は犯人ではなく、まさかの石神だった。石神が自分に直接電話をしてくることなど滅多にない。何か指示があるときでも彼は大抵、滝瀬や阿久津など、同い年のメンバーに連絡をするのだ。

何はともあれ、今はそれどころではないのだが、小田島は応答することにした。このタイミングで石神から連絡が入ったことが気になった。何か繫がりがあるのかもしれない。

〈大地。久しぶり。元気にしてるぅ?〉

石神の声を聞くのは約一年ぶりだろうか。相変わらず気怠《けだる》そうにしゃべる男だ。

「お久しぶりです。自分はおかげさまで。石神くん、来週の金曜日に帰国されるんですよね。滝瀬くんに聞きました」

〈そうそう。ただささ、おれ今ちょっと風邪気味なんだよねえ〉

「あ、そうなんスか。お大事に」

この電話は今起きていることと関係ない連絡なのだろうか。だとしたらすぐに切りたい。こちらはそれどころではないのだ。

〈うん、ありがとう――っていうかさ、大地どうかした？　なんか声がおかしい気がするんだけど〉

さすがは石神だと思った。たったこれだけのやりとりでこちらの動揺を察したようだ。

だが、家族が拉致されたことを石神に伝える選択肢はなかった。小田島が命令に背いたことがどこから犯人に漏れ伝わるかわからないのだから。もちろん警察になど絶対に連絡してはならない。

「いえ、別になんとも」

〈ふうん。そう〉

「……あの、自分に何か用スか」

〈なんか冷たい言い方だね。用がなかったら仲間に電話しちゃいけないわけ？〉

「いえ、そういうわけではなくて。ただ、石神くんから自分に電話なんてめずらしいなと思って」

〈なんとなく大地の声が聞きたくなっただけだよ〉

「はあ。ありがとうございます」

　すると石神がやや黙り込んだ。

〈やっぱ変だね。大地、本当はなんかあったでしょ〉

「いえ、本当に何も」

　再び石神は黙り込んだ。

〈話変わるけどさあ、今、そっちは大変なことになってるじゃん〉

「ええ」

〈おれ、犯人に対してめちゃめちゃ怒ってんだよね。おれの大切な仲間を二人も殺《や》ってくれちゃってさあ。どこの誰だか知らないけど、こいつだけはマジでただじゃおかないから〉

　自分だってそうだ。もし妻や息子たちにもしものことがあったら、犯人を嬲《なぶ》り殺してやる。

　ようやく車が動き始めた。小田島は再び前のめりでハンドルを操作した。

「あの、石神くん、悪いんですけど、今ちょっと立て込んでて、あとで折り返してもいいですか」

〈なんだ、やっぱそうなんじゃん。いいよ、ちょっと声を聞きたかっただけだし〉

「すみません。では後ほど——」

電話を切ろうとしたら、〈大地〉と呼び止められた。

「はい」

〈一つだけ言っておくけど、犯人は身内にはいないからね〉

小田島はごくりと唾を飲み込んだ。

〈人ってテンパるとさ、ありもしない妄想に取り憑かれたりするんだよ。阿久津もだいぶ情緒不安定になってるけど、大地もちょっと危険な感じがするよ〉

「……」

〈命を賭けてもいいけど、犯人は絶対に外のヤツだよ。それだけは忘れないように。それじゃあ来週よろしく〉

通話が切れた。

小田島はなぜ石神から連絡があったのか理解した。きっと滝瀬辺りから、小田島が身内を疑っているといった話を聞き、それでこちらの様子を探るために連絡を寄越してきたのだ。

だが、今はそんなことはどうだっていい。

車が徐々に流れてきた。小田島は再びレーシングカーのように次々車を追い抜いていった。

ほどなくして再び電話が鳴った。今度は双伸社の天野だった。おそらく待ち合わせ時刻を過ぎても小田島が喫茶店に現れないからだろう。

無視しようかと思ったが、そうなるとこいつはまた電話を掛けてくるはずだ。
小田島は応答マークをタップした。
〈あ、小田島さん、今どちらにいら——〉
「急用が出来た。悪いがリスケしてくれ」
それだけ告げて小田島は一方的に電話を切った。
おそらくすでに妻と子供たちは、犯人によってどこかに連れ去られていることだろう。
だとしたら慌てて自宅へ戻っても仕方がないのだ。
だが、小田島はアクセルを緩めることができなかった。
考えれば考えるほど嫌な想像ばかりが脳裏を掠めた。
額から滴り落ちる汗を何度も拭った。いつのまにかそこに涙が混じっていた。
どうか、家族を救ってください——。
小田島は生まれてはじめて神に祈っていた。

フロントガラスの先に我が家が見えたときには時刻は二十時に差し掛かっていた。
未だ犯人からの連絡はない。これほど時間が過ぎるのを長く感じたことはなかった。
車内は冷えているというのに、小田島は全身汗まみれだった。
車を門扉の前に停め、そこから我が家をしげしげと見つめた。
いつもの我が家ではなかった。居間の明かりが落ちているのだ。

ごくりと唾を飲み、小田島は車外へ出た。冷たい夜風が汗ばんだ肌を撫でた。門扉を開け、玄関までの石畳のアプローチを慎重に歩いていく。

そして息を吸い込んでから玄関のドアノブに手を掛けた。すると、自動でドアのロックが解除された。これは小田島が鍵を所持しているからなのだが、たった今、施錠がなされていたことをどう捉えるべきか。

犯人は妻と息子たちを外へ連れ出したあと、妻から奪った鍵で施錠したということだろうか。

その瞬間、約一時間半前に、家族に見送られ自宅を出発したときのことをはたと思い出した。あのとき、妻と長男と次男は父を見ていたが、三男の桜雅だけはこの玄関を指差し、「おうち。おうち」と喚いていたのだ。

もしかすると桜雅はあのとき、両親にこう伝えたかったのではないか。

だれかがぼくのおうちにはいった——と。

家族たちが小田島を見送りに玄関を出て、戻ってくるまでに一分強、もしくは二分弱ほどの時間がある。もしかしたら犯人はその隙に我が家に忍び込んだのではないか。

恐るおそる玄関の扉を開けた。すると自動で玄関と廊下の電灯が点いた。

足元には妻や息子たちの靴がきれいに並んでいる。

小田島は訝り、「ただいま」と、そっと声を発してみた。ふだんなら息子たちが廊下を駆けて飛び込んでくるが、足音はひとつも聞こえてこない。おそらく今、この家には誰もいないのだ。

小田島は靴を脱ぎ、上がり框《かまち》に足を掛け、一歩ずつゆっくりと廊下を進んだ。

そして居間に足を踏み入れ、電気を点けた。

その瞬間、小田島はその場に膝から崩れ落ちそうになった。

居間の中央で妻と三人の息子たちが並んで横たわっていたのだ。

「……おい、嘘だろ」

小田島はつぶやき、歩を進めた。

しゃがみ込み、妻の顔に恐るおそる手をやった。

すると手のひらに柔らかな吐息を感じた。

……よかった、生きてる。

三人の息子たちもみな、穏やかな寝息を立てていた。

どうやらみんな眠っているだけのようだ。

この状況を理解することはできなかったが、最悪の結末ではなかったことに小田島は心から安堵した。

全身から一気に力が抜けていった。そして両手を後ろについたとき、小田島は異変を感じ取った。

自身の左の手の平が床ではなく、何か異物の上に着地したのだ。

後ろを振り返ると、小田島の左手は何者かの足の甲の上にあった。

そこからゆっくり視線を上げていくと、真上からこちらを見下ろす男と目が合った。

自分に静かな眼差しを注いでいたのは、小田島も知っている男だった。

――どうして……こいつが。

スッと首筋に警棒のようなものを当てられた。

バチッ――一瞬、遠くの方でそんな音が聞こえた気がした。

19

先ほど意識を取り戻した小田島大地が車内で話していたことに嘘はなかったようだ。

もう会社に従業員は残っていないのだろう、敷地の外から見渡す限り、小田島土木の社屋の電気はすべて落ちている。

道中、助手席に座る彼はどこまでも従順だった。

ささやかな抵抗を示すこともなく、訊かれた質問に対し殊勝な態度で答えていた。

英介にはこれが意外だった。手足を拘束され、自由が利かない状況にあっても、こうも協力的だと少々気味が悪い。

現に初めに手に掛けた坂崎などは、「おれにこんなことをしてタダで済むと思うなよ」と凄んでいた。

もっとも家族の身が危険に晒されていては小田島の態度も自然なものかもしれない。

「嘘をついたり、もしくは少しでも非協力的な態度が見受けられたりすればすぐに自宅に引き返し、その場で眠っている家族を殺害します。これが脅しではないことはあなたならばきっと理解できるでしょう」

英介がそう告げたとき、小田島の中で反抗の選択肢は消えたのだ。

彼の妻と子は今、深い眠りの中にいる。サイレースという強力な睡眠薬を投与しているので朝方まで起きることはないだろう。英介も自身で一度試してみたがその効果は抜群だった。

小田島の外出時、彼の妻と子が門扉の外まで見送りに出ることを英介は知っていた。事前に行っていた下調べで、物陰からそれを確認していたのだ。

その間隙を狙って家の中に忍び込むのは造作もないことだった。つまり、盲点をついた形だ。

もっともこの日の夕食がカレーだったのは最大の幸運としかいいようがなかった。

予定では冷蔵庫にある飲み物などに睡眠薬を混入するつもりだったのだ。そのチャンスがなければ最悪、強引にでも家族を人質に取るつもりでいた。これはできれば避けたい手法だったので、神が——いや、きっと陽介が味方をしてくれたということなのだろう。

小田島の外出後、ほどなくして夕食を始めた家族たちは順々に眠りに落ちた。「どうしたんだろ。ママ、ちょっと気だるくなっちゃった」とつぶやいて、妻が一番初めに横になってくれたことも助かった。

そうして全員が寝静まった頃を見はからって、それまでせまい納戸に身を潜めていた英介は居間に堂々と足を踏み入れた。そこでたしかに四人が眠っているのを確認し、次に用意していた脅迫のメールを小田島に向けて送信した。

その後、彼が慌てて自宅に引き返してくることはわかりきっていた。この男にとって家族は何より大切な存在なのだ。

また、小田島が警察に通報しないであろうことも計算済みだった。だが、もしかしたら凶徒聯合の仲間には連絡を入れるかもしれないと思っていた。

そうなったらそのときだと腹を括っていたが、小田島は本当に誰にも話していない様子だった。

英介は助手席側に回り込み、ドアを開けた。小田島の足首のところで拘束していた結束バンドを切ってやる。

「さあ、降りてください」

人気のない闇の中、手首を後ろで拘束されている小田島を先頭に、社屋の入り口を目指した。夜空にはか細い三日月が灰色の雲を纏って浮かんでいる。

小田島の背後を歩く英介の心はわずかな昂ぶりもなく、穏やかなものだった。粛々と作業を行い、目的を遂げるのみ。邪念などまるでなかった。

入り口はシャッターが下りていた。その横の壁には暗証番号を打ち込むボードが備えられている。

「番号は？」

小田島に訊くと、「1270、最後に#」と彼は即答した。

英介がその通りボタンを押し込むとシャッターが上がった。その先にガラス張りのドアが出現する。

「この鍵はどれですか」

小田島から奪った鍵の束を見せて言った。

「赤いラインが入っているやつ」

それを錠口に差し込み捻ると施錠が解除される音がした。

ドアを開け、小田島を先頭に社内に足を踏み入れる。廊下の電気を点け、そこからは彼の案内で進み、オフィスまでやってきた。部屋にぎっしりと詰まったデスクの上にそれぞれパソコンが置かれている。

そしてその最奥に鉄製の頑強そうな金庫があった。ここもまた暗証番号を打ち込み、そのあとに鍵を用いる二段構えの施錠になっているようだった。

小田島の言った暗証番号を入力し、鍵を使って金庫を開けた。中にはいくつかの書類と共に青いフリーザーバッグが入っていた。その中にある鍵の束が透けて見えている。

「これが火薬貯蔵庫の鍵ですね」

英介はバッグを手に取って振り返り、小田島に向けて見せた。

小田島が頷いたのを確認して、英介は金庫の扉を閉め、オフィスをあとにした。
そして社屋を出て、小田島を促し再び車に乗り込んだ。

英介は慎重にハンドルを操作していた。乗り慣れていない車ということもあるが、単純に視界が悪かった。まるで夜にサングラスを掛けているかのようだ。

やはりスモークフィルムの透過率がこれだけ低いと車の運転は難儀する。

このスモークフィルムは英介が先ほど突貫で取り付けたものだった。もちろんNシステムや街中に設置されている防犯カメラを嫌ってのことだ。

人気のない夜道をひた走っていると、

「なあ、ダイナマイトさえ渡せば命は助けてくれるんだよな」

助手席の小田島がふと言った。

横目で彼を見る。相手も運転席の英介を横目で捉えていた。

英介は視線を前方に戻してから、「ええ、その通りです」と答えた。

小田島はまだ何か言いたそうにしていたが、その後目的地に着くまで彼が口を開くことはなかった。

小田島の話していた火薬貯蔵庫は雑木林の中にあった。周囲を金網が囲っているものの、辺りは無人で、ひどく不用心な気がした。危険物の管理など案外この程度のものなのだろうか。

車のエンジンを切ったところで、「もうすぐ子供が生まれるんだ」と小田島が再び口を開いた。

「必要のないことをしゃべらないように」

英介は車を降り、助手席側に回ってドアを開けた。小田島のシートベルトを外し、彼を降ろした。

左手には懐中電灯、右手には改造スタンガンの棒を持ち、草木の生い茂った道を進んだ。風が葉を揺らす音に混じって、どこからともなく川のせせらぎが聞こえていた。どうやらこの雑木林を抜けた先には川が流れているようだ。

昨晩、強い雨が降ったからか、足が微妙に沈み込む感覚があった。

このスニーカーを履いてきてよかったと思った。こんなこともあろうかと、あえてサイズの大きいものを用意していたのだ。もっともこのスニーカーは早いところ処分しなくてはならない。そんなことを英介は考えながらぬかるんだ道に足を踏み出していた。

金網ごしらえのドアに備えられている錠前を先ほど金庫から取り出した鍵を使って解き、中に入った。それからまた別の鍵を使って業務用冷蔵庫ほどの大きさの貯蔵庫の施錠を解除した。

そしてT字形のレバーを下ろし、扉を開けた。中には両手で抱えられる程度の木箱が一つだけ入っていた。

だが蓋を開けて懐中電灯の光を落としてみれば、中には小ぶりなダイナマイトが四本しか入っていなかった。想定していたよりもだいぶ少ない。

「これだけですか。これでは話と違います」

英介が問い詰めるように訊くと、「いや、おれももう少し残ってると思ってたんだけど……」と小田島も困惑していた。二、三十本程度はあると思う、と彼は車内で話していたのだ。

「騙したわけじゃないんだ。信じてくれ」

その顔に嘘はなさそうだった。本当にこの男にとっても想定外だったのだろう。

英介は夜空を仰ぎ、ふう、と吐息をついた。

やはりそうすべてが思い通りにはいかないものだ。四本だけでも入手できたことをよしとするしかないだろう。

英介は腰を屈めて、四本のダイナマイトを取り出し、ビニールで包んでリュックの中に詰めた。

よし。これで一応、二つの目的のうちの一つは遂げた。

そして残るもう一つ――英介は傍らに立つ小田島の顔に懐中電灯の光を当てた。

小田島が眩しそうに目を細める。

恐怖からか、絶望からなのか、彼は頬を濡らしていた。

このあと自分がどうなるのか、すでに察しているようだった。

「約束だろう。約束しただろう」

小田島が懇願するような目で訴えてきた。

そしてそこからは堰《せき》を切ったように彼は命乞いを始めた。

「あんたの正体は絶対に誰にも言わない」「なんでもする。仲間のことだって売ったっていい。だから殺さないでくれ」「あんたにも人の心があるだろう。おれには家族がいるんだ」

ただ、どんな言葉も英介の耳と心を素通りした。

妙な気分だった。怒りも憎しみも、おかしなことをいえば殺意もさほど湧いていない。

坂崎大毅のときより、田中博美のときより、それらの感情が薄まっている気がした。

だが、陽介の浮かばれない魂を鎮めるためには、この男には死んでもらわねば困るのだ。

「おい、聞いてるのか。おいってば」

すでに英介はこの先の段取りに思考を巡らせていた。

先とは、小田島を殺害したあとのことだ。

まずは田中博美のとき同様、この男の遺体にも『孔』の文字を刻みつける。警察にはこの小細工が単なる目眩ましであることをすでに見破られているだろうが、それに反して世間はおもしろがってくれている様子だった。別に世間を楽しませるつもりなどないが、大いに騒いでもらった方が自分への疑いの目を背けられるだろう。

そしてもう一つ。今回は遺体の右手の親指を切断するつもりだ。

最初は首を落とそうかと思ったのだが、これではただの見せしめ、挑発行為と捉えられてしまうだろう。あくまでこちらの目的は捜査の妨害であり、時間稼ぎがしたいだけなのだから、そこに何かしらの意味合いを持たせなければならないのだ。となればおのずと右手の親指だろうとなった。

それらを終えたあとは、小田島の車で茅ヶ崎へ向かう予定だった。相模湾沿いの道路脇にある藪《やぶ》の中にサイクリングバイクを用意してあるので、それに跨って明け方までに東京へと戻るのだ。

当然、街中の防犯カメラを避けるべく、安全なルートは事前に下調べしてある。とはいえ都心に近づくにつれ、すべての防犯カメラから逃れることは困難を極めるだろう。だが、早朝サイクリングをしている者など星の数ほどいるはずだ。

「なあこの通りだ。どうか命だけは奪わないでくれ」

さて――英介はすぐそこで命乞いをつづけている小田島を改めて見据えた。

彼の瞳が芯から怯えているのがよくわかった。まるで森の中で獣にでも鉢合わせたかのようだ。

英介は背負っているリュックからロープを取り出した。

すると小田島が叫び声を発して、タックルをするように飛び込んできた。だが、それを英介はなんなくかわし、逆に足を引っ掛けた。

小田島がヘッドスライディングの形で派手に地面を滑る。彼はすぐさま立ち上がろうとしたが、失敗してまた尻もちをついていた。慌てているのと、両手を背中側で拘束されているので身体の自由が利かないのだ。

英介はそんな小田島にゆっくり近づいていった。彼は足で地面を蹴って尻を滑らせ、必死に後ずさりしている。

英介はそんな小田島の首根っこを摑んで、顔面を地面にめり込ませるようにして押しつけた。そして後ろから素早く彼の首にロープを巻きつけた。

「……死にたくない。彪雅、泰雅、桜雅……」

うつ伏せの小田島が発した声がひっそりとした闇の中にこだました。

これが彼の最期の台詞となった。

20

黄色の規制テープが周囲の木々に張り巡らされ、巨大なブルーシートが魔方陣のように遺体発見現場を大きく囲っていた。その内外では制服を着た警察官や鑑識係、そしてスーツ姿の刑事らが木漏れ日を浴びて動き回っている。

皮肉なことに本日の空はここ最近で一番の快晴だった。風もなく、微《かす》かに聞こえてくる川のせせらぎが耳に心地よかった。

「おつかれさまです」

古賀が腕章を左腕に通し、手袋をして近づいていくと、制服警官の一人が挨拶をして、規制テープを持ち上げた。

そこをくぐり抜けると、数メートル先の人の輪の隙間からうつ伏せに横たわる小田島大地の顔が見えた。

第一発見者は、小田島の舎弟であり、小田島土木の幹部社員でもある堀田明宏《あきひろ》だった。堀田は今、木陰で携帯電話を耳に当て、誰かと話をしている。その顔が遠目にも狼狽《うろた》えているのがわかった。また、数日前に窪塚に殴られた箇所が青黒くなっている。

この日は午前九時から社内の定例会議があったという。だがそこに時間厳守の人である社長が現れず、携帯電話も繋がらなかったため、堀田は不審に思っていたのだそうだ。そこで凶徒聯合の滝瀬に連絡を入れたところ、滝瀬もまた小田島と連絡がつかないことを心配していたという。

嫌な予感がもたげ、念のために社内にある金庫を開けてみると、そこにあるはずの火薬貯蔵庫の鍵が消えていることに気づいた。堀田はすぐさま車を飛ばして、この雑木林へとやって来た。そして息絶えた小田島を発見した——堀田はこのように経緯を説明したらしい。

ちょうどその頃、警察もまた小田島の行方を追っていた。というのも、早朝に妻の美穂から夫の行方がわからなくなったと警察に通報があったのだ。

今現在、小田島宅には別働隊が訪れており、妻から詳しい話を聞いている。

古賀が遺体に近づいていくと、ルートを確保するために人の輪が崩れた。

古賀は真上から小田島を見下ろした。

一見して絞殺だとわかった——がしかし、奇妙なほど穏やかな死に顔だった。多少泥で汚れているものの、両の瞼は閉じられており、口元も食いしばるでもなく自然に閉じられている。

古賀はそんな小田島の傍らに屈み込み、きつく両手を合わせた。

この男はまちがいなくアウトローだった。社会にとっては迷惑極まりない存在だった。

それでも古賀の胸には形容し難い感情が込み上げていた。人が死ぬというのは理屈ではなく、そういうことなのだ。

古賀の合掌が終えたところで、

「がっさん。おつかれさん」

先に到着していた顔馴染みの刑事の丸山《まるやま》が横からそっと声を掛けてきた。

「死亡推定時刻は深夜零時から四時の間。そこの貯蔵庫からダイナマイトが持ち出されている」

簡潔に丸山が言った。

古賀はそのことに驚きはしなかった。ここで殺された以上、犯人の狙いはダイナマイトしか考えられない。

「本数は？」

「堀田曰く、四本とのこと。それがすべてだ」

「ずいぶん少ないな。貯蔵庫とはいえ、そんなものなのか」

「いや、多いときは何十本とあるそうだ。ただ直近の現場に掘削や解体を必要とするところがなかったため、最近は業者から仕入れていなかったらしい」

不幸中の幸い――でもないか。一本のダイナマイトでも殺傷能力は十分過ぎるほどあるのだから。

犯人が奪ったダイナマイトは約二ヶ月前、足立区にある内藤組の組事務所の門構えを爆破したものと同じものだろう。古賀も現場を訪れたが、鉄拵《てつごしら》えの頑強な扉が歪な形となって十メートル以上も吹き飛んでいた。

あれを至近距離で食らったら人間など木《こ》っ端微塵《ぱみじん》になるだろう。

「こんな野郎でも、死んじまうとなんだかな」

丸山が鼻息を漏らして言った。古賀ほどではないが、その昔少年係にいた彼もまた、凶徒聯合のメンバーとは面識があるのだ。

「昔、こいつが小僧だったころにワッパを掛けたときのことを思い出したよ。この野郎、興奮して暴れ回りやがるもんだから、おれが警棒で膝をぶっ叩いてやったんだ」

「ああ、あったな。そんなことが」

「こいつはそのときのことを執念深く覚えててさ、おれに会う度に冗談めかして足を引きずってたっけな」

古賀もまた、小田島との思い出をあげたらキリがない。どれもこれも美しい過去ではないのに、なぜかそれらが感傷を引き起こさせる。

「こいつ、家庭じゃ子煩悩なパパしてたんだって」

「ああ」

丸山がふたたび鼻息を漏らす。「因果応報といえばそれまでなのかもしれないがな」

ここで古賀の目が小田島の右手の先に留まった。親指がない。

古賀の視線から察したのか、「切断されてるのは右手の親指だけだ。鑑識曰く、死後に切断された可能性が高いらしい」と丸山が先回りして言った。

はたしてこれは何を意味するのだろうか。

「そんでもって今回もまたこれだ」

丸山はそう言って小田島のシャツを捲《めく》った。

すると、背中いっぱいに刻まれた『孔』の文字が飛び込んできた。血が凝固して張り付いており、実に痛々しい傷痕だった。もっともこれも死後に刻まれたものだろう。

「あっ。そこを踏むなよ」

荒い声が後方から上がり、古賀は振り返った。

見れば、鑑識課の主任が若い刑事の胸ぐらを摑んで怒っていた。

「わざわざビニールを敷いてんのが見えねえのかよ。消えちまったら責任取れんのかこの野郎」

たしかに彼らの足元には細く長いブルーのビニールシートが蛇のようにうねって後方に伸びていた。

「足跡だ」となりの丸山が言った。「昨夜は地面がぬかるんでたみたいでな、現場には二つの足跡が残ってたんだ。一つは小田島の履いている靴の足形と一致した」

「となるともう一つは犯人か」

「ああ。まずまちがいないだろう。先ほど確認したが、かなりでかい足跡だった。小田島の靴のサイズが二十六センチだったんだが、明らかにそれよりワンサイズ、ツーサイズは大きかったな」

犯人はかなり大柄な人物なのだろうか。もちろん早合点は危険だが、足跡が取れたのは収穫だ。

「それと、あのビニールシートが途絶えた辺りに車のタイヤ痕があった」

「ゲレンデだったか?」小田島の車の車種だ。

「タイヤ痕だけじゃおれにはわからん。そんな高級車とは縁がないからな」

「となると、まずは車の探索をするべきだろうな。犯人はそれに乗って逃走したはず——」

そんな話をしていると、丸山の遥か後方、この雑木林に面した通りから四台もの車が次々とやってくるのが見えた。

目を引いたのはどれもこれもゲレンデに劣らぬ高級車だったからだ。そしてその四台すべてを古賀は知っていた。

凶徒聯合の滝瀬、阿久津、日南、蔵前の車だ。堀田から訃報を聞き、やってきたのだろう。

案の定、それぞれの車から吐き出されたのは凶徒聯合の面々だった。堀田が彼らのもとへ走っていく。

きっと慌てて東京から駆けつけて来たのだろう、滝瀬以外の三人は寝巻きのようなスエット姿だった。

仰々しい闖入者《ちんにゅうしゃ》の登場に警察官らが手を止め、彼らに視線を注いでいる。

ここは自分が出張るべきだと判断し、古賀は彼らのもとへ向かった。連中も堀田を先頭にこちらに向かって来ている。

四人のメンバーの顔は一様に強張っていた。元が色白だからか、阿久津など血の気が失せているように見えた。

「悪いが規制テープの中には通せん。対面は現場検証が終わってからにしてくれ」

対峙したところで古賀が告げると、堀田の眉が吊り上がった。

「おい、先輩方はわざわざ遠方から駆けつけたんだ。少しくらい融通を利かせろよ」

「堀田、いい」この中ではリーダー格の滝瀬が堀田を制した。「外からでも構わない。古賀さん、会わせてくれ」

古賀は小田島の遺体がもっとも近くで見えるところまで彼らを案内しブルーシートを

捲った。

先ほどの古賀同様、彼らも膝を折ってその場で屈み込み、息絶えた小田島に向けて手を合わせた。

周囲にいる警察官らがその様子を静かに見守っている。

古賀は背後から合掌する姿を見下ろしていたが、ここで三回、意識的に瞬きを繰り返した。

一瞬、彼ら一人ひとりの背中に、うっすらと死神のようなものが張りついているように見えたからだ。

21

『犯人を全面的に擁護したい。犯人を凶行に走らせた原因は凶徒聯合にある』

『凶徒聯合連続殺人事件は因果応報。殺された連中は自業自得。奴らは殺されても仕方のない残虐行為を繰り返してきた』

『犯人は世直しを行っているのである。犯人万歳』

こうして立て続けに投稿した過激なツイートは瞬く間に拡散されていき、膨大な数のリプライが寄せられた。もちろん賛否両論あるが、大半は同調的な意見で占められている。

ハンドルネームは〝凶徒聯合被害者の会〟で、中尾聡之はその代表という立場を勝手に取っていた。

わずか六日前にひっそりと立ち上げたアカウントだが、すでにフォロワーは三万人もついている。これほど爆発的にフォロワーが増えた理由は、聡之が最初に行ったツイートが世間の耳目を集めたからだ。

『凶徒聯合の坂崎大毅は殺される前夜、渋谷のとあるバーで双伸社からの取材を受けており、反吐が出るような悪事を雄弁に語っていた』

『取材を行っていた編集者はそんな坂崎大毅におべっかを使っており、彼はこれをのちに書籍として発売するつもりらしい』

『となりで聞き耳を立てていた自分が苦情を申し出ると、坂崎大毅は威圧的で好戦的な態度を示してきた。その様子からは過去の反省は微塵も感じられなかった』

『坂崎大毅はこの数時間後に死んだようだが、この男がこの世から消えてよかったと思っているのは自分だけだろうか』

聡之はこのようなツイートを連投したのである。

警察が公表していなかった事実が記されたツイートは物議を醸《かも》し、多くの意見、感想が寄せられた。いわゆる〝バズった〟というやつだ。そしてそこからはみるみるうちにフォロワー数が伸びていった。

聡之がこのアカウントを立ち上げて改めて思い知ったのは、世の中には凶徒聯合の被害に遭った人が山ほどいるということだ。フォロワーの中には奴らの暴行によって身体的障害を負った者、心に深い傷を負い、社会と関われなくなってしまった者、そして家族を殺された遺族たちがいた。

今現在、聡之はそうした凶徒聯合の被害に遭った者たちによる投稿を四六時中リサーチしてはリツイートを行い、丁寧にリプライを送っていた。そのうちの何人かとはDMでやりとりもしている。

聡之はこのアカウントを通じて理不尽な社会に一石を投じたかった。警鐘を鳴らし、問題提起を行いたかった。

そして、もっともっと反社を排除する風潮が加速していけばいい。弱者が虐《しいた》げられ、まっとうに生きている人間が馬鹿を見る世の中に終止符を打つのだ。

その後もリプライを読み込んでいると、とある左寄りの活動家から送られた投稿に目が留まった。

『あなたの発言、思想は短絡的で偏見に満ちています。なにより危険なものです。どんな人間も基本的人権を有しており、それが担保されているからこそ我が国の民主主義は成り立っているのです。どうかその大前提をお忘れにならないように、節度のある投稿をお願い申し上げます』

聡之はすぐさまキーボードを叩いた。

『反社に人権などありません。クソ喰らえです』

これを引用リツイートで投稿したところでふいに頭痛を覚え、聡之はこめかみを揉み込んだ。

もう何十時間起きているだろうか。さすがにそろそろ眠らないと危険な気がした。だが、横になってもきっとすぐに自分は覚醒してしまうだろう。

首を捻り、壁かけの時計を見る。時刻が真っ昼間であることに軽い衝撃を受けた。聡之は深夜だと思っていたのだ。

六日前、妻が息子たちを連れ、この家を去って以来、カーテンは一度も開けていない。おもてにも一歩たりとも出ていなかった。

――あなたのことが恐ろしいの。

妻が去り際に吐いた台詞がふいに脳裡を過《よぎ》った。

とことん狂っていると思った。

どうしてまっとうに生きてきた自分が社会から疎まれ、家族から見放されなければならないのか。なぜ善人である自分がこんな仕打ちを受けなければならないのか。

これこそこの世の中が腐っているなによりの証拠だ。

聡之は再びツイートを投稿すべく、乱暴にキーボードを叩いた。

『半グレもヤクザも死ねばいい。悪人は全員死んでしまえ』

投稿マークにマウスのカーソルを合わせたところでインターフォンが鳴った。

パソコンを離れ、壁に設置されている液晶ディスプレイを確認する。

そこに映っていたのは以前もやってきた刑事の古賀だった。

聡之はさほど驚かなかった。もしかしたらそろそろ警察がやってくるかもなと予測していたのだ。

古賀の用件は〈警察からのお願いをお伝えに伺いました〉とのことだったので、聡之はエントランスのドアのロックを解除することにした。

およそ一分後、部屋までやってきた古賀を玄関から中に通すと、彼は散らかった居間を見て眉をひそめていた。

「家族は妻の実家に帰省しているんです」

先回りして聡之は言った。理由を訊かれるかと思ったが、古賀は「そうでしたか」と返答しただけだった。

缶コーヒーを差し出し、食卓を挟んで対面する。

「今日はお一人なんですね。前回いらした若い刑事さんはどうされたんですか」

「彼は本日非番なんです」

「はあ。休みが取れるんですね。こんなときに。それでお願いというのは?」

古賀は聡之の皮肉を意に介さず、居住まいを正した。

「単刀直入に申し上げます。中尾さんが今現在行っているツイートを控えていただけないでしょうか」

やはりその件だったか。きっとそうだろうと思っていた。

聡之は凶徒聯合被害者の会の管理人が『中尾聡之』であることを公表していた。アイコンも自身の顔写真にしている。

これについては二つの理由があった。

一つは自分が何者であるかを公表することで、投稿の内容に信憑性をもたせたかったのだ。

もう一つは単純に匿名でＳＮＳを使うのは卑怯だという思いがあった。自分は逃げも隠れもせず、正々堂々と凶徒聯合を糾弾するのだ。

「なぜです？」

聡之が訊ねると、古賀は弱ったように頭を掻いた。

「正直、まいってるんですわ。犯人をあんなふうに持ち上げられてしまうとね。どんな背景があろうと犯人は法を犯した犯罪者なわけですから」

「何か実害があるんでしょうか。私が行っているツイートが警察の捜査を妨害しているとか」

「いえ、直接的な妨げになっているということはありませんが、あのように民衆を煽動するような投稿を繰り返されてしまうと、いつか犯人に対して協力する者が現れないとも限らないでしょう」

柔らかい口調だったが、その目には警告の色が滲んでいた。

「私のしていることは殺人幇助《ほうじょ》に当たりますか」

「いえ、そこまでは。しかしながら協力を希望する者の背中を押す行為であるのは――」

「ということは言論の自由の範疇ということですね。であればお断りします」

聡之が遮って言い放つと、古賀のこめかみがピクッと動いた。

「そこを一つ、自重してはいただけませんか」

聡之はコーヒーで唇を湿らせてから口を開いた。

「刑事さんは私のツイートが多くの賛同を得ていることはご存じですよね」

「ええ」

「だったらそれが世論であり答えじゃないですか。凶徒聯合なんて消滅すればいい」

「同感です。私も凶徒聯合がなくなればいいと思います。ただし、人が死ぬのは御免です」

「死ななければ同じことでしょう。連中は生きている限り悪事を繰り返すんですから」

「そんなことはわからないではないですか」

聡之は鼻で笑った。

「ではお訊ねしますが、刑事さんは奴らがこの先更生するとお考えなんですか」

「……」

「建前でなく、本音をお聞かせください」

「可能性はゼロではありません」

聡之は一笑に付した。やはり警察なんてこの程度のものだ。だから凶徒聯合のような連中をのさばらせてしまうのだ。

悪人は問答無用で斬り捨てる世の中の方が健全であるに決まっている。

「逆に中尾さんに質問ですが、犯人もまた凶徒聯合のような反社会的な人間である可能性を考えないのでしょうか」

「もちろん考えていますよ。むしろその可能性の方が高いと思っています。どういうつもりか知りませんが、遺体におかしな刻印を刻むくらいですから、犯人はまずまともな人物じゃないでしょう」

聡之がそう答えると、古賀が小首を傾げた。

「意外でしたか」

「ええ。なぜならあなたは犯人を過剰に称賛しているではないですか。犯人がまるで正義の使者であるかのようにね」

「いいんですよ。捕まるまではとことん神格化しておいて」

「どういうことです」

「私のツイートの目的はあくまで世の中への注意喚起ですから。大袈裟にいえば啓蒙です。もっとも伝えたいことは至極単純なことです。悪事を働いた者には必ず鉄槌《てっつい》が下されるというね」

聡之はここでぐっと前のめりの姿勢を取った。

「そのためにはわかりやすいヒーローの存在が必要なんですよ。仮に、犯人の正体が凶徒聯合同様のクズだとわかれば、そのときに批判をすればいいだけのことです。今回の連続殺人事件はゴキブリが共食いをしただけだってね。いずれにせよ社会から悪人が減るわけですから、誰も損はしていませんし、結果として歓迎すべき事件なわけです。万が一犯人が善人ならば手放しで称賛し、情状酌量のために一肌脱ごうと考えておりますがね」

聡之がそう述べると、古賀は肩を落として俯いた。

その数秒後、再び顔を上げた古賀の目には憂《うれ》いが滲んでいた。

「先日、殺された小田島大地の遺族に会ってきたんです」

「はあ」

「彼の母親や、奥さんと子どもたち、家族はみな深く傷ついていました。身重の奥さんに至っては体調が悪化し、今現在もまともに会話ができないほどです」

聡之はこれみよがしにため息をついてやった。改まって何を言うかと思えばこれだ。

「そんなの自己責任でしょう」

「自己責任?」

「小田島のようなクズと夫婦になることを選んだのは奥さん、あなただろうってことです。彼女はその時点で選択を誤っていたんですよ。その点で言えば母親も然り、親の教育が悪いから小田島のような愚かな人間が育ってしまったのです。つまりは遺族にも責任と罪があるんですよ」

「それは残された子どもたちにもでしょうか」

古賀がやや気色《けしき》ばんで言った。

聡之は首を左右に振り、骨を鳴らした。

「もちろん子どもたちに罪はありません──今はね」

古賀の眉間のシワが中央に寄せられる。

「ただ、その子どもたちもいずれ父親のようになる可能性は大いにあります。刑事さんは職業柄ご存じでしょうが、犯罪者の子どもは犯罪者になる可能性が高いんですよ。そういう研究データが欧米ではしっかり出ているんです。そういうことに関して日本は目を背けがちですけどね。警察もその子どもらを今のうちにマークしておいた方がいいんじゃないですか」

古賀は下唇を噛み締めていた。

「中尾さん。あなたのおっしゃっていることはとんでもない暴論だ」

「どこがだっ」

聡之は衝動的に声を荒らげ、同時に食卓を叩いた。

前触れもなく怒りを露わにされ、古賀は困惑の表情を浮かべている。

「あんたら警察が凶徒聯合のような連中をのさばらせておくから被害者が一向に減らないんだろう。あんた、奴らによって人生を台無しにされた人たちの気持ちを一度でも考えたことがあるか。おれの親友の人生はあいつらのせいで粉々に壊れちまったんだ。どうせあんたら警察にとっちゃあれだって取るに足らない傷害事件の一つだったんだろう。だから更生云々の綺麗事が——」

自制心のタガが外れたように、次々と言葉が口から飛び出していった。聡之自身、込み上げてくる激情を制御できずに、自らに慄《おのの》いていた。

「——聞けば去年の特殊詐欺事件の被害額は二七二億円、一日に八千万近くもの金が反社連中の手に渡ってるそうじゃないか。大半の被害者は老人だ。彼らは老後のために何十年も汗水垂らして働いて貯めてきた金を奪われたんだ。その人たちの悲しみや悔しさはいったいどうなる。誰が彼らを救ってくれるんだ。奴らはその金を使って豪遊し、いい暮らしをしてやがるんだろう。しまいには凶徒聯合のように平気なツラをして表社会に出てきやがる連中だっている。昔は悪かっただ？　ふざけるなっ」

古賀はそんな聡之を観察するように、静かな眼差しを注いでいた。

「——結局のところ、真面目に生きている人間が損をして、悪さをした連中が得をする世の中だ。そしてそれを許してるのはおまえら警察だ。警察が頼りにならないから、犯人のような人間が現れたんじゃないのか。どうだ、言い返せるなら言い返してみろ。おれがまちがっているなら真っ向から反論をしてみろっ」

聡之は古賀を突き刺すように、指さして言い放った。

その指先がぷるぷると震えていた。いや、全身が震えているのだ。

怒りのあまり涙が零れ落ちてしまいそうだった。

そんな聡之を古賀は微動だにせず、ずっと見つめていた。

日没を迎え、聡之は自宅マンションを衝動的に飛び出した。外出するのは久しぶりで、外気が思いのほか冷たいことに驚いた。気づけば十一月も九日を迎えている。

向かっている先は最寄り駅だ。目的地にはタクシーを利用した方が早いのだが、贅沢《ぜいたく》できる身分ではないので控えることにした。

電車の中では背広を着た勤め人の姿が多く目についた。なぜだろう、彼らを見ていたらえもいわれぬ後ろめたさと劣等感を覚えた。そしてより一層、聡之の怒りが増幅していった。

古賀には二度とくるなと怒鳴りつけてやった。もちろんツイッターを止める気など毛頭ない。自分はこれからも凶徒聯合を糾弾し、今回の殺人事件がいかに世の中にとって有益なものであるかを世に説きつづけるのだ。

これは警鐘を鳴らす行為であり、社会を啓蒙する尊い活動なのだ。

もっとも現代は、昔に比べればアウトローを排除する風潮が強まっているのかもしれない。だが、まったくもって足りない。

そして依然として奴らのような人種を持ち上げる一部メディアの存在がある。アウトローをカッコイイ男として扱う愚かな人間たちが未だにいるのだ。

やがて飯田橋駅に到着した聡之はそこから徒歩で双伸社へ向かった。道に迷うことはなかった。前職で都内の出版社とは付き合いがあり、双伸社にも何度か訪れたことがあるのだ。

ほどなくして目的地に到着し、出入り口の前で高いビルを見上げた。周囲にその威厳を知らしめるかのように、昂然と空に伸びている。

しばらくそのままビルを眺めていると、ふいに背中に強い視線を感じた。

聡之は身を翻し、周囲を見渡した。だが、行き交う人々の中に自分に視線を注いでいる者はいなかった。

……なんだ、気のせいか。

聡之は鼻を鳴らし、いきんで自動ドアをくぐった。

夕方を過ぎているからか、受付には以前来たときにいた受付嬢ではなく、制服を着た初老の警備員二名が置物のように座っていた。

「失礼ですが、お約束は?」

聡之が約束【有・無】の箇所を書かなかったからだろう、受付表を提出すると、警備員の一人からそう訊かれた。

「約束はありませんが、彼に大事な話があるので呼び出していただけますか」

警備員が白い眉をひそめる。もう一方の警備員は明らかに不審者を見る目つきをしていた。聡之は五日間着たままの部屋着の上に安手のダウンジャケットを羽織っただけで、髪の毛はボサボサだった。

「御社名のところが空欄だけど、もしかして作家さん？」

「いいからとりあえず呼び出してください」

語気を強めてそう言いつけると、白眉の警備員は聡之を見たまま、目の前の受話器を持ち上げた。

「ええ、中尾聡之さんという方です——え、存じ上げない？　ああ、そうですか。ご用件はお話があるんだとかで。どう致しましょう——承知しました」

警備員が受話器を戻す。

「今から降りてくるようです。あそこのソファーに座って少々お待ちを」

警備員はつっけんどんに言い放った。追い返したかったのか、不服そうだった。

ロビーで待つこと数分、先のエレベーターから目的の天野が姿を現した。怪訝そうな顔をして、こちらに向かって歩いてくる。聡之はソファーからスッと立ち上がった。

テーラードジャケットにアンクルパンツが彼の細身の身体によく似合っていた。洒落た丸縁眼鏡も相まって、いかにもエリート然としている。

その天野がやがて聡之を認めると、「ああ、どなたかと思ったら、あなたはあのときの」思い出したように言った。

「お久しぶりです——というのもあれですけど、いったいぼくに何の用があってこんなところまで？」

「あんた、凶徒聯合の本を出すと言ってたな」

聡之が開口一番、低い声でそう告げると、天野が小首を傾げた。

「警察から聞いたが、こんな状況でも出版を取りやめるつもりもないんだってな」

するとしだいに天野の口元が緩んでいき、やがて彼は肩を揺すった。

「まさかそれが気に食わなくて職場までやってきたんですか。どうかしてますよ」天野が肩をすくめる。「申し訳ないですけど、この機を逃す編集者はいませんよ」

聡之は一歩前に出て天野を睨みつけた。がしかし、彼は涼しげな表情を崩さなかった。

至近距離で目を合わせること数秒、「そういえばあなたには感謝しないとなりませんね」と、天野がそんなことを言った。

「感謝？　どういうことだ」

「あなたが本の宣伝をしてくれたからですよ。凶徒聯合被害者の会の管理人はあなたでしょう。情報解禁はもう少し先のつもりだったんですけど、結果的にあなたがああいう形で発表をしてくれて幸いでした。発売前からこれほどの注目を浴びたわけですから。すでに多くの問い合わせが入っていて、会社にはぼくが仕込んだステマなんじゃないかって疑われているくらいです」

この発言から、先ほどの天野の「どなたかと思ったら――」というのは臭い芝居をしていたのだと確信した。誰が訪ねてきたか、はじめからこの男はわかっていたのだ。

その天野がなおも挑発するように言葉を連ねていく。

「いやあ、ほんと中尾さん様々です。あなたがあんなふうにどんどんキョウレンを煽ってくれるんでね。ただ、気をつけた方がいいですよ。キョウレンのみなさんはあなたにおかんむりの様子でしたから」

天野はせせら笑って言ったあと、中指で眼鏡をくいっと持ち上げて見せた。

「ところで、なぜあなたはキョウレンのみなさんが本を出すことがそんなに気に食わないんです？　あなたにはなんら関係のないことでしょう」

「ろくでもない本だからだ」

天野が鼻で笑った。「読んでもいないのに、おかしなことをおっしゃる人だ」

「読まなくたってわかる。取材のときの坂崎の言葉やきささまの態度を見ていたらな。どうせ奴らのくだらない過去を武勇伝みたいに書いてやがるんだろう」

「それと彼らの懺悔が綴られています。彼らは過ちを認め、過去を心から悔いているんです。だからこそ彼らはチームを解散し、これからは社会貢献をして生きて――」

「ふざけるな。そんなのは奴らの口先だけの言葉だ」

「結構じゃないですか。口先だけだろうとなんだろうと。少なくともぼくにはどうでもいいことです」

聡之は天野の胸ぐらを摑み上げた。

「あんた、注目を浴びればなんだっていいのか。あんたにジャーナリズム精神はないのか」

「ぼくはイチ編集者であってジャーナリストじゃありません。そんな大層なものは持ち合わせていないんですよ」

何事かと、受付にいる警備員らがこちらに駆け寄ってきた。

「コラッ、あんた何をしてる。その手を離しなさい」

二人の警備員によって強引に引き離され、彼らに挟まれる形で両肩を取り押さえられた。聡之は鼻息荒く、肩を上下させた。

一方、天野は何事もなかったかのように落ち着き払っていた。

その天野がジャケットをぱんぱんとはたき、そして冷たい目で聡之を見据えた。

「一つ言っておきますが、あなたの行っている行為も結局はぼくと同じことですよ。目的はどうあれ、結果的に彼らの伝説に加担しているんです。いかに凶徒聯合という組織が恐ろしく、強大な存在であったのかを世間に知らしめているわけですからね。その観点からすれば、ぼくとあなたは同じ穴のムジナだってことになるんじゃ――」

その瞬間、聡之は警備員を力ずくで振り払い、天野に向かって突進していった。

22

「がっさん、どうだったんだ」

二十二時過ぎ、署に戻ると、奥の席にいる海老原が立ち上がって訊いてきた。

「天野に被害届を出すつもりはないようです」

古賀は彼に歩み寄りつつそう答えた。

「どうしてだ。馬乗りになられて三発も顔面をぶん殴られたんだろう。立派な傷害事件じゃないか」

「それが――」

先ほどの天野の言葉が脳裏に蘇る。

――中尾さんが警察の厄介になることで、ツイッターの更新が止まってもイヤなのでね。彼のこれまでの貢献と今後の活躍に期待して、これは手痛い宣伝費ということにしておきましょう。

「なんじゃそりゃ。だったら最初から警察なんて呼ぶなって話じゃねえか」

「通報したのは警備員のようですが、被害届を出さないのは天野なりの損得勘定の結果でしょう。なんにせよ残念です。これで中尾を勾留して、しばらくはおとなしくさせておけると思っていたんですが」

ツイッターもさることながら、中尾聡之を放っておくのは危険だ。あの男はどういうわけか、心が歪み、正義感が妙な方向へ進んでしまっている。

「となると結局、これからも凶徒聯合被害者の会の声は止まないってことだな」

「おそらくは」

「いっそのことキョウレンの連中に名誉毀損で中尾を訴えさせるか」

「すでに断られました。先日、メンバーの滝瀬に提案してみたところ、『火に油を注ぐようなものでしょう』ってね。たしかにその通りだと思います」

キョウレンが名誉毀損だなんて笑わせるな――SNS上でそんな声が飛び交うのは必至だろう。そしてより一層、凶徒聯合被害者の会が注目を浴びるのだ。

もちろん中尾以外にもこの手の、犯人擁護の投稿を行っている者は星の数ほどいる。だが、中尾の立ち上げたアカウントの声がもっとも大きいのだ。

それがもたらす影響力は計り知れない。現に世間の一部は犯人が聖者であるかのような錯覚を起こし始めており、警察としては看過できない事態となっているのだ。

だからこそ、一刻も早く犯人を捕らえ、騒動を収束させるほかないのだが――。

「こちらからも報告だ。堀田明宏のアリバイが先ほど証明された。結局奴は事件当日の夜、自宅ではなく、女と目黒区内のラブホテルにしけ込んでいたんだそうだ」

古賀は首を傾げた。「なぜ堀田は自宅にいたなどという嘘を？」

「そのとき一緒にいた女が先輩の元カノだったんだよ。で、その先輩というのが、キョウレンの蔵前らしい」

「なるほど。堀田としては隠しておきたい事柄だったわけか」

「そういうことだ。ったく、手間取らせやがって」

そもそもなぜ堀田が疑われたのかというと、犯行に使われた小田島の車の中から本人と家族以外の毛髪が採取され、鑑識がＤＮＡ鑑定に掛けたところ、堀田のものだということがわかったからだった。

そこで堀田のアリバイを調べたところ、事件当夜自宅に一人でいたという彼の証言が嘘だとわかり、一気に疑いの目が強まったのである。

また、小田島の親指が死後に切断されていたこともそこに拍車を掛けた。

動機としては会社の経営者である小田島大地が消えれば、ナンバー2である自分がトップの座につけるという実に短絡的なもので、堀田は小田島の親指を使ってなんらかの重要書類に拇印を押させたかった、もしくはなんらかの機器の指紋認証を行いたかったのではないかと、無理くりな推測がなされたのだ。

もっとも古賀などはありえないだろうとハナから堀田を疑ってはいなかった。

ちなみに小田島の車は三日前に茅ヶ崎市内の道路脇の藪の中で発見された。

現在、捜査本部はその場から逃走した犯人がどのような手段、経路を使ってどこへ向かったのかを調べているが、有力な手掛かりは得られていなかった。

「それとこれは事件と直接関係はないが、今しがた病院についている女性警察官から連絡があって、どうやら小田島の奥さんが破水したようだ。このまま出産に入るらしい」

「そうですか。無事に生まれるといいですね」

「ああ、相当体力が落ちているようだからな」

小田島の妻、美穂の憔悴ぶりは見るに堪えなかった。彼女とは事件後一度だけ顔を合わせたが、目は虚ろで、魂が抜けているような印象を受けた。事件から五日が経った今現在も、彼女は夫の死を受け入れられずにいるのだ。

「最後にもう一つ、どうやら小田島の母親がよからぬ動きをしているらしい」

「というのは？」

「昔取った杵柄で知り合いのヤクザ連中に犯人捜しを片っぱしから依頼してるんだそうだ。警察より早く犯人を捕らえて、息子を殺した野郎を自らの手で殺してやりたいんだろう。もっともどこの組織も真剣に取り合ってはいないみたいだがな」

凶徒聯合連続殺人事件に関して、大半の任俠団体は静観の構えだ。一部、凶徒聯合に恩を売りたい連中が動いているようだが、成果はないに等しい様子だ。

そして悲しいかな、それは警察もさほど変わらなかった。

本当に、ホシが捜査線上に浮かび上がってこないのだ。

今では凶徒聯合連続殺人事件に総勢五百名を超える刑事が投入され、連日、血眼になって捜査に当たっている。だが捜査をすればするほど犯人から遠ざかっていっているような気がしてならなかった。

未だかつてこれほどまでに難航した事件があったろうか。もちろん歴史を紐解けば、迷宮入りとなってしまった事件はいくつもある。だがしかし、これほどまでに犯人に迫る糸口すら摑めないことはなかった。犯人はこの短期間に三人も殺しているのにも拘わらずだ。

今、警視庁の威信は地に堕ちていた。古賀を含めた捜査員たちは世間に税金泥棒と揶揄されており、だが一言も言い返す言葉がないのが現状だった。

昨日行われた捜査会議でいつもは強気な刑事部長が、自分たちに向かって「頼むからどうにかしてくれ」と懇願めいた発言をしたのには驚かされた。実質的に捜査の舵を取る捜査一課長の花村もふだんの冷静さは影を潜め、毎度ヒステリックなまでに捜査員に発破を掛けつづけている。

「もし母親と会う機会があったらバカな真似はよせと忠告しておいてくれ。がっさんは小田島の母親とは昔からの顔見知りだろう」

そして彼ら以上に疲弊しているのが、直属の上司であるこの海老原だった。気力でなんとか持ち堪えている様子だが、日に日に目が窪み、頬は瘦《こ》け、身体全体からそこはかとない悲愴感を漂わせているのだ。

「ええ。のちほど連絡を入れて釘を刺しておきます」

古賀は場を辞去し、自分のデスクに向かった。椅子に座るなり、深く背をもたれ、目を瞑《つむ》って天井を仰いだ。

古賀もまた、心身共に疲労困憊《ひろうこんぱい》なのだ。

重い瞼の裏に浮かび上がるのは小田島大地の死に顔だった。穏やかな表情が、逆に彼の無念を物語っているようだった。

小田島殺害は、あまりにも謎だらけだった。

まず奴がなぜ深夜帯にあんなところにいたのかである。古賀たち捜査員が真っ先に疑ったのは、小田島が火薬貯蔵庫の前で犯人と落ち合う約束を交わしていたのでは、ということだった。目的は考えるまでもなく、ダイナマイトの譲渡だ。

だが、これに関してはすぐに否定的な見方が強まった。

というのも犯行後、犯人によって乗り捨てられたのであろう小田島の車のフロントガラスには、突貫で貼られたとみられるスモーク加工が施されており、これを行ったのが犯人であることがわかったからだ。

スモーク加工の狙いは、公道に設置されているNシステムや街中の防犯カメラに自身の姿が映るのを嫌ってのことだろうが、事件当日まで小田島の車にこのような細工はなされていなかった。小田島は殺害される数時間前の夕方、双伸社の天野との打ち合わせで自宅から麻布に向かって出発しているのだが、そのときは高速道路に設置されているNシステムに運転席でハンドルを握る小田島の姿がはっきり映っていたのである。また、その後小田島が打ち合わせをキャンセルして、自宅に引き返して来た際も、Nシステムが車内にいる小田島の姿を捉えている。

だが、それから会社へと向かう車内の様子はスモークフィルムによって遮断されていた。つまり、スモーク加工は小田島が自宅へ戻ってきたタイミングで施されたということになる。車の所有者である小田島にはこれを行う理由がない。

フロントガラスに貼られていたスモークフィルムは透過率が極端に低く、公道を走る上では違法となるシロモノだった。その貼り方もかなり大雑把に行われたもので、これが一時しのぎのためのものであることはまちがいなかった。

このことが発覚したとき、もう一つの大きな謎も解き明かされた。

小田島家の夕飯のカレーに混入されていた睡眠薬である。「急に身体が気怠くなった」という妻の証言からカレーの成分を調べたところ、サイレースという強力な睡眠薬——巷ではデートレイプドラッグなどと呼称され、悪用されることも多い——が検出されたのだった。そしてこのカレーを作ったのが小田島であったため、当初は彼が何かしらの必要性に迫られ、家族を意図的に眠らせたものだと思われていた。

だが、車のスモーク加工を行ったのが犯人であるとすれば、カレーに睡眠薬を混入したのもまた犯人であろう。

しかし、犯人はどのようにして小田島宅に侵入し、台所へ忍び寄ったのか。

犯人は魔術を駆使したかのごとく、突然、家の中に出現したのだ。

だが、これも妻の証言から一つの推測が立てられた。

おそらくは小田島が麻布へ向かうために、外出したタイミングを狙われたのだ。なぜならそのときだけ、妻と子どもたちは小田島を見送りに家屋を一瞬だけ離れている。犯人はその間隙を狙って庭から敷地内に侵入し、玄関から大胆に中に入り込んだのであろう。

これらのことから考えられる事件の流れは以下の通りだ。

犯人は隙を突いて小田島の自宅へと忍び込んだあと、鍋で煮込まれていたカレーに睡眠薬を混入し、妻と子どもたちを眠らせ、彼らを人質に取った。次に小田島を脅迫し、自宅まで呼び寄せ、そしてやって来たところで彼を拉致した。

次に犯人は車にスモーク加工を施し、小田島を乗せ、小田島土木へと向かった。そこで金庫に保管されていた火薬貯蔵庫の鍵を入手し、火薬貯蔵庫へ車を走らせた。

そこで目的のダイナマイトを入手し、そして最後に小田島を殺害して、車で逃走をはかった――。

言葉にすれば簡単だが、これを実際に行った犯人には敵ながら脱帽せざるをえなかった。

もちろん緻密な計算と周到な準備をした上で行ったのであろう。だが、あまりにハイリスクな計画のように思えた。一つ間違えれば破滅、命取りになるのは誰が見ても明らかなのだ。

だが、犯人は大胆不敵にもこれをやり遂げた。

怖いもの知らずだとか、そういった次元ではない。

やはり古賀には犯人が捨て身でいるような気がしてならなかった。

犯人は決死の覚悟を持って動いているのだ。

「古賀さん、今よろしいですか」

耳元で声を掛けられ、古賀は重い瞼を開いた。

相手は同僚の刑事の矢板《やいた》だった。役職は同じ巡査長だが、年齢が一回り離れているため、彼は自分に敬語を使う。

その矢板が古賀のとなりの椅子を引き、腰を下ろした。そして手に持っていた分厚いファイルを膝の上にドンと置いたところで、こう話を切り出した。

「本日、日南周りのことでちょっとした情報を小耳に挟んだので、古賀さんの耳にも入れておこうと思いまして」

矢板は日南の担当だった。今現在、凶徒聯合のメンバーには二十四時間態勢で捜査員が張り込みについていた。犯人を捕らえられない以上、次のターゲットを監視下に置くしかないのだ。

「どうやら日南と久代《くしろ》会との間でちょっとした揉め事が起きているようなんです」

「揉め事？」

「ええ。話は単純で、ヤツの持っているAVの制作会社が――」

数ヶ月前にとある女性を起用して撮影を行い、そのDVDが来月発売予定になっていたらしいのだが、それを知った女の父親が発売を取りやめさせようと、久代会に相談を持ち掛けたのだという。

「あるあるだが、ヤクザを頼ったのはよくないな。契約内容はどうあれ、民事訴訟を起こして正式に訴えれば、この手の事案は差し止められることも多いらしいぞ」

「ところが父親にはそれができない事情があったんです」

その言葉を聞いてすぐに察した。

「父親が大物か」

「ええ、政治家です。自分は名前を聞いてもピンと来なかったんですが――」

古賀もまた名前を聞いても顔が思い浮かばなかった。インターネットで調べてみると、どこかで見たことがある風貌をしていた。肩書きは無所属の衆議院議員となっている。

「代議士先生としてはコトを荒立てるわけにはいかなかった。そこで久代会を通じて制作元に発売を取りやめるように迫ったが、代表の日南がそれを撥ね付けた――ってわけか」

「その通りです。さらには日南のヤツ、父親がヤクザを通じて脅しを掛けてきたことをマスコミにタレ込むと脅し返したそうなんです」

「なるほど。それはどうしたって揉めるな」

「ええ。久代会で窓口に立ったのは若頭です。看板を背負っている以上、若頭の方も退《ひ》くわけにはいかないでしょう。いくらキョウレンとはいえ、本職から見れば日南も所詮は悪ガキの一人ですから、そんなのにナメられては極道として――」

それは日南も同じだろう。自分たちはヤクザと同等、もしくは上だと思っているはずだ。

現段階ではあくまで日南個人レベルでの揉め事のようだが、さらにこじれれば凶徒聯合と久代会の抗争に発展しないとも限らない。

「さすがにそんなことになりますかね。だってキョウレンの連中は今それどころじゃないでしょう」

「可能性は低いがゼロじゃないさ。奴らは人にナメられるのをなにより嫌うんだ」

「そうは言ってもキョウレンなんてもう、片手で数えられる程度しか残っていないじゃないですか」

「奴ら自ら動かずとも、奴らの指先一つで動く下っ端の人間はいくらでもいるさ」

矢板は深々とため息をつき、「やれやれだ」とかぶりを振った。

「矢板。この件、おれが日南と話をしても構わんか」

「ええ、古賀さんならもちろん。できることなら穏便な形で着地をさせてください。自分はどっちの肩を持つつもりもありませんが、これ以上奴らに振り回されるのは御免です」

矢板は心底うんざりした顔をして言った。この事件に関わる刑事は漏れなく疲れ果てているのだ。休みなど誰も取れていない。

「ところで窪塚の奴、いつ戻ってくるんでしたっけ?」

矢板が思い出したように訊いてきた。

「謹慎は明日までだから明後日から復帰の予定だ」

「あの野郎、ずっと家でふて寝してやがるんですかね」

「羨ましそうに言うな」

「羨ましくもなりますよ。交替制とはいえ、こっちは一日中日南に張り付いてるんですから——とは言っても、今日で自分はお役御免なんですけどね。明日からは若いのに引き継ぐことが決まりまして」

「そうなのか。おまえさんは何をするんだ」

「過去にキョウレンの被害に遭った人たちのもとを訪ねて回れと命を受けたんですよ」

「それは別働隊がすでに動いてるだろう」

「彼らは直近の被害者たちのところだけです。自分はそれより前の、はるか昔に奴らの被害に遭った人たちのところを訪ねるんです——これがリストなんですけどね」

そう言って矢板が膝上にあった分厚いファイルを差し出してきた。

古賀はそれを受け取り、ペラペラと捲っていった。

過去に凶徒聯合が起こしてきた事件名とその詳細が書かれており、被害者の名前や住所などの情報が記載されていた。どれもこれも見覚えのあるもので、その中には例の中尾聡之の友人が暴行された事件もあった。

どうやら二十年以上前の事件まで遡って被害者のもとを訪ねるらしい。これはこれできつい任務だと思った。大半の被害者にとっては蒸し返されたくない過去を思い出させるからだ。

「さすがにこんな大昔のことで今さら復讐もないでしょうに」

「別に犯人捜しをしてこいってわけでもないんだろ」

「まあそうでしょうけど。ただ、ここから事件に繋がるネタが上がってくるとも思えないんだよなあ」

ここでとあるページで古賀の手が止まった。

かの有名な、十年前に起きた渋谷クラブ襲撃事件だ。

これほど理不尽な事件もなかった。奴らはたまたまクラブに遊びにきていた一般人の大学生を藤間兄弟の弟の孔二と誤認して、凄惨なリンチを加えたのだ。その学生は一命を取り留めたものの、肉体の自由を失うこととなった。

被害者の欄には【北川陽介】と書かれている。そうだ、たしかこんな名前だった。

北川陽介の当時の年齢は二十歳、現在は三十歳になっているはずだ。

彼は今、どこでなにをして生活しているのだろう。

〈てめえヤクザの肩を持つつもりか。ざけんじゃねえぞ〉

署を出て日南のケータイに電話を掛けると、彼は鼻息荒く言い放った。

「そうハナっから吠えるなよ」

古賀は歩道に並んでいるレンガ調の花壇に腰を下ろして言った。夜も深いので人通りは多くない。

「久代会の肩を持つつもりなんてないさ。だが、本人や家族が発売を取りやめたいって言ってるんだ。AVは若い娘にとっちゃ人生を左右するようなことだろう。今回はおまえの器の大きさを見せてやってもいいんじゃないか」

〈本人がどう思ってるのかなんててめえは知らねえだろ。勝手なことほざくんじゃねえよ。騒いでんのは親父で、困るのも親父だけだ。言っとくけどなあ、こっちは何も違反してねえし、ちゃんとした手続きを踏んで撮影をしたんだ。なのに、どうしてうちの会社が折れなきゃならねえんだ。ああっ？〉

日南はいつになく苛立っていた。相当、精神的に追い詰められているのだろう。それもそのはず、この男は今、命を狙われているのだ。

「おまえの方に落ち度がないのはもちろん承知してるさ」

〈だったらすっこんでろよ。だいたい警察は民事不介入だろう〉

「ああ、その通り。だが、このままだと久代会を敵に回すことになるぞ」

〈それがどうした。上等じゃねえか。かかってこいよ。若頭だかなんだか知らねえが、あの野郎、キョウレンをナメやがったんだ。おれらの勢力が弱まったと思ってんなら大まちがいだって思い知らせてやる。数百人の兵隊引き連れて組事務所を取り囲んでやっからよォ〉

「落ち着けって。おまえらは今それどころじゃないだろう」

〈関係ねえ〉

「関係ないことないじゃないか。おまえは今、殺人鬼に命を狙われてるんだぞ。そんな無茶ばかり言ってるようならおまえらにつけてる見張りの刑事を引き揚げちまうぞ」

〈おお、今すぐに引き揚げろや。金魚のフンみてえに四六時中くっついてきやがって、

うっとうしくて仕方ねえ。もとからこっちはお守りを頼んだ覚えもねえんだ〉

「いいのか？　本当に引き揚げて。独り身のおまえはよくても、ほかのメンバーは困るんじゃないのか」

滝瀬、阿久津、蔵前の三人には家庭があり、念のためそれぞれの妻子にも見張りの刑事をつけているのだ。過剰かもしれないが、小田島の家族が危険に晒されたことを考えると万全を期すべきだろう。

「わかってるだろうが、犯人はダイナマイトを所持しているんだぞ」

〈それがどうした〉

「つまりおまえらにとって安全な場所はどこにも――」

〈うるせえ。どっからでも襲ってこいよ。望むところだ。返り討ちにしてやらあ〉

日南が何かを殴ったのか蹴ったのか、バンという激しい物音が聞こえた。

〈おい古賀、まさかおれがビビってるとでも思ってんのか。言っとくけどなあ、おれはほかの奴らとちげえんだ。どこのどいつが犯人だか知らねえが、おれは絶対に殺《や》られねえ。絶対に死なねえよ。死んでたまるかよ〉

日南は己に言い聞かせるかのように捲し立てた。やはり相当、精神的にまいっているのだ。

凶徒聯合はこれまでいくつもの敵対組織を潰してきた。当然、奴らは数多くの修羅場をくぐってきており、命を狙われる日々を過ごしたことも一度や二度ではないだろう。

だが、正体のわからない敵を相手にするのははじめてのことなのだ。

先日ほかのメンバーにも会ったが、阿久津は今もって「やっぱり藤間兄弟は生きてるんだ」と真剣な顔で話しており、日南同様の強がりを口にしていた蔵前も唇を震わせていた。唯一滝瀬は平静を保っていたが、内心では恐怖を抱いていることだろう。

「いずれにせよ、これ以上問題を起こすな。おまえらはキョウレンを解散してカタギに生まれ変わるんじゃないのか。そのためにわざわざ本も出すんだろう。ここで久代会と揉めればおまえらの願いも潰《つい》えるぞ」

古賀が最後にこう告げると、電話の向こうで舌打ちが放たれ、通話が切れた。

23

しとしとと秋雨の降り注ぐ休日の昼下がり、英介は居間の床に広げたスーツケースの中に丸めた下着や衣服、アメニティーなどを順々に詰め込んでいき、最後にダイナマイトをそっと忍ばせた。

自宅から拠点を移そうと思い立ったのは昨夜のことだった。

ここ数日、誰かに見張られているような気がしてならないのだ。

もっともこれは気のせいかもしれない。外出時は常に周囲に気を張り巡らせているが、刑事らしき姿はもちろん不審な人物も見たことがない。

おそらく現時点ではまだ、自分は警察に怪しまれていないはずだ。だが、そうなる日は遠くないだろう。ここまで大きなミスを犯した覚えはないが、きっと気づかぬところで綻《ほころ》びは出ているにちがいない。

たとえそうでなくとも、近いうちに自分に疑いの目が向けられるのは確実なように思えた。

それは今日かもしれないし、明日かもしれない。

だとすれば一時でも身を隠しておける、時間を稼げる場所を確保しておいた方がいい。

そこに思いが至り、夜中に行動を始めたところ、宿はすんなりと決まった。

最初は不動産会社などを通じてマンスリーマンションを借りようかと思ったのだが、これではさほど意味をなさないだろうと考えを改めた。契約書を交わせばたちまち居所が知られてしまうはずだ。

そこで英介が思いついたのがサブレットだった。それも仲介業者を通さず、家主と直接交渉で契約が成立させられる、インスタントでグレーな取引を探すことにした。これを利用すれば限りなく記録は残らない。

さっそくSNSで検索を掛けてみると、一定期間自宅を貸し出したい者はごまんとおり、選びたい放題だった。

その中で英介の目に留まったのは下北沢にある古びたアパートの一室だった。家主は大学院生の男で、彼は今現在海外に留学中で、SNSの文面には《置いてある家具はすべてご自由にお使いください！　即入居大歓迎！》と書かれていた。

実におあつらえ向きな物件だった。

そこですぐに、英介がＤＭでコンタクトを取り、条件面を承諾する旨を伝えると、男から銀行の口座番号が送られてきた。

そこに指定された金額を振り込むと、先ほど自宅の鍵が入っているというメールボックスの暗証番号を教えられたのだった。

改めてインターネットの時代を感じると同時に、世の中には警戒心のない人間がいるものだと、英介は自分を棚に上げて感慨に耽った。男もまさか賃借人が殺人鬼だとは思うまい。

ちなみに賃借した期間は二週間だが、状況によってはさらに延長する可能性もある。

二週間後に凶徒聯合を全滅させるという目的を遂げられていれば何も問題はないのだが、ここにきてそうなっていなかった場合のことも想定しておく必要性が出てきたからだ。

そして困ったことに、これは英介がどうにかできる問題ではなかった。物理的な面で行動を起こせない可能性があるのだ。

問題は今現在、府中刑務所に収監されている水賀谷一歩の存在である。

彼の出所日がどうしても摑めないのだ。死に際の坂崎や、家族を人質に取られていた小田島ですらも口を割らなかったので、彼らも本当に水賀谷の正確な出所日を知らないのだろう。

これについては完全に誤算だった。英介の立てた計画では、現時点ですでに水賀谷は出所しているはずだったのだ。なぜなら先日、彼は刑期満了を迎えており、表社会に出てきていないとおかしいからである。だが調べたところ、彼は今もなお服役中の身なのだからどうしたものか。

もしかするとトラブルを起こしたとか、生活態度が悪いなど、そういったことで刑期が延びているのかもしれない。

だとすればこれはひどく悩ましい問題だった。

一刻も早く水賀谷一歩には出所してもらわないとならないのだ。そうでないと彼を殺すことができないのだから。

一方、その他のメンバーである滝瀬、日南、阿久津、蔵前、そしてリーダーである石神丈一郎はもうじきこの世を去る予定だ。

ようやく石神の帰国の情報を摑んだのだ。まさに千載一遇のチャンス、絶対にこの好機を逃すわけにはいかない。

現時点の計画では、英介は彼らのことをダイナマイトを用いてまとめて葬るつもりだった。そのためにリスクを冒してまで小田島からダイナマイトを奪ったのである。

一人ずつ殺害していく手法はそろそろ限界だと思った。さすがに彼らの警戒心も増しているし、なにより小田島が死んで以来、警察が残ったメンバーを常に監視下に置いているのだ。

そのような状況下で帰国するというのだから、石神丈一郎は噂で聞く以上に奇天烈な男なのだろう。なにはともあれ石神の帰国後、凶徒聯合は一堂に会するという。そしてその日時と場所を自分は把握している。

全員が集合していれば自爆の道もあった。自分の身体にダイナマイトを巻きつけ、この肉体もろとも奴らを吹き飛ばすのだ。

英介は死など恐れていなかった。むしろ希死念慮に近い思いすら抱いていた。

だが、水賀谷一歩が不在なのだとしたら、その時点で死ぬわけにはいかない。

凶徒聯合を全滅させてはじめて、弟の浮かばれぬ魂が極楽浄土へ召されるのだから——。

スーツケースのヒンジをロックし、「さて」とつぶやいてから英介は立ち上がった。

玄関の上がり框《かまち》に腰を下ろし、スニーカーの紐を丁寧に結んだ。やはりサイズの合っている靴は履き心地がいい。

立ち上がったところで棚の上のサボテンにふと目が留まった。手のひらサイズの小さなサボテンだ。

これは陽介が育てていたものではなく、彼の死後に英介がインターネット通販で購入した、よく似たものだ。

生前、弟が可愛がっていたサボテンは彼と共に棺桶の中で灰になってしまっている。

これも持っていくか——ふと思った。

もしかしたら、二度とここには帰ってこないかもしれないのだから。

英介はサボテンに向けてスッと手を伸ばした——すると誤ってトゲに触れてしまい、指先にチクッとした痛みが走った。

24

細く冷たい雨が間断なく傘を叩いている。

見慣れたマンションの下の電柱の陰で、女は長いこと逡巡していた。

もう何度こんなことを繰り返しているのか。深町京子という人間がこれほど臆病者だとは知らなかった。

今日こそは英介と会う。そう覚悟を決めて自宅を出たのは早朝のことだった。

だが、京子は四時間以上もこの場で佇《たたず》んでいるだけだった。これではストーカー、もしくは浮気調査をする探偵のようではないか。

五日前、小田島大地が殺されて以来、京子は体調不良を理由に会社を欠勤していた。

繁忙期の今、自分がいないことで少なからず周りに迷惑を掛けていることだろう。

ただ、さほど気に掛けているわけでもなかった。先のことは決めていないが、おそらく自分は二度と出勤することはないだろう。

仕事などどうだっていい。今はただ英介の暴走を止めたい。

でも、それが怖い。怖くてたまらない。

犯人が英介であることはもう疑いようのない事実だ。これまでとは異なり、今はたしかな根拠もある。

その根拠とは一週間ほど前に投稿されていたとあるツイートだった。それが京子の目に留まったのは二日前のことで、そこには見過ごすことのできない文面が連なっていた。

そしてアカウント所有者にDMで問い合わせてみたところ、ダメ押しをするような答えが返ってきた。

その返信内容は英介が犯人だと告げているようなものだった。

ここで、「あの、すみません」と後ろから声を掛けられ、京子は肩をびくつかせた。

振り返ると、雨合羽を纏い、自転車に跨った若い制服警官がいた。

「自分、すぐそこの交番の者なんです。失礼ですが、今こちらで何をなされているんですか」

にこやかに言われ、京子は返答に詰まった。

「いや、こんな雨の中でですね、傘を差した女性が長い間マンションの下にいると、近隣の方から一報が寄せられたものですから」

なるほど。自分は不審者だと疑われたようだ。

「……昨日、この辺りで鍵を落としたと思って。それで捜しに来たんです」

咄嗟にそんな嘘をついた。

「ははあ。なるほど、鍵をね」

警察官は頭を上下させているが、半信半疑の表情をしている。

「で、まだ見つからないんですか」

「ええ。もしかしたら排水溝とかに落ちちゃったのかも」

「だとしたらこの雨で流されちゃってるかもしれませんねえ」

そんな会話を交わしていると、一台の黒いタクシーが京子の前を横切った。そしてハザードを焚いて、マンションのエントランスの前で停まった。

「仕方ないので、諦めて帰ります」

「その方がよろしいかと。風邪を引いちゃいますから」

京子が警察官に背中を向けようとした瞬間、エントランスから一人の男が出てきた。

大きなスーツケースを引いて、登山に行くような巨大なリュックを背負っている。

帽子を目深に被り、マスクをしているが英介だとすぐにわかった。

京子は反射的に電柱の陰に隠れた。そんな京子を警察官は怪訝な顔をして見ている。

「どうかされたんですか」

英介を乗せたタクシーはその場でUターンをして、こちらに向かってきた。

車が横を通る瞬間、京子は傘を下げて顔を隠した。

そしてタクシーが先の十字路を左折したところで、弾かれたように駆け出した。

「あ、ちょっと。待ってください」

背中に声が降りかかったが振り返らなかった。

英介はあんな大荷物を抱えてどこへ行くつもりなのか。また何かを仕出かすつもりなのだろうか。

そしてそれはとてつもなく恐ろしいことであると、京子の本能が訴えていた。

通りに出たところで、京子は右手に持つ傘を頭上へ高々と掲げた。ちょうどよく空車のタクシーが流れてきたのだ。

京子はそれに乗り込むなり、フロントガラスの先を睨んだ。英介を乗せたタクシーはすでに豆粒のようになっている。

「すみません。あのタクシーを追いかけてください」

25

電話の向こうでうっすらと潮騒《しおさい》が聞こえていた。

〈売られる花嫁って聞いたことある？ ベトナムや北朝鮮なんかから若い娘がここに運ばれてきてさあ――〉

石神丈一郎は今、中華人民共和国の遼寧《りょうねい》という都市の港にいる。この港では種々雑多な人々の闇の出入国が頻繁に行われているらしい。

そして石神もまた、これから船で海を渡る一人だ。到着場所は長崎の佐世保港だという。

〈コンテナの中は窮屈だし、臭いし――毎年このときだけはうんざりするね〉

「石神、ほんと気をつけろよ。こっちに着いてからはとくに。今は警察もおれらに目を光らせてるからさ」

滝瀬仁がそう告げると、石神は小馬鹿にしたように鼻を鳴らした。

家族の目を気にして、滝瀬は自宅マンションのベランダに出ていた。遠くを見渡せばライトアップされた東京タワーが夜空に向かって尖っており、下を覗き込めば張り込みの刑事の車が見える。うっとうしいが、家族の安全を考えると刑事にはいてもらった方がいい。

〈ほんと気弱になってるなあ、揃いも揃って。そんなの余裕だって。それよりおれはみんながしっかり警察を撒いて集合場所まで来られるかの方が不安だよ〉

「そこは大丈夫だ。心配いらないさ」

〈本当？　ちゃんと策練ってんの？〉

「ああ。信用してくれ」

〈そう。ところで滝瀬さあ、ちょっと前に二十九センチのスニーカーだって報告してくれたじゃん〉

いきなり話が飛び、一瞬なんのことかと戸惑ったが、すぐに理解した。

小田島の殺害現場にあったとされる犯人の靴跡のことだろう。

「ああ、コンバースのオールスターな」

〈そうそう。それさ、もしかしてハイカットのやつなんじゃない?〉

「あ、うん。たぶんそうだと思う」

〈やっぱりね。っていうかそういう細かなところまでちゃんと伝えてくれないと〉

「すまん。で、何がやっぱりなんだ」

〈たぶんさ、犯人はチビ、もしくは中肉中背のやつなんじゃないかなあ。少なくともみんなが思っているようなビッグフットじゃないね〉

その靴のサイズの大きさから、犯人は巨体であろうという話が仲間内でなされていたのである。

ただ、石神が言うことの意味がわからない。

滝瀬が疑問を口にすると、石神は理由をこのように話した。

〈靴がでかいとどうしたって脱げちゃうでしょ。だから犯人はハイカットを選んだんだと思うんだよね。足首のところで靴紐をきつく結べばさすがに脱げることはないじゃん〉

「ええと、要するに犯人は、警察やおれらに自分の体格を見誤らせるために、トラップを仕掛けたってことか」

〈さすが滝瀬、理解が早い。というのもね、これまでの犯行を考えると犯人って結構賢

いヤツだと思うんだよね。ムカつくんだけどさ。で、そんなヤツが現場に足跡なんて残すかなあって〉

そこはどうなんだろう。相手も人間なんだし、うっかりということもあるのではないだろうか。

〈ないよ。そんな迂闊なヤツだったらすでに警察に捕まってるか、おれらに殺されてるって〉

石神は断言した。

たしかに犯人はこの警戒網の中、三人もの仲間の殺害に成功したのだ。尋常ならざる精神力と行動力、そして頭脳の持ち主であることはまちがいないだろう。

もしかしたら犯人は、石神と肩を並べるほどの奴かもしれない。

〈その警戒網だけどさ、おれ、意外と簡単にかいくぐれる方法をみっけちゃったんだよね。もっといえば、ある人物ならそれが容易《たやす》いんだよ〉

あっさりと言われたが、聞き捨てならない話だった。

「なんだよそれ。石神、もしかして犯人の正体がわかったのか」

滝瀬は声量を上げて訊いた。

〈もちろん確証はないんだけどね。でもまちがってないんじゃないかなあ〉石神はなぜか愉快そうだった。〈犯人はさ、藤間兄弟の刻印しかり、今回のスニーカーしかり、大地の親指を落としたことなんかもそうだと思うんだけど、ところどころでちょっとした

遊びをちりばめてるんだよ〉

「遊び？」

「そう。遊び心ね。目的はおれらに精神的に揺さぶりを掛けたいってのと、世間を騒がせて警察を攪乱したいんだろうね。で、それが実際に功を奏しているし、敵ながら大したもんだと思うよ。ただ、そういう小細工に惑わされちゃったらダメなんだよね。そういうのを一切無視して、もっとシンプルに考えたらおのずと犯人が浮き彫りになってくるんだよ〉

返答に窮した。いくら考えても浮き彫りにならないから自分たちは困っているのだ。

〈ところで滝瀬さあ、何体かマネキン用意してくんない？〉

また脈絡なく話が飛んだ。石神丈一郎という人間は昔からこうだ。

「そんなの何に使うんだ？」

〈ふふふ。こっちもちょっと遊んでやろうと思って。で、用意できるの、できないの〉

「そりゃ、阿久津に頼めばすぐに用意できると思うけど」

〈あ、そっか。あいつ、アパレルブランド持ってたもんね〉

「そんなことより石神、犯人はいったい誰――」

ここで滝瀬の携帯電話にキャッチが入った。肝心なところで誰かと思えば、相手は刑事の古賀だった。滝瀬は舌打ちを放った。

〈どした？〉

「古賀から電話だ。どうせたいした用事じゃない」

〈出ときなよ。重要な話かもしれないじゃん。おれの推理はそっちに着いたらまた詳しく話すから〉

「いや、でも――」

〈それと古賀に逆に探りを入れてみて。警察がどの程度、犯人に迫ってるのか知りたいし。現場の刑事の声を聞くのも大事だからさ〉

「あ、ああ」

〈警察には絶対に出し抜かれないようにしなきゃね。犯人は必ずおれらがぶっ殺すんだから。それじゃ後ほど〉

矢継ぎ早に言われ、通話を切られた。

滝瀬は荒い鼻息を吐き出して、キャッチホンに応答した。

〈滝瀬、今大丈夫か〉古賀のダミ声が聞こえてきた。

「どうしたんですか、こんな遅くに。何か事件の進展でもあったんですか」

〈いや、ちょっとおまえに頼まれてほしくてな。用件は日南のことなんだが――〉

日南が現在、仕事絡みで久代会と揉めているという。滝瀬は初耳だった。

〈で、あいつにおとなしくしているように、滝瀬からもひとつ釘を刺しておいてもらえんか。今、キョウレンの中で冷静なのはおまえくらいなもんだから〉

「それで持ち上げたつもりですか。正直、まったく冷静じゃないですけどね。飯もろくに喉を通らないくらいなんですから」

〈そういう本音が言える時点で他の奴らよりマシだ。とくに日南の精神状態は危険だと思う。あの野郎、神経がハリネズミのようになってやがる。このままだとあいつは勝手に久代会と開戦するかもしれんぞ。そうなったら、おまえだって我関せずじゃいられないだろう〉

たしかに仲間である以上、抗争となれば自分も巻き込まれるのは必至だ。

〈おまえらは今、そんなことに構っている余裕はないはずだ〉

これもその通りだ。本来、久代会など恐るるに足らない相手だが、今だけは揉め事を起こしてはならない。

「話はわかりました。おれからもあいつに言っておきますよ」

〈ああ、よろしく頼んだぞ。夜分に悪かったな〉

通話を切られそうな空気を察し、滝瀬は「古賀さん」と呼び止めた。

〈なんだ〉

「そろそろ犯人の目星はついたんですか」

〈教えるはずがないだろう――と言いたいところだが、教えるほどのことがないってのが実情だ。情けないんだが〉古賀のため息が聞こえた。〈唯一言えるとしたら犯人が男だってことくらいだ〉

「犯人の体格についてもわかってないんですか」

〈体格？　どうしてそんなことを訊くんだ〉

「いや、現場に残されていた足跡のサイズからある程度、想像できるんじゃないのかなって」

滝瀬がそう言うと、突然、古賀が押し黙った。

その沈黙はやがて、滝瀬に自身の失言を気づかせた。

〈滝瀬。おまえ、なぜ犯人の足跡が現場に残っていたことを知ってる〉

古賀の声色が低いものに変わった。

「……」

〈マスコミにも公表していない情報だぞ。警察関係者以外、誰も知らないはずだ〉

「……おれらの情報網をナメないでもらえますか」

それが精一杯だった。自分らしくもないケアレスミス。どうしてこんな失態を演じてしまったのだろう。

自分もまた、ヤキが回っているということなのか。

〈口は災いの元だな〉古賀がため息混じりに言った。〈これではっきりした。我々の中にはおまえらの内通者がいる。おそらく公安委員会でおまえらが準暴力団として指定されることもそいつから——〉

「古賀さん」滝瀬は語気を強めて遮った。「先ほどのあなたの台詞を借りれば、今はそんなことはどうだっていいことでしょう。今はまず、事件解決のために協力しましょうよ。お互いにね」

〈ある程度のところまではな。最後は必ず、おれたちが犯人を捕らえるさ〉

「別に自分らが先に見つけたところで何もしませんよ」

電話の向こうで古賀が一笑に付した。〈おまえらに捕まったら犯人は消えちまうさ。確実に〉

「信用ないみたいですね」

〈ああ。ないな〉

「何度も言いますけど、おれらはもう引退したんですよ。今はみんな家族もいて、それぞれ幸せに暮らしてるんですから、いつまでもおれらを——」

〈幸せなのは結構だが、嘘はよせ。石神と繋がっている以上、おまえらは凶悪な凶徒聯合でしかない〉

「……」

〈最後にこれだけは言っておく。おまえらの犠牲になった者にも家族や大切な人がいたんだ。滝瀬、それだけは絶対に忘れてくれるなよ〉

26

「こんな遠いところまですみません」

やってきた古賀を日本間に通し、茶を出したところで窪塚の母親は改めて頭を下げた。隅にはこぢんまりとした祭壇が据えられており、亡き夫の写真が飾られている。

その写真から窪塚は父親似なのだと知った。

窪塚の実家は群馬県の板倉町にあった。東京から車を飛ばして一時間半ほど掛かったが、感覚的にはあっという間だった。

車を駆りながら、ずっと考え事をしていたからだ。

古賀が謹慎中の窪塚の携帯電話に連絡を入れたのは今日の昼下がりだった。

それは明日から職場に復帰する彼の近況を探るためのものだったのだが、会話をすることはかなわなかった。

電源が落ちているのか、コール音が鳴ることはなく、即留守番電話に繋がってしまったのである。古賀は電話を折り返すようにメッセージを入れておいたが、二時間経っても、三時間が経っても音沙汰はなく、再度電話を入れてみたものの、相変わらず繋がらない。

一般人ならこういうことも十分ありえるだろう。ただ、窪塚は刑事だ。いくら謹慎中とはいえ、この大事件の最中、仕事に使う携帯電話の電源を落としておくなど、まず考えられない。

そこで古賀は窪塚が住む官舎を訪ねてみた。すると、彼は不在だった。エントランスにあるメールボックスにはチラシなどの郵便物がいくつも折り重なっていた。

嫌な想像が頭をもたげ、古賀は海老原に事情を話し、窪塚の実家の連絡先を調べてもらった。さすがに実家にまで連絡を入れるのはやり過ぎかとも思ったが、彼の安否が気になって仕方なかった。

事情はわからないが、謹慎前の窪塚はひどく思い詰めている様子だった。実際に常軌を逸した行動も起こした。

それを思うと彼が失踪、もしくは最悪な事態を考えずにはいられなかった。刑事の自殺というのは珍しいことではないのだ。早とちりなのだとしたらあとで笑い話にしてもらえばいい。

のちに連絡の取れた彼の母親から、息子とは三日前に電話で少しだけ会話をしたと聞かされた。彼女は息子が謹慎中の身であることを知らなかった。

古賀がオブラートに包んで事情を話すと、彼女は驚き、そして聞き捨てならないことを言った。

〈息子は警察官を辞めるつもりかもしれません〉

さらにはその原因が自分にあるかもしれないと、母親は鼻を啜って古賀に話した。

そこで詳しい事情を聞きに、県を跨いではるばるこの町までやってきたのだ。

「私が息子にそれを告白したのが、ちょうど今から一年くらい前のことだと思います」

母親はハンカチを目元に当て、消え入りそうな声で言った。

「ということは彼は二年以上そのことを知らなかったんですね。どうして息子さんに黙っていたんですか」

「だって……息子は警察官ですから。警察官の母親がそんなものに騙されたなんて知れたら、その……」

「息子さんの恥になると」

母親は薄くなった頭頂部を見せて深く頷いた。

「警察に被害届を出さなかったのも同じ理由です。息子が職場で笑い者になってしまうと思って……」

彼女が特殊詐欺の被害に遭ったのは三年ほど前のことだった。

その日、家の電話に出た彼女はそこで驚くべきことを聞かされた。相手は息子——実際は成りすました別人——だった。

偽の息子は今現在、とある誘拐事件の捜査に当たっていて、そこで急遽まとまった金が必要になったと切り出した。〈詳しい事情は話せないが、今すぐにできるだけの現金を用意してくれないか。幼い子どもの命がかかってるんだ〉その言葉は有無を言わせぬ切迫した響きを伴っていた。

彼女は自分なりに、次のように解釈した。誘拐犯から急な取引を持ちかけられ、警察としては銀行などの公共の金融機関で金を用意している猶予がなく、捜査員たちが突貫で工面しようとしているのだ——と。

あとになって思えば、ありえない、へそで茶を沸かすような話だった。

だが、そのときの彼女は微塵も疑っていなかった。電話口の相手が警察官であり、息子だと信じこんでいたのだ。

〈ありがとう母さん、恩に着る〉

彼女は電話を切ると、夫の遺してくれた遺産の金を引き出し、実家まで受け取りに来た偽の制服警官にそれを手渡した。

その被害額は二千万以上――。

「世の中ではこういう詐欺事件がたくさん起きてるでしょう。私ね、テレビのニュースなんかでそういう事件を知るたびに、被害者はどうしてこんなものに騙されちゃうのかなって、理解に苦しんでたんです。言葉は悪いですけど、あまりに愚かだろうって。でも、それは他人事《ひとごと》だからだったんですね。まさか自分がって、きっと多くの人がそう思っていて――」

母親は肩を落として訥々《とつとつ》と語っている。

「言えませんよ、とても。息子にも、警察にも。こんなみっともないこと」

背景は異なれど、この手の特殊詐欺事件は被害者が泣き寝入りしてしまうことが往々にしてあった。理由は家族や知人、または近所に恥を晒したくないという思いからである。だからこそ特殊詐欺は厄介なのだ。

「それがどうして息子さんに告白する気になったんですか」

そう訊くと、母親は俯き、

「気づかれてしまったんです。事件以来、私の生活がみすぼらしいものに変わってしまったものですから、離れて暮らす息子でも何かおかしいと思ったんでしょう。そこである日、実家に帰ってきた息子に問い詰められて、仕方なく事情を話したんです」

そのときの窪塚は怒り狂っていたという。騙されたことにではなく、黙っていたことに対して、彼は激怒していた。

「それ以来、今度は息子の様子が変わってしまいました。たまに仕事の話をしていても、犯罪者に対してすぐに『死ねばいい』とか、そういうことを平気で口にするようになってしまって……。でも、それもこれも全部私のせいなんです。母親の私が言うのもなんですが、息子は正義感が強くて、それでいて親思いの優しい子なんです」

「ええ、それはもちろん。窪塚くんは実直な男ですから」

古賀が告げると、母親は頷き、

「だからこそ息子は、私を騙して、お父さんの遺したお金を奪った犯人や、犯罪を犯すような人たちのことを、過剰に憎むようになったんだと思います」

古賀は湯呑みに手を伸ばし、唇を湿らせてから口を開いた。

「お母さん。最後に電話で窪塚くんと話したとき、彼は『このまま刑事を続けていると、いつか取り返しのつかないことをしてしまうかもしれない』と、そう話していたんですね」

「ええ。理由を訊いても、息子は教えてはくれませんでしたけど。でも古賀さんに先ほどお話を伺って、そういうことだったんだと」

そう言って母親は潤んだ瞳で古賀を見据えた。

「ただね、古賀さん。息子は──勇太《ゆうた》は、もしかしたら警察官を辞めてしまうかもしれませんけど、それでも、今はただ頭を冷やしているだけで、失踪とか、ましてや自殺なんて、そんなことは絶対にしないと思うんです。絶対に」

彼女は古賀にではなく、自分自身に言い聞かせるように訴えた。

窪塚と連絡がついたのは、彼の実家を出て、東京へと戻る車の中だった。ようやく折り返しの電話があったのだ。

「すまんな、勝手なことをして。一人で騒ぎ立てて、お母さんのことまで巻き込んでしまった。どうか許してくれ」

古賀は安堵すると共に、早合点を深く詫びた。

夜遅い時間の上り車線なので、高速道路を行き交うヘッドライトの多くは大型トラックのものだった。

〈いえ、悪いのは自分ですから。携帯電話を放置するなど、刑事としてあるまじき行為でした〉

窪塚は三日前の早朝から、学生時代を過ごした北陸の地へ一人旅に出ていたらしい。

それは己を見つめ直す時間であり、明日から職場に復帰するための、心の準備のための旅だったようだ。

「で、仕事には復帰できそうなのか」

古賀が訊くと、窪塚は〈ええ。もう大丈夫です〉と力強く答え、やや間を置いてから〈少し、話を聞いてもらってもいいですか〉と神妙な声で切り出した。

〈古賀さんがご存じかわかりませんが、今から四年前、自分は知能犯係と連携して、新宿を拠点とする大規模な特殊詐欺グループを追っていました〉

「表向きはフリーペーパーの制作会社をやっていた連中だな」

〈そうです。地道な捜査のおかげで、犯人グループをあと一歩のところまで追い詰めたのですが、しかし奴らの隠蔽工作も抜かりなくて、決定的な証拠が見つからず、令状を取るまでに至りませんでした。そこで次に考えられた作戦が例の囮《おとり》捜査です。まず、自分が受け子役となって——〉

車内に響く窪塚の声を聞きながら、古賀は当時のことを思い返した。

古賀はその当時、別の凶悪事件の捜査に駆り出されていたため詳しくは知らないのだが、刑事が受け子役として敵の内部に入り込むという作戦を聞かされて、驚いた記憶がある。

「知らなかったな。あのときの作戦で受け子役を任されたのがおまえだったのか」

〈はい。チームで一番若く、相手に面が割れていないという理由から白羽の矢が立ったんです。自分はまず、特殊詐欺グループに受け子役を紹介するブローカーの男に近づい

て――〉

この手の特殊詐欺において受け子役を確保するのは、どの犯罪グループにおいても難儀するところだった。なぜなら受け子がもっとも捕まるリスクが高いからである。

〈もちろんただの受け子ですから、上層部の人間と接触するのは簡単ではありませんでした。しかし徐々に奴らの信用を勝ち取り、チームの内部に潜り込んでいきました。結果、幹部連中を一斉摘発することに成功したんです〉

「ああ、それはもちろん知ってるさ。当時のニュースにも散々取り上げられていたからな」

〈ええ。あのときは自分もグループを全滅させることができたと喜んでいたんですが……〉

「ちがったのか」

〈はい。逮捕した幹部連中を操っていた、さらに上の人間がいたんです。そうでなければ自分の実家が狙われるはずがありません。なぜなら母が被害に遭った詐欺事件は、自分の身元を詳しく知らなければ絶対に実行できないからです。きっとその人物は徹底的に自分の身辺を調べ上げたはずです〉

おそらく窪塚の想像通りだろう。古賀も、先ほど彼の母親から話を聞かされているときに、この事件が窪塚をターゲットにしたものだと確信していた。

「囮捜査を敢行し、グループを解散に追い込んだおまえは何者かの逆鱗に触れ、制裁を受けたということだな」

〈はい。そしてその何者かですが、おそらくは凶徒聯合の石神丈一郎です〉

古賀はフロントガラスの先に目を細めた。

「それはたしかな情報か」

〈確証はありませんが、自分はそう思っています。というのも自分は一年前に母からこのことを聞いて以来、個人的に捜査を続けていたんです。そうした中、あくまで巷の噂レベルですが、そういう話を入手しました〉

古賀はフーッと鼻息を漏らした。さもありなんと思ったからだ。

刑事相手に報復、それも実家の母親を狙うなどという卑劣な手を思いつき、実際に実行してしまうような輩《やから》はあの男くらいのものだ。

窪塚が潰した特殊詐欺グループはかなり大規模な組織で、年間にして三十億円近い金を荒稼ぎしていたと聞いている。この組織のトップに石神丈一郎がいたならば、大事なビジネスを潰した窪塚を絶対に許しはしないだろう。

その当時、石神にはすでにフダが回っていた。おそらくは海の向こうから指示を出していたにちがいない。

「変な言い方になってしまうが、おまえの母親が被害に遭った事件が本当に石神によるものだったとしたら、金を奪われておいて正解だったかもしれんぞ。もしも犯行が失敗していたら、お母さんの身に危険が及んだかもしれん」

〈ええ、自分もそのように考えました。でも、だからこそ許せないんです。もし、母の身に何かあれば、自分は迷わず犯人を殺しますよ〉

「おい窪塚。おまえちっとも――」

〈仕方ないじゃないですか。これが嘘偽りない自分の本音なんですから。古賀さんだって、もしも奥さんや娘さんが殺されたら、自分と同じように思うはずです〉

「……」

〈ですから、そんなことにならないためにも日々仕事に励み、犯罪を一つひとつ潰していくんです。これが自分の出した答えです。もちろんこれからは刑事であることをより一層自覚して、節度ある行動を心掛けます〉

「綺麗事を吐いて話を逸らすな。それとこれとは話がちがうだろう」

〈同じです。古賀さん。もう一度、自分にチャンスをください。自分はこれからも刑事でありたいんです〉

この頑固者にはほとほと困ったものだ――古賀は脱力してウインカーを左に出した。

ここで高速道路を降りるのだ。

「おれにはおまえの進退や処遇をどうこうする権限なぞないさ。ただ、現場でおれとタッグを組むなら足並みを揃えてくれ。これ以上、問題を起こされたらかなわん」

古賀はハンドルを切りながら告げた。

〈肝に銘じておきます〉

「絶対だぞ」

そう念を押して、窪塚との電話を終えた。

「窪塚の奴、謹慎中に旅行とはいい度胸をしてるじゃないか。ま、おれは最初からそんなところだろうと思ってたけどな。がっさんの勘も鈍くなったんじゃないのか」

署に戻って報告をすると、海老原にこうからかわれ、古賀は頭を掻いてみせるしかなかった。

「で、がっさん。明日からまた窪塚の面倒を頼むぞ」

「すぐにあいつを前線に戻すおつもりなんですか」

「ああ。あの暴れ馬に事務仕事なんてさせても役に立たんだろう」海老原はそう言って脂ぎった髪を引っ詰めた。「そういえばがっさんは明日、水賀谷一歩のとこに面会に行くんだったか」

「はい。服役中の奴が何か知ってるとは思えませんが、こういう八方塞がりな状況ですから、会うだけ会ってみようかと」

「わかっていると思うが、水賀谷の出所が迫っている。それまでには必ず事件を解決しておかなければならん。万が一、出所後すぐに水賀谷が殺されるようなことがあったら目も当てられんぞ」

古賀は深く頷いた。

「さて」海老原が立ち上がった。「おれはこれから上の階で本部長と花村課長と会議に入る。急用があればケータイを鳴らしてくれ」

そう言って離れていく海老原の背中を見送りつつ、自分のデスクに向かうと、そこに「古賀さん、聞きましたよ」と矢板がやってきた。

その瞬間、古賀は小さな失態に気づいた。この男に報告を怠っていた。

日南と久代会の件である。

「悪かったな。おまえさんに真っ先に連絡を入れるのが筋なのに、ちょっと今日一日バタバタとしてたもんで、すっかり抜けてた」

「いえ、別に自分が直接関わっていたわけじゃありませんから」矢板がとなりの椅子に腰を下ろして言った。「とりあえず、ホッとしました」

日南と久代会の揉め事は、制作に掛かった費用を久代会が負担し、そこに多少の色を付けることで着地したようだった。

本日の午前中、滝瀬からそのような報告があり、古賀は海老原にだけそれを伝えていたのだ。

「にしても、さすがは古賀さんだ」

「おれは滝瀬を頼っただけだけどな。日南もキョウレンの先輩から釘を刺されては矛を収めるほかないだろう」古賀は背広を脱ぎながら言った。「ところで矢板、どうだ。過去の被害者巡りの方は。昨日今日と、あちこち駆けずり回ってたんだろう」

訊くと彼は露骨に顔をしかめた。

「まあしんどいですわ。大半の人はこちらの話をろくに聞いてくれません」

「彼らからすれば昔のトラウマをほじくり返されるようなもんだからな」

「ちなみに話を聞けた者が揃って口にするのは『いい気味』です。彼らにとってキョウレンの死はよろこばしいことなんでしょうね。ただね、被害者の方も別にまともな人間ってわけじゃないんですよ。そういった意味じゃ、てめえらだって散々ワルさしてきたんだろうって。街でイキがった結果、敵対していたキョウレンにやられただけなんですから、そういう奴らを被害者として扱うのもなんだか癪《しゃく》に障《さわ》るというかね」

「リストの中には同情すべき人たちだっているだろ。それこそ渋谷クラブ襲撃事件の被害者のような」

古賀がそう告げると、矢板は「まあねえ」と両手を頭の後ろにやって椅子の背にもたれ、次に「あ、そうそう」と思い出したように言った。

「渋谷クラブ襲撃事件といえば、被害者はすでに亡くなってるんですよ。古賀さん、ご存じでしたか」

初耳だったので驚いた。

「いや。事件で負った怪我の後遺症とか、そういうことでか」

「いえ、調べたら自殺でした」

「自殺？」

「ええ。去年の暮れのようなんですけどね」

「理由は？」

「そこまではちょっと」

「死んだ場所や手段もわからんか」

「ええ。身元照会を掛けたわけじゃなく、警察庁の故人記録で死因を知っただけですから。まあ、当時の事件報告書によれば被害者は首から下が不随になってしまったというからきっと施設かどっかに入っていて、そこで亡くなったんじゃ――あ、ちょっと待てよ。被害者は身体の自由が利かないのに、どうやって自殺したんだろ」

腕組みをする矢板をよそに、古賀は顎に手を当てて虚空を見つめていた。

「このことはエビさんにはもう伝えてるのか」

「特別に話してはいませんが、課長も知っていると思います。昨夜メールで日報を送ってますから」

古賀は矢板を見据えた。

「矢板。その件、もう少し詳しく調べてくれないか」

「え」

「頼む」

「まあ、別にいいですけど。でも古賀さん、その被害者の遺族が今頃になってキョウレンに復讐してるとか、そういうことを考えてるんだとしたら、残念ながらそれはないと思いますよ」

「なぜだ」

「被害者の北川陽介は幼少期に両親が離別していて、父親の方に育てられているんですが、その父親ははるか昔に蒸発しているんですよ。それこそ渋谷の事件が起きる前にね。その父親が今頃になって現れて息子の仇だとか、そんなのはちょっと考えられないでしょう。ちなみに北川陽介には継母もいたそうですが、その女だって父親と離婚していますし、実母の方は幼い頃に離れ離れになってるんですから――」

古賀は耳を傾けながら、記憶の糸を手繰《たぐ》り寄せるようにして当時のことを思い返していた。

正直、北川陽介のことはほとんど覚えていなかった。

あのとき自分は、被害者ではなく、加害者の方に意識が持っていかれていたからだ。凶徒聯合の連中が自分たちの下の人間を身代わりとして出頭させたことに腸《はらわた》が煮えくり返り、一人でも多く奴らを塀の中にブチ込もうと無我夢中だったのだ。

自分は北川陽介とは会ったのだろうか――いや、会っていない。

正確には事件から数日後、病院には一度訪れたものの、そのとき北川陽介はまだ意識不明の状態にあり、チューブに繋がれたままベッドに横たわっていて一言も会話をできる状況になかったのだ。

病院には被害者の親族や友人たちが何人か訪れていた。だが、誰とも会話をした覚えはなかった。それは彼らに掛ける言葉が一つも見つからなかったからだ。

27

この日もまた雨が煙っていた。明け方には薄霧も立ち込めており、奇妙な一日の幕開けであった。

深町京子はそんな一日の始まりを、路肩に停めてある狭苦しい車の中で迎えた。

この車は昨日から六十時間パックで借りているレンタカーだった。こうしてレンタカーを借りるのは、というよりハンドルを握るのも実に十年ぶりで、最初は運転に戸惑ったが徐々に感覚を取り戻していった。新しい車種なのでサポート機能が充実しており、操作がしやすいのも助かった。

レンタカーを借りることにしたのは英介が車を入手したからだ。二日前、自宅マンションを出て、この下北沢の古びたアパートにやってきた英介は、昨日の午前中にどこからか一台の車を調達してきた。

それが京子が乗っているような通常のレンタカーではないとわかったのは、車にレンタカー会社のロゴが見当たらないからだ。

想像するに英介は個人間で車を賃借できるサービスを利用したのだろう。車を使わないときに誰かに貸し出し、小遣い稼ぎをするのが昨今流行《はや》っていると聞いたことがある。

借りる側としても街のレンタカー店を利用するよりも財布に優しいという。

いずれにせよ、車を調達した以上、英介は近日中になんらかの行動を起こすつもりなのだ。

そしてそれは今日かもしれない。

京子はこれまでの考えを改めており、英介を監視、尾行し、彼が行動を起こしてしまうその直前に止めに入るつもりだった。

そうでないと、いくら英介を問い詰めたところで、どうにでも言い逃れされてしまうからだ。

つまり、彼に決定的な証拠を突きつける必要があるのだ。

だが、本当にそうだろうか、と自分を疑う気持ちもまだ心の片隅で燻《くすぶ》っていた。

私の本心は、英介の行動を、罪を、そばで見守りたいだけなのではないだろうか。だから今の今まで接触できなかったのではないだろうか。

もしもそうだとすれば私はとんでもない卑怯者だ。

思い返せば自分はこれまで人生というものと真剣に向き合ってこなかった。逃れ逃れ生きて、今に至るのだ。

もちろん折々で深い自己嫌悪に襲われ、重い思惟《しい》に沈んでしまうこともあった。

この身体に流れる血が憎くて、恨めしくて、いっそのことすべて流し去ってしまおうかと思ったことも一度や二度ではない。ただ、それをしなかったのは自分もまた哀れな身であり、被害者の側であるという意識が根底にあったからだ。

その意識に変化をもたらしたのは十年前、ベッドに昏睡状態で横たわる陽介の姿を目にしたときだった。

もっとも、当時アメリカで暮らしていた京子が一時帰国することにしたのは、陽介の様子を確認するためではなく、連絡を寄越してきた両親を心配してのことだった。彼らが自殺してしまうのではないかと不安で仕方なかったのだ。

どうしてあのとき、自分は陽介のいる病院へ足を運んでしまったのだろう。

それさえしなければ陽介と、そして英介と出会うこともなかったのに。

英介を、こんなにも愛さずに済んだのに——。

人が動く気配を感じ取り、京子はフロントガラスの先に目を凝らし、次に双眼鏡を手にして覗き込んだ。

たった今、英介がアパートの部屋から出てきたのだ。服装はビジネススタイルだが、出勤するように見えないのは彼が登山に向かうようなでかいリュックを背負っているからだ。

距離があるため、障害物に遮られ、移動する彼を何度か見失った。ただ、向かっている先は近くのコインパーキングに停めてある車だろう。

やはりそうだ。英介は手にした傘を差さず、狭い路地を歩いている。その先にコインパーキングがあるのだ。

京子はシートベルトを締め、エンジンのスタートボタンを押し込んだ。柔らかいエンジン音が車内にそっと響き渡った。

28

しつこくフロントガラスに張りつく霧雨をワイパーがしきりに左右に弾き飛ばしている。朝から降りしきる雨は昼を過ぎても一向に止む気配を見せない。

「危険だな」

助手席に座る古賀がそうつぶやくと、電話の向こうにいる海老原もまた〈ああ。張り込んでる連中には絶対に奴らから目を離すなと伝えてある〉と硬い口調で言った。

今、凶徒聯合の面々がとある一棟建ビルに集結しているというのだ。

そのビルは南青山にあり、メンバーの阿久津が経営しているストリート系のメンズアパレルブランドの本社になっているらしい。そして入り口には奴らの子飼いの若衆が二人、門番として立たされているとのこと。また、各メンバーについている張り込みの刑事たちも建物の外に集まり、そこに近づく者や周囲に不審者がいないか、目を光らせている状況のようだ。

そうした厳重な警備態勢を敷いていても不安は拭えなかった。

いくら犯人でも白昼堂々、それも東京のど真ん中でコトに及ぶとは思えないが、これまでのことを考えると楽観視してはいられない。

想定しうる最悪な展開は奴らがそこで皆殺しにされることだ。

無論、犯人の所持するダイナマイトによって。

「奴ら、突然そんなところに集まりやがって、どんな悪巧みをしてやがるんですかね」

ハンドルを握る窪塚が忌々しそうに言った。謹慎期間を終え、今日から職場に復帰を果たしたのだ。

十日ぶりに見た窪塚の顔は少しやつれたように映った。

「さあな」古賀はかぶりを振った。「だがファッションショーをしようってわけじゃないのはたしかだろう」

奴らがこのタイミングでわざわざ集結したということは必ず何かある。

もしかしたら連中は密かに犯人の正体を摑んだのだろうか――。

「古賀さん。これから会う水賀谷一歩ですが、いったいどんな男なんですか」

車が三鷹を過ぎたところで窪塚が訊いてきた。

彼は水賀谷一歩に一度も会ったことがないのだ。あの男は十年もの間、府中刑務所に服役している。

「ほかのメンバーと同じさ。ろくでもない野郎だよ」

「写真を見る限りじゃ、ずいぶん可愛い顔立ちしてやがるじゃないですか」

水賀谷一歩は小柄で、いくぶん中性的な風貌をしていた。十代の頃は絵に描いたような紅顔の美少年であった。

ただそのルックスとは裏腹に恐ろしく凶暴な男だった。前科を挙げれば恐喝、窃盗、傷害、そして殺人と枚挙にいとまがない。

喧嘩となればいの一番に現場に駆けつけ、先陣を切って敵に襲い掛かる。水賀谷は一度キレたら時間も場所も、そして相手も選ばなかった。

そんな気質もあって、水賀谷一歩は凶徒聯合の中でもっともシャバにいる時間の短い男でもあった。

現在三十八歳と凶徒聯合の主要メンバーの中では最年少だが、彼は人生の半分を塀の中で過ごしている。

ちなみに水賀谷の出所が遅れているのもこの気質が原因だった。あまり表沙汰にはなっていないものの、水賀谷は服役して間もない頃、とある刑務官と揉め、相手を暴行してしまったのだ。結果、これに傷害罪が適用され、刑期が延びたのである。

「そういえば渋谷クラブの事件で水賀谷の刑が確定したとき、自分はまだ警察学校にいたんですが、その判決を聞いて驚かされた記憶があります。警察と検察の意地を見たというか」

たしかにあれは執念だった。なりふりかまってなどいられなかった。

実際に水賀谷が行ったのは、店の従業員から〈キョウレンのみなさんが捜している男と似た特徴の人がうちの店に来ています〉という一報を電話で受け、それをそのままリーダーの石神丈一郎に伝えただけなのである。

あの日水賀谷は体調を崩しており、それでも本人は現場に出向くつもりだったようだが、〈一歩は来ないでいいよ。足手まといになられても困るし〉という石神の指示によって彼は自宅で待機していたのだった。

しかし検察は、事件を発生させた首謀者として水賀谷一歩を凶器準備集合罪と傷害罪で起訴し、そこにありとあらゆる微罪をくっつけ、結果、裁判所は彼に懲役十年の重刑を科したのだ。

これが異例の判決であることはまちがいなかった。

だが、事件の実行犯としてその他のメンバーを捕らえられない以上、警察、検察の矛先が水賀谷に向くのは自明の理ともいえた。

ある意味、水賀谷一歩は渋谷クラブ襲撃事件の人柱となったのだ。

「聞くところによれば水賀谷のやつ、判決を聞いて泣き出したそうじゃないですか」

「ああ、ボロボロと涙を零してたよ。よっぽど悔しかったんだろう。本人は当然のごとく無罪判決が下ると考えていたみたいだからな」

「これまでのツケが回ってきたんですよ。自分がその場にいたら、おまえに泣く権利なんかねえって言ってやりたかったですね」

「言ったよ。おれがそっくりそのまま水賀谷に言ってやった」

古賀がそう告げると、ハンドルを握る窪塚が横目で表情を窺ってきた。

あのとき、水賀谷は「てめえら汚ねえぞ」と叫んで古賀に摑みかかってきた。古賀はそれ以上の力で水賀谷の胸ぐらを摑み上げた。

周囲の目がなければ我を忘れて殴りつけていたかもしれない。一介の捜査員であった古賀自身、それほどまでにあの事件に対し、激しい憤りを覚えていたのだ。

水賀谷一歩と会うのはあの日以来、実に十年ぶりとなる。

味の素スタジアムの手前で、高速道路を降りた。依然として雨は降り続いており、空には灰色の雲がびっしりと垂れ込めている。もしかしたらこのあとさらに雨足が強まるかもしれない。

車は甲州街道をひた走り、寿町三丁目の交差点を右折して府中街道に入ると、やがて目的地の府中刑務所が迫ってきた。そして最後の信号に捕まったところで、「あ。同じやつだ」と窪塚がボソッとつぶやいた。

「何が同じなんだ」

「あそこに停まってる車です」十数メートル先の対向車線で信号待ちをしている車を窪塚が指さす。「あれ、ナンバーが〝わ〟ではじまっているからレンタカーなんですけど、先日自分が旅行に出掛けたときに借りた車種と同じだと思って。ちなみにカラーも一緒です。さすがにナンバーはちがいますけどね」

「なんだ、おまえさんは自家用車を持ってないのか」

そう告げたあと、古賀はフロントガラスの先にスッと目を細めた。

その車の中でハンドルを握っている女性の面影に見覚えがあるような気がしたからだ。

「車は一昨年売り払っちゃったんですよ。ふだん乗る機会も滅多にないし、だったらたまに出掛けるときはああやってレンタカーを借りた方が安上がり――」

左右に往復するワイパーが邪魔をして顔がはっきり見えない。

やがて信号が青に変わった。互いに車が発進する。

「結局、東京にいたらマイカーってあんまり使わないんですよね」

すれ違う瞬間、はっきりと横顔を捉えた。そして確信した。やはりどこかで見たことがある顔だ。

遠い記憶――誰だろう、あの女は。女の年齢は三十代半ばくらいだった。おそらく自分は女が若いときにどこかで会っている。

「どうかされましたか」

古賀が思案に耽っていたからか、窪塚が横目を向けてきた。

「いや……なんでもない」

窪塚がハンドルを大きく右に切り、車は府中刑務所の敷地内に入った。

「到着、と。さてさて、はたして水賀谷一歩はどんな心境でいることとやら」

29

水賀谷一歩にとって今日は非日常だった。

どこの誰よりも規則正しい毎日を送っているだけに、少しでもそれが乱されると心に漣《さざなみ》が立つ。

こんなんじゃシャバに戻っても、無為に朝と夜をなぞる、そんな不毛な日々を過ごすだけだろう。

だからなのだろうか、外の世界を恋しく思えないのは。

どうしてなのだろうか、誰のことも恋しく思えないのは。

暗く、狭苦しい牢獄の中で、どれほど考えようとも答えは一向に浮かび上がってこない。

そしてそんな暗中模索にもそろそろ飽きてきた。

だから、もういい。

この身がいつどこで朽ちようとも、構わない。

——そんな投げやりなことを言うなよ。後ろめたい人生を歩んできたきみだからこそ、多くの人に伝えられることがあるんじゃないのか。けっして自分のようになるな。そういうメッセージに説得力が伴うんじゃないのか。

このように話したのは、数ヶ月ほど前に自分に会いに来た張李という男で、彼はアクリル窓を隔てた向こうから熱っぽく語りかけてきた。

自分よりも一回り以上歳上の張李は中国残留孤児の二世、三世からなるチャイニーズギャング『龍人』のOBにして伝説的なアウトローだった。そんな彼も今やきっぱりと裏社会から足を洗い、現在は自分たちのように道を踏み外した人々に更生を呼びかけるNPO活動をしているという話だった。

そして、そんな慈善活動を一緒にやらないかと張李は言った。

——出所したらおれのところに来い。刑務所や少年院、全国のそういう施設を一緒に回ろう。水賀谷一歩は日本でもっとも有名な不良の一人だ。そういうきみが更生を呼び掛ければきっと多くの人の心を動かすことができると思う。そしてきみもまた、そうした活動を通して人生に救いを見出せるはずだ。

そんな彼の言葉もこの胸には微塵も響かなかった。

ご立派だな、と遠い気持ちで思っただけだ。

自分は張李のようにはなれない。

きっとどれだけ時を経ても、自分は変われない。

なぜなら正直なところ、罪の意識を持つまでに至っていないのだから。

もちろん我が身がここにあるのは、多くの過ちを重ねてきたからであり、己の業の末なのだということは自覚している。

だが、はたして自分はどれほど過去の罪を悔いているのか。

そのもっとも肝要な部分がまるで判然としないのだ。

ということはつまり、この肉体と精神に、本当の意味での罪の意識というものが宿っていないからだ——結局はそんなふうに結論付けてしまい、いつだって水賀谷は重く暗い思惟に沈んでしまうのだった。

唯一、はっきりしているのは今後一生、自分は幸せにはなれないということだけ。

いや、なってはいけないのだ。

だからもう、自分はどうなろうとも構わない。

けっして投げやりではなかった。ひねくれているわけでもなかった。

これが今の水賀谷一歩の素直な気持ちだった。

「一二八番。刑事さんたちがいらっしゃったぞ」

待合部屋に顔を出した中年の刑務官が顎をしゃくって言い、水賀谷はベンチから重い腰を上げた。

「おまえ、よかったな」

面会室に向かって廊下を歩いている途中、横の刑務官が小声で言った。

「よかった？」

「こうして次から次へと人が会いに来てくれて」

「さっきのはただの取材で、今回は事情聴取ですから」

「それでもいいじゃないか。人と話すことは大切なことだ」

「……」

「なにも聖書を読み耽るばかりが社会復帰へのリハビリじゃないさ」

「別にあれは……ただ眺めてるだけです」

ボソッと言うと、刑務官は意味深な視線を寄越し、そして面会室のドアのノブに手を掛けた。

「さ、きちんとお話ししてこい」

開けられたドアの向こうには懐かしい顔があった。少年時代からの馴染みの刑事の古賀だ。そのとなりには見知らぬ若い男も同席している。

「久しぶりだな」

アクリル窓に空いた無数の穴から古賀の低い声が届いた。

水賀谷はパイプ椅子を引き、そこに腰掛けてから「お久しぶりです」と挨拶をした。

アクリル窓越しに改めて対面した古賀はずいぶん老け込んだように映った。以前より額が広がり、白い鬢《びん》が目立っている。この刑事と会うのもかれこれ十年ぶりだ。

「ずいぶんとやつれたな」

なるほど、あちらから見れば自分の風貌もまた、以前とは変わって映っているのか。鏡などろくに見ないため、水賀谷は今の自分がどんな顔をしているのかよくわかっていなかった。

「この男は窪塚といって、おれの相棒だ」

古賀がとなりの男をそのように紹介すると、窪塚はわずかばかり頭を垂れた。

「水賀谷。聞くところによればおまえ、模範囚らしいじゃないか」

「別に、ふつうに過ごしているだけですけど」

水賀谷は素っ気なく答え、

「事件のことでいらしたんですよね。申し訳ないんですが、自分、あまり詳しく知らないんです。ニュースも見てませんし、新聞も目を通してないくらいなんで」

予《あらかじ》めそう伝えておいた。

用件を事前に聞かされていたわけではないが、彼らが今世間を騒がせている凶徒聯合連続殺人事件のことで自分のもとを訪ねてきたのは明白だった。それ以外に自分に用はないのだから。

「この大事件が気にならんのか。おまえにとっても他人事じゃないだろう」

この問いに対して水賀谷が黙ったままでいると、古賀が言葉を継いだ。

「そもそもおまえ、仲間の誰とも会ってないんだってな。面会を申し入れても断られちまうって聞いてるぞ。どうしてあいつらと会ってやらないんだ」

水賀谷は目を伏せ、

「会う気が起きないんです。たぶん、今後も会うことはないと思います」

そう告げると古賀が眉をひそめた。

「どうしてそういう心境になった。おまえらしくもない」

「自分、らしくないですか」

「ああ。らしくないな。おまえは人一倍群れるのを好んでたからな」

「そんなこと……いえ、そうだったかもしれません」

古賀が前のめりに構え、指を組んだ。

「おまえ、奴らと割れたのか」

「そういうわけじゃありません。それに自分はずっとここにいるわけですから、割れるも何もありません」

「だったらどうして会わない。仲間もみんなおまえのことを可愛がっていたし、おまえだってキョウレンの先輩を慕っていただろう。とりわけ石神には心酔していたはずだ」

心酔——はたしてそうだったのだろうか。自分は石神丈一郎に惚れ込んでいたのだろうか。

「おまえはそんな石神にも会いたくないのか」

「ええ。もう会いません」

水賀谷が即答すると、古賀は「さっぱりわからんな」とかぶりを振った。

そんな古賀の胸元を水賀谷は薄目で見つめた。

「自分でもよくわかりません。別に、決定的な何かがあったわけじゃなくて、いつからこんなふうになったのかも曖昧なんです。ただ、あの人たちとはもう、縁を切ろうって、そう決めたんです」

すべて偽りない本心だった。

いつの頃からそう思うようになったのか、本当に自分でもよくわかっていなかった。

十年前、渋谷クラブ襲撃事件の首謀者としてこの身が囚われたとき、水賀谷の肉体は堪えようのない憤怒に満ちていた。

なぜおれが捕まらなくてはならないのか。

もちろんその場に居合わせていたなら、自分は率先して手を下していたことだろう。だが事実、自分は事件現場にはいなかったのだ。被害者には一撃たりとも暴行を加えていないのだ。

そんな自分がまさか事件の首謀者として扱われるなど、夢にも思っていなかった。警察と検察のあまりの理不尽さと横暴さに、水賀谷は怒った。頭がどうにかなってしまうほどに怒り狂った。

有罪判決を下され、この塀の中に閉じ込められてからは、しばらくろくに眠れなかった。狭い闇の中でこの国の司法を呪い、毎晩カビ臭い枕を涙で濡らしていた。

やがてそれにも疲れ果てると、今度は一転して夢と希望を抱き、それを心のよすがにした。

シャバに戻り、以前のように金と女に囲まれ、仲間たちと派手に喧嘩に明け暮れる。

そんな理想の日々を夢想しては、ここでのつまらない生活に耐えていたのだ。

だが、五年ほど経った頃だろうか、そんな夢想も徐々に色褪せ、薄れていった。

その時期に特別な何かがあったわけでもない。自然とそうなっていったのだ。

強いていえば家族から一通の手紙が届き、正式に絶縁を通達されたのがその時期だったが、それで心が乱れるようなことはなかった。

手紙には年子の兄が結婚するため、とその理由が簡潔に記されていた。それだけで、

――まあそうだろうな。

と自然と納得することができたくらいだ。

自分はごく普通の一般家庭に生まれ、何不自由なく育ててもらった。貧乏をしたことも、親から暴力を受けたことも一度もない。現に年子の兄はグレることなく育ち、国立大を出てお堅い企業に就職した。

だが、自分はダメだった。中学に入ると同時にアウトローの道に足を踏み入れてしまった。

おそらく最初は目立ちたいだけだったのだろう。だが、それが次第にエスカレートしてしまった。

凶徒聯合に加入してからは自分でも恐怖を覚えるほど、アウトローの道を猛スピードで突っ走った。だが、その恐怖から逃れる場所もまた凶徒聯合の中にしかなかった。

「一歩、最近カッコよくなってきたじゃん。イケてるよ」

石神にそんなふうに褒められると、なぜか不思議と安堵することができた。

過去を振り返れば万引きから殺人まで、自分はありとあらゆる犯罪を犯してきた。いつしか感覚が麻痺してきて、気づいたときには罪悪感という概念そのものが失われていた。

自分は人を殴りつけながら笑える男になっていた。涙ながらに命乞いをする人間を生き埋めにしているときでさえも笑っていた。

どうしてあのとき、笑えたのだろう。

なぜ相手もまた、自分と同じ人間と思えなかったのだろう。

いつしかそんなことを考えるようになったが、なぜそのような思考に至るようになったのかがまるでわからない。

自分はここで誰とも親しくしてこなかった。アウトローとして知名度の高い水賀谷一歩に擦り寄ってくる輩はたくさんいたが、誰一人相手にしてこなかった。

ただ毎日毎日、ひたすらぼうっと、罪を犯した囚人を傍観して過ごしてきただけ。

ただそれだけ。

そんな傍観を続けていると、いつしか、人は何のために生まれ、何のために死んでいくのかと妙に根源的なことを考えるようになった。こいつらの生に意味は、価値はあるのかと考えるようになった。

そして、とてつもない恐怖を覚えるようになった。

怖気《おぞけ》が湧き立つのだ。自分自身に。

虫酸《むしず》が走るのだ。呼吸をしているこの肉体に。

絶望してしまうのだ。己という存在に。

もしかしたらそんな絶望がこの心に変化をもたらしたのかもしれないし、あまり関係ないかもしれない。

きっとシャバに戻ったらそうした邪念はすべて消え失せ、またもとの自分に戻るのだろう。安っぽい哲学に浸り、気が滅入ってしまうのはこの塀の中にいるせいだ。

長らくそう言い聞かせていたが、それが己を偽っているだけであることもわかっていた。

なぜならシャバに戻りたいと思えないのだから。過去の自分に戻りたいと少しも思えないのだから。

そうして凶徒聯合の仲間たちとの接触を避けるようになった。届いた手紙も目を通さず、面会も拒否するようになった。

自分はそんな恐ろしいことを平然とできるようになってしまったのだ。

先月、坂崎大毅の死を知らされたときは驚かされた。

彼が殺されたことにではない。まあそうだろうな、と乾いた気持ちを抱いた自分に驚いたのだ。

誰が殺したのか、なぜ殺されたのか、そうした疑問は湧き上がれど、それ以上に仲間の死をごく自然と受け入れている自分がいた。

それは田中博美、小田島大地が死んだときも同様だった。

シャバに出たら彼らと同じように、我が身にも危険が及ぶかもしれない。だがそれすらも仕方のないことと、まるで我々凶徒聯合の死が自然界の摂理であるかのように捉えている自分がいた。

殺されるなら、それもまた――いうなればそんな心境だった。

けっして死を望んでいるわけではない。

ただ、死を拒否する権利を自分たちは有していない。

なぜそう思うのか。これこそが慚愧《ざんき》の念であり、改悛の情なのではないか。

時折そうした考えも頭をもたげるものの、それは自分がそう思いたいからにほかならない。それはすなわち己の心の弱さであり、自己憐憫からくるものでしかないのだ。

本当にこの肉体と精神に罪の意識が宿ったならば、人生をやり直そうと考えているのだろうし、きっと張李の誘いも断らなかったはずだ。

だが、とてもじゃないが、今の自分にそんなことはできない。

いや――今ではない。

おれは永遠にこのままだ。

「長い年月を経て、ようやく人としてまともになれたのか」

古賀が憂いを帯びた目をして言った。

「まともになんか……」

「石神と縁を切ることほどまともな行いはないだろう。ちがうか」

水賀谷は答えなかった。

「きっと、石神の呪縛が解けたってことなんだろう」

たしかに自分でもそのように考えたこともあった。

だが、それは過去の罪を石神のせいにしているということになる。

罪を犯してきたのは他の誰でもない、自分なのだ。おれのこの両手が多くの人に不幸を、そして死をもたらしたのだ。

顔を俯かせ、黙り込む水賀谷を前に、古賀もまた黙り込んだ。

重い沈黙が面会室を支配した。

ふいに、

「おまえ、死ぬつもりじゃないだろうな」

古賀が静かに訊いてきた。

会話の記録係を務める刑務官が手を止め、顔を上げた。その視線はこちらに注がれている。

水賀谷は面を上げ、古賀の目を見据えた。

「自死は人だけに許された尊い行いであり、いわば尊厳死であると自分は考えます。だとすれば人ならざる自分はそれに値しません」

そう答えると、古賀の隣に座る窪塚が初めて口を開いた。

「おい、能書きを垂れて格好つけるなよ。ただ死ぬのが怖いだけだろう」

「いいえ、死は怖くありません」

「じゃあもしも今すぐに死刑だと告げられたら、おまえはそれを甘んじて受け入れるんだな」

窪塚の目を見る。彼の瞳は強い敵意に満ちていた。

水賀谷はその敵意を真正面から受け止め、「それ、先ほども同じことを質問されました」と言った。

「先ほど？」

古賀と窪塚が同時に眉をひそめる。

「ええ。古賀さんたちがいらっしゃる前、天野さんという出版社の方が面会に訪ねてきたんです」

双伸社の天野という編集者から取材依頼の手紙が届いたのは三回目だった。

凶徒聯合の仲間たちが本を出そうとしていることはそこで知った。

だが、自分はそこに関わりたくなかった。それがどんな内容になるにせよ、一切関わりたくなかった。

だから返信はしなかったし、当然天野に会うつもりもなかった。

ただ三回目の手紙の中に一言、このような文言が書かれていて翻意した。

『遅かれ早かれ、あなたと私は会することになるのです』

これが何を意味するのか、水賀谷にはわからなかった。

ただ、それまでの手紙とは明らかに異質な文言と響きに、水賀谷は天野に会うことを決めたのだ。

はたして顔を合わせてみれば、天野はことのほか軽薄な男だった。終始薄ら笑いを浮かべ、こちらの機嫌を伺うように安っぽい質問を重ねてきた。

そんな天野の顔から薄ら笑いが消えたのは面会の終盤、次の質問に水賀谷が答えたときだった。

――渋谷クラブ襲撃事件で水賀谷さんはある意味、犠牲となってしまったわけですが、そのことについて十年が経った今、あなたは何を思いますか。

「犠牲になったのは自分ではなく、北川陽介さんです」

このように答えると、天野は虚を衝かれたような顔をして固まっていた。

やがて面会時間の終わりが刑務官によって告げられ、水賀谷が天野に一礼をしてから立ち上がると、最後にこのような言葉が背中に降り掛かった。

――水賀谷さんは今、死を宣告されたら受け入れますか。

「で、おまえはそれになんと答えたんだ」

古賀が訊いた。

「受け入れると、答えました」

古賀は一拍置いてから頷き、

「そうしたら彼はなんて言ってた」

「何も。ただ、あの人は泣いていました」

「泣いていた？　なぜ？」

水賀谷は小さくかぶりを振った。

天野は能面のような顔で虚空を見つめたまま、静かに涙を流していた。

あの涙が何を意味していたのか、水賀谷にはわからなかった。

ただ、別れ際に改めて見下ろしたその顔に、一瞬見覚えがあるような気がした。

誰だろう――もしかしたら自分はこの男を、天野英介を知っているのだろうか。

いや、もしくはこの面影に似た顔を知っているのかもしれなかった。

だが最後まで、水賀谷がそれを思い出すことはなかった。

30

「天野のやつ、こんなところにも来やがったんですね」

府中刑務所の駐車場に停めてある車に乗り込んだところで、窪塚が忌々しそうに言った。

「窪塚、署に戻る前に双伸社に寄ってくれ」

古賀が指示を飛ばすと、窪塚が首を捻って見てきた。

「気になるんだ。天野の涙の理由が」

解せなかった。

なぜ天野は水賀谷の前で涙を流したのか。天野と直接会って、彼の口からその真意を聞きたいと思った。

そこで天野のアポイントを取るため、以前もらった名刺を取り出して彼の携帯電話を鳴らしてみたのだが、彼の応答はなく留守番電話に繋がってしまった。

次に古賀は天野の在籍する月刊スラング編集部に電話をしてみた。

すると電話に出た相手から、天野が本日休みを取っていることを知らされた。彼は五日間連続で有休をもらっているのだという。

それもまた解せなかった。現に天野はここを訪れ、水賀谷に取材をしているのだ。

古賀が遠回しにそれを指摘すると、

〈ああ、彼は仕事に集中するために休暇を取ったんですよ。編集部にいたら、あれやこれやと細々とした雑務が降りかかってきますから。刑事さんもご存じでしょうが、彼の進めている書籍がいよいよ大詰めを迎えているところでしてね〉

「そうでしたか。ところでおたく様は天野さんの同僚の方ですか」

訊ねると、電話の相手は天野の在籍する月刊スラング編集部の編集長を務める箕ノ輪《みのわ》だと自己紹介をした。

「お忙しいところ恐縮なんですが、この後、御社をお訪ねして、そこで箕ノ輪さんと少しお話をさせてもらえませんか」

〈はあ。私と、ですか〉

「ええ。お時間を頂戴できると助かります」

〈別に構いませんが――あ、出版を取りやめてほしいとか、そういうお願いでしたらこちらも困ってしまいますよ〉

「いえ、そういうわけではありませんので。それでは一時間弱で到着すると思います」

電話を終えると、「どうして天野の上司と話をするんです」と運転席の窪塚が質問をしてきた。

「ちょっとな。身近な人間から天野の人となりを聞いてみたいんだ」

その返答が腑に落ちなかったのか、窪塚は曖昧に頷いた。

それからしばらく都心に向かって濡れた路面をひた走っていると、

「にしても極端な野郎なんですね。水賀谷一歩って」

窪塚がふいに言った。

予想していた通り、雨足はどんどん強まっており、ワイパーはフル稼働で左右に振れている。まだ十五時にもなっていないというのに、辺りは暗く、ヘッドライトをつけていないと視界がすこぶる悪い。

「シャバに出たら出家でもするんじゃないですか。あの感じだと」

いくぶん皮肉めいた響きがあった。

「さあな」

「ただ、それでも自分は信じませんよ」

古賀は窪塚を横目で見た。彼は前方を睨みつけてハンドルを握っている。

「人は変わらないですから」

「じゃあ、悪人は一生悪人のままか」

「……」

「おれは信じてやりたくなったけどな。水賀谷の真心を」

その後、双伸社に着くまで窪塚は一言も口を利かなかった。


双伸社の総合受付で入館証のバッジを受け取り、エレベーターで十二階まで上がるように受付嬢に指示を受けた。

十二階のエレベーターロビーで古賀たちを待ち構えていたのは五十絡みの肥満体型の男で、この男が月刊スラング編集部の編集長を務める箕ノ輪だった。

箕ノ輪はエリート然とした天野とは異なり、どこか胡散臭《うさんくさ》い風体の中年だった。長い髪を後ろで結い、大きく開《はだ》けさせたワイシャツの胸元からは金のネックレスがいやらしく覗いている。

一見してクセ者だと思ったが、彼の作っている雑誌のカラーを考えれば納得もできた。

むしろ天野の方がカラーにそぐわないのだ。

箕ノ輪の案内で、古賀たちは編集部と廊下を挟んで隣接する打ち合わせスペースに通された。周囲は様々な書籍に囲われており、別のテーブルでは私服を着た勤め人たちがノートパソコンを広げて打ち合わせを行っている。

「こんなところですみませんねえ」

テーブルを挟んで対面した箕ノ輪が言った。

「いいえ、こちらが突然押し掛けたわけですから。ご対応いただきありがとうございます」

古賀は改めて謝辞を述べ、窪塚と共に頭を下げた。

「それで私にいったいどんなお話を？」

「天野さんのことについて少々お話を伺いたいと存じまして」

古賀が言うと、箕ノ輪は虚を衝かれたような顔をした。

「おや、あいつが何か仕出かしましたか。まさかうちの編集部員は容疑者のひとりですか」

箕ノ輪が冗談めかして言ったので、古賀は苦笑して見せた。

「天野さんがくだんの本を企画された経緯ですとか、またその現状について、上司であり責任者である箕ノ輪さんの見解を聞かせていただきたいんです」

「現状というのはつまり、この騒動の最中、本を出版することについてどう思っているのか、ということですか」

「平たく言えばそうです」

「そりゃあ意義のあることだと自負していますよ」

箕ノ輪は不敵に言い放った。

「凶徒聯合という凶悪な組織がどのように作られ、これまでに何を行ってきたのか。そして今、構成員である彼らは何を思うのか。世間はとことん知りたいはずなんですから」

「ええ。天野さんからもそのように聞かせてもらっています。しかし、企画された当初と今とではずいぶん状況が異なるでしょう」

「もちろん。三名ものメンバーが亡くなられてしまったわけですからね。でも、だからこそじゃないですか。私はこの本が故人の遺書になるのではと考えているんですよ。だとしたらその声を世間に届けるのもまた、我々の使命でしょう」

「使命、ですか」

「ええ、使命です」箕ノ輪が鷹揚に頷く。「そうそう、それとこれは余談ですけどね、『凶徒聯合の崩壊』についてはすでにシリーズ化も視野に入れているんです」

「シリーズ化？　続編が出るということですか」

「ええ。仲間があやって殺されたことについて、生き残っているメンバーの方々の心中を活字に起こすのもおもしろいんじゃないかって、天野とそんな相談をしているところなんです。もちろん今回上梓《じょうし》する本の中でもそこに触れてはいるんですけど、現段階では犯人の正体も動機も何ひとつわかっていませんからね——ね、そうなんでしょう、刑事さん」

古賀は返答をせずにいると、箕ノ輪が語を継いだ。

「ですから、そこがはっきりしてから、改めて凶徒聯合のみなさんにインタビューを行えたらと考えているんです。ただ——そのときに彼らが一人でも生き残っていれば、の話ですが」

口の端を吊り上げて見せた箕ノ輪に対し、古賀は一つしわぶいた。

「おたくの編集部では雑誌だけでなく、そうした書籍を上梓することもままあることなんですか」

「ここ数年はだいぶ増えてきましたね。基本は雑誌を作ること、その上でそこに関連したムック本や単行本を出すこともあるという感じです。これはうちに限った話じゃないですが、どの雑誌も昔ほど売れないもんで、あの手この手とやらにゃ食っていけんのですよ」

「なるほど。そういう流れで天野さんから今回の本の企画の提案をされたと」

「そうです。まあ最初は驚かされましたね。新参者がいきなりキョウレンの本を出したいなんてことを言うもんだから。古参の奴らも天野くらいの気概を持って仕事に——」

「失礼」古賀は手の平を広げて話を遮った。「今、新参者とおっしゃいましたが、天野さんはまだこちらの編集部に来て日が浅いんですか」

「ええ。天野は今年の四月に異動してきたから、まだ半年ちょっとですよ。ちなみにあいつは自ら志願してうちに来たんですけどね」

「その前はどちらに?」

「うちに来る前は第二編集局の別冊編集部ってとこにいたんです。天野はそこでそれこそ警視庁の組織図鑑だったり、最新の科学捜査についてだったり、そういう警察関連のお堅い書籍を作ってたんですよ。ま、あいつは相当な変わり者です。だってそうでしょう。そんな奴が百八十度違ううちのようなとこに――」

古賀ははからずも窪塚と顔を見合わせていた。

そしてはたと思い出した。初めて会ったとき、天野が以前の仕事で警察とやりとりをしたことがあると話していたことを。

「すでにお察しかもわかりませんが、うちの編集部は社内でえらく嫌われてるんですわ。あんな低俗で部数も取れない雑誌は一刻も早く廃刊にすべきだって、周りから言いたい放題言われてるもんでね。ただね刑事さん、おおもとの月刊スラングがあるからこそ『凶徒聯合の崩壊』のような単行本に繋がるわけで――」

「箕ノ輪さん、すみません」古賀は再び話を遮った。「これまでに天野さんが携わった、そのお堅い書籍というのを見せてもらうことはできますか」

古賀がそう申し出ると、箕ノ輪は眉をひそめた。

そして目を糸のように細めて古賀の顔を覗き込んだ。

「まさか刑事さん、本気でうちの天野を疑ってるんですか。冗談でしょう」

「いえ、疑ってるなどそんな。ただの興味本位です」古賀は軽く微笑んで見せた。

「我々の職業がどのような形で本になっているのかと思いまして」

箕ノ輪は完全に納得したわけではなさそうだったが、「少々お待ちを。天野のデスクにいくつかあいつが手掛けてきた本が置いてあったと思いますから」そう告げて、場を一旦離れた。

「古賀さん」

隣の窪塚が顔を向けてきた。その表情はやや強張っていた。

彼もまた、思うところがあったのだろう。

ほどなくして、「お待たせしました」と戻ってきた箕ノ輪の手には分厚い単行本が数冊あった。

「これがあいつがうちに来る前に作っていた本です」

テーブルに並べられたそれらの中の一つに、『日本警察の防犯対策』というタイトルの分厚い単行本があった。

古賀はそれを手に取り、目次の頁を開いた。端から順に目で追っていくと、とある項目で目が留まった。

その頁を開き、読み込んでいくと、古賀の心音は徐々に駆け足になっていった。

中野にある天野英介のマンションを訪ね、エントランスから彼の部屋である六〇四号室をコールしてみたものの、応答はなかった。どうやらまだ帰宅していないようだ。ちなみに電話にも折り返しがない。

「どうします？　一旦署に戻って夕方に改めますか？」窪塚が言った。

古賀は顎に手を当て、すぐそこにある管理人室をチラッと見た。管理人は不在のようだが、呼び出しの連絡先が書かれた紙がドアに貼られている。

だが、さすがに管理人から合鍵を拝借して勝手に部屋に入るわけにはいかないだろう。まだ、天野英介が犯人だと決まったわけではないのだから。

「いや、車で待機して天野の帰宅を待つ」

古賀は窪塚と共にエントランスを離れ、おもてへと出た。車はすぐそこの路上に停めてあるが、急ぎ足で向かった。そうでもしないとずぶ濡れになってしまうからだ。

早朝から降り続く雨はここにきて一段と強まり、おまけに風も出てきていた。街で見かけたいくつかの排水溝では水が溢れ返り、倒れた看板が地面を滑っていた。東京でこんなどしゃ降りも珍しい。

「なんなんですか、この横殴りの雨」車に乗り込んだ窪塚が顔を歪めて言った。「きっと今頃、交通課の連中はてんやわんやしてるでしょうね」

雨天の日は街で事故が多発するため、交通課の人間は雨を嫌っていた。それに伴い渋滞も発生するため、その交通整理にも多くの人員が駆り出されるのだ。

以前、雨天に交通課の主任が運転する車に乗ったことがあるが、そのとき彼は渋滞にまったく捕まらないルートを使って署に帰り着いていた。「どこでどの程度の渋滞が起きてるか、自分らは大体わかるんですよ」主任は得意気にそう話していた。

古賀はダッシュボードの上に置いてある『日本警察の防犯対策』に手を伸ばした。先ほど双伸社から拝借してきたものだ。

この本の中には、道路におけるNシステムや街の防犯カメラの役割や性能、また設置場所が記されており、そのほかにも古賀ですら知らないような専門知識がぎっしり詰まっていた。

これの編集を天野が行っていたのだとすれば、彼はそれらから逃れる知識を有していたことになる。もちろん街には民間の防犯カメラも多数設置されているため、完全に逃れるのは不可能に思えるが、少なくとも彼が警戒のできる人間であったのはたしかだ。

考えてみれば、天野英介は凶徒聯合を操ることのできる唯一の人間だった。書籍の打ち合わせと称せば疑われることなく、メンバーを個人的にも呼び出せたことだろう。

古賀はふいに大声で叫びたい衝動に駆られた。思いきり何かを殴りつけたかった。

なぜ今の今までこのことに思いが至らなかったのか。

天野英介は凶徒聯合と利害関係にあり、ある種奴らに協力的な立場であったため、彼を被疑者として見ている者は自分を含め誰ひとりいなかった。

今思えば天野が自分たちに対し、反感を買うような挑発的な態度を取っていたのは、警察の疑惑の目から逃れたいがための演技だったのかもしれない。中尾聡之をけしかけて揉め事を起こしたことさえも、一種のパフォーマンスだったのかもしれない。

この男は厄介者だ――きっとそう思わせたかったのだ。

これで本当に天野英介が犯人であったならば、灯台下暗しだなんて言葉では片付けられない。

自分たちは天野の手の平で完全に踊らされていたのだ。

古賀が頭を掻き毟《むし》ったときだった。

背広の胸ポケットにある携帯電話が鳴った。取り出してみると、相手は海老原だった。

〈がっさん。まずいことになった〉

海老原の緊迫した第一声が飛び込んでくる。

〈キョウレンの奴らが消えた〉

「消えた？　いったいどういうことですか」

古賀のただならぬ声に窪塚が素早く助手席を見た。

〈今さっき、現場から連絡が入ったんだ〉

凶徒聯合に張り付いている現場の刑事らが様子を見に、連中が集まっている一棟建ビルに立ち入ろうとしたところ、見張りの若い衆が身体を張って制止してきたという。刑事らはそれを不審に思い、若い衆を押し退け強引に中に入ると、そこにいるはずの連中の姿がなかったそうだ。〈ビルには表口と裏口以外にもう一つ出入りできる隠しドアがあったようだ。連中はおそらくそこからおもてに出て行方をくらましたんだろう。だが、なんのために奴らがそんなことをしたのかがまるでわからん〉

「いつ頃姿を消したかもわかりませんか」

〈ああ。昼過ぎに出前を取っていたらしいが、それすらもカモフラージュで、すでにそのとき奴らの姿はなかった可能性もある〉

古賀は腕時計に目を落とした。仮に正午だと仮定すればすでに四時間以上も前に奴らは姿を消していたことになる。

〈がっさん。連中の目的に見当はつくか〉

「いえ。しかし、よからぬ企みがあるのは間違いありません」

〈ああ。今現場の刑事が若い衆を締め上げてるようだが、おそらく吐かないだろう〉

「ええ。無駄だと思います。奴ら、下っ端には何も知らせていないはずです」

海老原の深いため息が聞こえた。〈とりあえず一刻も早く連中を見つけるように各所に指示は出した。また連絡する〉

電話を終え、窪塚に話をそのまま伝えると、彼は目を丸くし、「野郎共、いったい何を仕出かすつもりだ」と荒々しく言った。

「窪塚、エントランスに行って管理人を呼び出してくれ」古賀は顎をしゃくって命令した。

「え？　それはつまり……」

「ああ。天野の部屋に入る」

窪塚が目を瞬かせる。

「あの、さすがにマズいのでは。令状も何もないわけですから。それにまだ天野が犯人だって証拠は――」

「いいからやってくれ。問題になったらすべておれの責任だ」

窪塚はまだ異存がありそうだったが、古賀の勢いに気圧《けお》されたのか、ほどなくして車外に出てエントランスへ走った。

古賀は不吉な予感がしてならなかった。

今動かなければ取り返しのつかない事態になる。そんな強迫観念にも似た思いが胸中で渦を巻いていた。

車内で待つこと十五分、紺色の雨合羽を纏い長靴を履いた年配の男がマンションの前にやってきた。この男が管理人だと思ったので、古賀は窪塚と共に車を出た。

「これは何かの事件の捜査なんですか」

警察手帳を提示し、簡単な挨拶を済ませると、管理人が不安そうな顔で訊いてきた。

古賀が何も答えなかったので、窪塚が代わりに「まあ」と、ぎこちない返答をした。

三人でエレベーターに乗り込んだところで、「ところで六〇四号室の天野さんは一人暮らしですか」と古賀が訊いた。

「おそらくはそうだと思うんですが。というのも私はここの管理人を務めてまだ一年足らずなものですから」

「なるほど」

六階に到着し、チンと音が鳴り、ドアが開く。

外廊下を進みながら、「感じのいい方ですけどね、天野さん。会えば必ず挨拶してくださいますし」と管理人がボソッと言った。

天野の部屋である六〇四号室のドアの前に立ち、念のため、ドアフォンを押してみた。

十秒待ったが、応答はない。

「私は外廊下におりますので」

管理人はそう言ってから、窪塚にスペアキーを手渡した。

窪塚は古賀を一瞥してから、ドアノブの上にある鍵穴にスペアキーを差し込み、解錠した。

ドアを開け、玄関に足を踏み入れると、パッとオートライトが灯った。革靴を脱ぎ、細い廊下を進む。

居間は十二畳程度だろうか、だがずいぶん広く感じられた。全体が簡素で整理整頓が行き届いているからだ。あるのは中型テレビと白いローテーブル、二人掛け用のソファーのみ。あまり生活感のない居間だった。

左手に部屋へと続くドアがあり、開けてみると、古賀の目は真っ先にベッドに留まった。なぜならそれが電動式のリクライニングベッドだったからだ。

十年ほど前、妻の父親がパーキンソン病を発症した際、古賀は義父のためにこれと似たものを購入したことがあった。リモコンのスイッチひとつで上体を起こしたり、膝のところを曲げたりすることができるのだ。

古賀はベッドに歩み寄り、枕元に伏せられて置かれていた白い写真立てに手を伸ばした。

そして手に取り、写真に目を落としたところで、息を呑んだ。

写真には男が二人、女が一人写っていた。向かって左端にいるのは天野、中央には車椅子に乗った青年。この青年の顔にはどことなく天野に似た面影がある。

そして右端にいる女――この女の顔を古賀は知っていた。

つい先ほど、水賀谷の面会に赴いた際に車ですれ違った女。そして古賀の遠い記憶に引っ掛かった女。

脳が混乱を来す。

これはどういうことだ。必死に理解しようと試みるが、いろんな情報が一気に飛び込んできて処理が追いつかない。

写真にまじまじと目を凝らす。背景からすると、写真はこの家の居間で撮影されたものだろう。青年の前にはロウソクの立てられたホールケーキがある。ケーキにはプレートが載っていて、文字がぼやけているがなんとなくHAPPY BIRTHDAYと書かれているのが読み取れる。この車椅子の青年の誕生日祝いなのだ。

三人はみな、白い歯を見せていた。天野のこんな優しげな微笑を古賀は初めて見た。そして微笑ましいこの写真が古賀の胸に何かを激しく訴えている。重大な事実を叫んでいる。

「天野は一人暮らしじゃなかったんですかね」

横から写真を覗き込んだ窪塚が言ったが、古賀はそれに応えることなく写真立てを手にしたまま玄関へ向かった。

ドアを開け、外廊下で待つ管理人に「ちょっとこれを見ていただきたいんですが」と声を掛ける。

「こちらの真ん中の男性と女性に見覚えはありませんか」写真を指さして訊ねた。

「いやあ」管理人は難しい顔をして首を捻ったが、すぐに「あ」と漏らし、眼鏡に手を当てた。

「この車椅子の男性はわかりませんが、この女性はもしかしたら……」

「ご存じなんですか」

「知っているというか、先日このマンションの前にずっとおった女性と似ているような気がします」

「ずっとおった、というのは」

「なんて言えばいいのか……とにかくずーっとおもてにおったんです。その日も雨が降っておりましてね、そんな中に傘を差したまま何時間もおもてにいるものだから、どうしたものかと思いまして。しかしながら声を掛けるのも気が引けたので、そこで交番のお巡りさんを呼んで事情を訊ねてもらうことにしたんです。ただ、やってきたお巡りさんの話だと、女性は走って逃げてしまったそうなんですけどね」

「その人物とこの女性が似ていると」

「ええ。ただ、そのときも近くで顔を見たわけじゃないのでなんとも」

仮に管理人の目撃した女性とこの写真の女性が同一人物だとするならば、女性はなんらかの理由で天野を見張っていたのだろう。それ以外に考えられない。

ますます胸騒ぎが高まった。

「念を押すようで申し訳ないんですが、こちらの車椅子の男性には本当に見覚えはないんですね」

「ええ」管理人は即答した。「私は一度もお見かけしたことがありません」

古賀は管理人に礼を告げて、再び家の中に入った。すると、窪塚が「古賀さん。ちょっとこちらへ」と声を掛け、そのまま古賀を浴室に誘導した。

ドアの開けられた浴室には介護用の風呂椅子、滑り止めマット、浴槽には手摺りがあった。

これが誰のためのものであるのか、考えるまでもなかった。

天野は一人暮らしではなかったのだ。少なくとも以前までは。

古賀は浴室を離れ、携帯電話を取り出した。発信した先は同僚の刑事の矢板だ。

矢板は応答するなり、〈偶然。今ちょうど古賀さんに連絡しようとしてたところだったんですよ〉と言った。

〈古賀さんに頼まれていた北川陽介の身辺についてなんですが〉

「何かわかったのか」

〈ええ。北川陽介は天涯孤独の身だと思っていたんですが、そうではありませんでした。身元照会をかけて戸籍を辿《たど》ってみたところ、北川には歳の離れた兄がいますね。どうやら北川は事件後、この兄の扶養に入って――〉

「名前を教えてくれ。その兄の」言ったあと、古賀は生唾を飲み込んだ。

〈ちょっと待ってください〉何かの書類を取り出しているのか、ゴソゴソと物音が聞こえた。〈ええと――天野英介です〉

古賀は天を仰いで目を瞑った。

〈兄弟で苗字がちがうのは、幼い頃に両親が離婚をして、兄は母親、弟は父親に引き取られたからでしょうね〉

瞼の裏に浮かんだのは、天野英介の表情のない顔だった。

〈ただ古賀さん、昨日も申し上げましたけど、北川陽介が被害に遭ったのは十年も前のことなんですよ。それが今頃になってこの天野英介という兄貴が加害者たちに復讐だなんてそんな——ん？　天野……天野……なんだろう、最近どっかで聞いたような名前だな〉

捜査員である矢板ですら天野英介に対しこの程度の認識しかないのだ。あの男がいかにノーマークであったかの証左だ。

古賀は閉じていた目を開き、短くこう告げた。

「犯人は天野英介だ」

31

大粒の雨が車のルーフを凹ますように打ちつけている。横殴りの風に煽られた木々が左右に激しく揺さぶられている。路面にできた水溜まりをタイヤが鋭く切り裂いていく。

それらが織りなす音が合わさり、一つの完成された音楽のように聞こえていた。

英介にとってそれはレクイエムだった。

腹は決まった。

凶徒聯合を殲滅《せんめつ》する。

我が身もろとも、奴らを木っ端微塵に吹き飛ばす。

そんな覚悟やこの悪天候とは裏腹に、英介は晴れがましい気分で車に揺られていた。

もうすぐ愛する弟の浮かばれぬ魂が鎮まるのだ。優しい母の待つ、穏やかな天国へと導かれるのだ。

もちろん不安がまったくないわけではない。数時間前、知らない携帯電話の番号から着信があり、入れられた留守電を聞いてみると相手は刑事の古賀だった。折り返そうかと思ったが、英介は直前で思いとどまった。

その声色から微妙に不穏なものを感じ取ったのだ。もしかしたら、警察は自分の正体に勘付いたのかもしれない。

だとすれば、もう猶予はない。

「陽介、遅くなっちゃってごめんな」

英介はハンドルを操りながら、唇だけで独りごちた。

「陽介。あっちに行ったら母さんによろしく伝えてくれ。きっと、にいちゃんは陽介と母さんのところには行けないだろうから」

当初予定していた作戦を変更し、自爆を決断したのは昼に訪れた府中刑務所をあとにしてからだった。水賀谷一歩を標的から外すと決断したとき、英介は心の片隅で矛盾と引っ掛かりを覚えた。

が、そこについては深く考えないようにした。

考え出したらきっと自分は壊れてしまう。

本能の深い部分で、よした方がいい、そう悟った。

「できることなら、もう一度母さんの手料理を食べたかった。おまえとキャッチボールもしたかった。でも、それが叶わなくてもいいんだ。おまえと母さんがあっちで幸せに暮らしてくれたら、にいちゃんはそれでいい」

英介はアクセルを踏み込み、スピードをぐんと加速させた。周囲の景色がレーシングゲームのように高速で後方に流されていく。

「陽介、心配は要らないよ。にいちゃん、必ず成功させるから。おまえの魂を母さんのもとへ、きちんと送り届けてやるから」

陽介――。

陽介――。

陽介――。

レクイエムは間断なく鳴り続けている。

32

深町京子の神経は極限まで張り詰めていた。

ただでさえ車の運転に慣れていないというのに、この悪天候とあってはいつ事故を起こさないとも限らない。

この豪雨と強風の中、京子は前のめりになってフロントガラスの先を睨み、きつくハンドルを握りしめていた。

少しでも気を抜いたら、五十メートルほど先を走る英介の車を見失ってしまうだろう。

ここで先の信号が黄色に変わった。ダメだ、間に合わない。

だが京子の右足はアクセルをベタ踏みしていた。ウオンと車が吠える。

ただし完全に信号が赤になってから突っ込んだため、交差車線で発進しようとしていた車が急ブレーキを踏んでいた。

クラクションを鳴らされなくて助かった。英介にはできるだけ後方を気にしないでいてもらいたい。

もっとも、バックミラーやサイドミラーを確認した程度では尾行には気づかれないだろう。なぜなら辺りは夜のように暗く、どの車もヘッドライトをつけて走行しているからだ。おまけにこの大雨で極度の視界不良である。車を真横にでもつけない限り、疑われないはずだ。そう考えればこの悪天は尾行にもってこいともいえた。

英介の車が左にウインカーを出し、左折した。もちろん京子もそれに倣い、追従する。

いったい、英介はどこへ向かっているのか。

現在、車は鎌倉市内を通る環状4号線を下り方面へ向かっている。

数時間前、府中刑務所を訪れた英介は一時間半程度の時間を中で過ごし、その後は近場にある全国チェーンのホームセンターへ向かった。そこでは工具類を買い込んでいる様子だったが遠目からは詳しいことはわからなかった。

次に英介は県道沿いのファミリーレストランに入り、窓際のテーブルで遅めの昼食を取っていた。それを京子は路駐した車の中から双眼鏡で確認していた。

彼がデザートにチョコレートパフェを頼んでいたことには驚かされた。英介がスイーツを食べるところを京子はこれまで一度も見たことがなかったからだ。

ああいうものが好きだったのは英介ではなく、彼の弟の陽介だった。

あれはまだ陽介が生きていた頃、京子がパフェのアイスクリームと生クリームを半々くらいにスプーンにすくい、彼の口に運び入れてあげたことがあった。

すると陽介は、「京子さんはよくわかってるなあ。にいちゃんとちがって」と兄に悪戯っぽい眼差しを向けた。

陽介に言わせれば、甘味好きではない英介はちょうどいいバランスというものがわかっていないのだという。

「にいちゃん、味にはハーモニーってのがあるんだよ」

陽介は兄をそんなふうにからかい、白い歯を見せて笑った。

そんな陽介から笑みが消えたのはいつの頃からだったろうか。

いつからか陽介の表情には暗い影が差し、口数がめっきり減っていった。

彼が自殺をする三日前、京子が陽介の食事介助を行っていると、「京子さん。もういいよ」と彼は乾いた口調で言った。

「どうして」

「疲れるだろう」

京子がそれを否定すると、

「今はね」と彼は口元に力のない笑みを浮かべた。

そして最後に陽介はこうつぶやいた。

「おれ、ペットみたいだ。犬や猫よりも、世話の焼けるペット。なんの役にも立たないペット」

どうしてあのとき彼を叱らなかったのか。全力で否定してやらなかったのか。

あのとき私が黙ってさえいなければ、陽介は死ななかったかもしれない。

陽介は遺書を残さなかった。いや、身体の不自由な彼はそれさえも書き残すことができなかったのだ。

だが、陽介が己の存在を重荷だと決めつけ、それに耐えきれなくなったことで死を選んだのは明白だった。

そして、陽介にそう思わせてしまったのはまちがいなく私だろう。

私が彼らの前に現れたせいで、陽介は己の存在と、兄の人生というものを悪い方に考えるようになった。

私が彼らの生活に深く入り込めば込むほど、陽介を精神的に追い詰めてしまったのだ。

おれさえいなければ、兄はこの女性と気兼ねなく一緒になれるのに——。

陽介はそんなふうに思っていたにちがいない。

……逆、なのに。

私さえいなければ、きっと二人は今も幸せに暮らしていた。

私さえいなければ、陽介を死なせることなく、英介を人殺しにすることもなかった。

私さえいなければ——。

33

右側の車線を走る一般車が次々に左へ外れ、行く道を空けていった。

古賀と窪塚を乗せた覆面パトカーは眩い赤色灯と甲高いサイレンを周囲に振り撒き、猛スピードで首都高速横羽線をひた走っている。

この悪天候の中、さすがにスピードを出し過ぎかもしれないが、古賀は窪塚を注意しなかった。むしろもっと飛ばしてもらいたいくらいだ。

〈車は逗子を過ぎ、葉山市内に入りました。現在311号線を走行中です〉

Bluetoothを介して繋いであるレンタカー会社の従業員の声が車内に響いた。

「了解です。引き続き報告をお願いします」

古賀はそう告げ、同様に繋ぎっぱなしにしている携帯電話を耳に当てた。

「聞こえましたか」

〈ああ聞こえた〉電話の先にいる海老原が応答する。〈がっさんたちは今横浜だろう。それなら二、三十分後には追いつくな〉

凶徒聯合連続殺人事件の犯人として、天野英介に緊急指名手配がなされたのはほんの三十分前だ。そして行方のわからない天野の居場所を知る鍵を握っているのは写真に写っていた女だった。

女とは古賀たちが昼に府中刑務所を訪れた際、車ですれ違っていた。あれは絶対に偶然ではない。

なぜなら古賀たちがやって来る前、あの場所に天野も訪れていたのだから。

となれば女は天野を尾行していた、もしくはあの車に天野も同乗していた、そのどちらかだろう。

二人が共犯なのかそうでないのかは現時点で不明だが、古賀の直感では天野は単独犯であるような気がする。

いずれにせよ、現在女の周辺には天野がいるはずだ。

そこに考えが至り、機転を利かせたのは隣でハンドルを握る窪塚だった。

ナンバーから女の乗っていた車が有名な大手レンタカー会社のものとわかり、窪塚はそのレンタカー会社と連絡を取って、車の位置情報を開示してもらうよう求めたのだ。

聞けば近頃のレンタカーは事故などが発生した際、迅速に対処できるように全ての車にGPS機能が搭載されているらしい。

「課長。神奈川県警への応援要請は?」

〈すでに捜査本部長が手配している〉

「くれぐれも彼らが自分たちよりも先に女に接触してしまうことがないようにお願いします。女を止めてしまえば犯人を見失います」

〈ああ、泳がせろと通達がいってるはずだ〉

「それと、キョウレンの行方の進捗は？」

〈残念だが、まだ誰からも報告が上がってきてない〉

「何かわかったらすぐに教えてください」

古賀は背筋の寒くなる想像を巡らせていた。

凶徒聯合の連中が行方をくらませた狙いの先には天野英介がいるのではないか──。

もしそうだとすれば、天野の周辺に奴らもいるということになる。

凶徒聯合が天野を追っているのか、それとも天野が凶徒聯合を追っているのか、どちらにせよ両者が接触してしまったら最悪な事態になる。

どんな手を使っても凶徒聯合より先に天野を捕らえねばならない。何があろうと彼を死なせてはならないのだ。

天野はいずれ、警察の触手が自分に伸びることを予期していただろう。遅かれ早かれ、いつかは必ず北川陽介の実兄が天野英介であることが判明してしまうのだ。

それでも天野は犯行に及んだ。つまり彼は後先など考えていないのだ。

必ずや天野を生かして捕まえ、彼の口から動機を語らせたい。なぜこんなことをしたのか、その心の内をすべて聞かせてもらいたい。

古賀にはこれが単純な復讐劇だとはどうしても思えなかった。

〈がっさん。拳銃は携帯しているな〉

ふいに海老原に訊かれ、古賀は自身の左脇を一瞥した。

〈状況次第では躊躇わず使用しろ。犯人にも、キョウレンにも〉

「……」

〈今日で終わらせよう。何もかも〉

「はい」

古賀は前方を睨みつけて答えた。

フロントガラスの先には色がなかった。空も道路もすべてが水墨画のように灰色に染まっていた。どこか異世界を思わせる不穏な光景を前に、ふいに古賀は身震いした。ふと、この先が黄泉《よみ》の国に通じているような気がしたのだ。

その先へ、車は赤い光を伴って進んで行く。

34

南郷トンネル入口から神奈川県道217号線に入り、横須賀方面へ車を走らせた。トンネルを抜けた先で右折し、そこから百メートルほど先にある信号でさらに斜め右へ入っていくと、道はいきなり山深い上り坂となった。まだかろうじて人の手が加わっているものの、もう少し進むと道は完全な未舗装路となり、民家も人気もまったくなくなる。

そしてそんな場所に凶徒聯合のメンバーである蔵前崇《たかし》の所有する別荘がある。

昔から連中の隠れ家として使われているというこの別荘の存在を英介に教えてくれたのは小田島大地だった。そして彼は、今日ここに石神丈一郎を含めたメンバー全員が集結するとも話していた。

英介は徐行運転でぬかるんだ凸凹道を進みつつ、すでに奴らがこの地にやってきていることを確信した。そう遠くないであろう時間に、車のタイヤが通った跡が残されているのだ。

左手に立ち並ぶ木々を注視する。すると自分が数日前につけた目印を発見し、そこでハンドルを左に切った。鬱蒼と生い茂る草藪の中に車を突っ込んだのは、もちろん周囲から車体が目につかないようにするためだ。

ここには一度下調べに訪れていた。そのとき英介は蔵前の別荘の敷地の周囲を歩き回って写真を撮り、メモを取った。建物の中の間取りは外観から推測を立てた。

周辺探索も欠かさなかった。別荘はハイキングルートからは外れており、迷い人でもない限り、建物に人が近づくことはなさそうに思えた。そもそも高い木々に遮られていて、見晴らしは皆無に等しく、家があることすら近くまでやって来なければわからない。

きっとこうした立地条件こそが凶徒聯合の連中にとって都合がよかったのだろう。この別荘で何が行われていたのかは知る由もないが、秘密にしたいような悪事を働くにはこれ以上ない場所なのだ。

英介はエンジンを切り、シートベルトを解いた。そして助手席に置いてあるリュックの中から先ほどホームセンターで買ってきた工具を取り出した。

これを用いてダイナマイトに改造を施すのだ。もっとも雷管に繋がるコードを短くし、起爆スイッチを押した瞬間にダイナマイトが爆発するように時間を短縮させるだけのことだ。この程度の作業は英介にとって造作もないことだった。

手を伸ばし、車のルームライトをつけた。パッと明かりが灯った瞬間、誰かと目が合った気がした。その誰かはフロントガラスに薄く滲んだ殺人鬼だった。

英介は殺人鬼に向かって微笑んでみた。すると、殺人鬼もまた英介に向けて微笑み返した。

この殺人鬼が初めて人を殺めたのは約一ヶ月前、一人目の生け贄《いにえ》となったのは坂崎大毅という男だった。

殺害当夜——共に乗り込んだタクシーの車内、酒に酔った坂崎から財布を盗み出すのはむずかしいことではなかった。やがてタクシーを降りた彼は「じゃあまた近いうち」と英介に告げ、愛人宅のマンション——愛人が朝方帰ってくることは酒の席で聞かされていた——のエントランスに入っていった。その数分後、最寄りである千駄ケ谷の駅でタクシーを降りた英介は、坂崎の携帯電話を鳴らし、タクシーの車内で財布を発見したことを告げた。

「まだ近くにおりますので、お部屋までお届けしますよ」

英介がそう申し出ると彼は〈悪いね〉と言い、何も疑うことなく部屋番号を口にした。

そうして徒歩でマンションまで引き返した英介は、裏口の自転車置き場から塀をよじ登って中に侵入し、階段を使って彼のいる部屋を目指した。

ドアフォンに応答した坂崎は英介が部屋に直接やってきたことを少々訝っていた。

「住民の方の出入りと重なり、ちょうどよくエントランスのドアが開いたものですから」英介がそう告げると、坂崎は納得をし、ほどなくしてドアを開けた。

そこで彼の命運は尽きた。

出合い頭にスタンガンを食らい、身体の自由を奪われた坂崎の耳元で、英介は一言こう囁いた。

——陽介の気持ちがわかったか。

おそらくあのときはまだ怒りも憎しみもいくばくか残されていたのだろう。

だがいつしかそうした思いも消え去り、ただただ奴らの命を奪うことが目的となった。弟の魂に捧げる生け贄として、奴らの存在を認識するようになった。

その瞬間、英介は自分が完全に修羅に堕ちたことを自覚した。

ものの数分で三本のダイナマイトに細工を施し、そのうち二本を釣り人が着るフィッシング用ベストの左右のポケットに一本ずつ詰めた。残る一本はキネシオロジーテープを使って、背骨に沿うように直《じか》に背中に貼り付けて固定した。また予備用の起爆スイッチも同様に、テープを使って腰に固定した。これは万が一のための保険だ。

小田島から奪った三号桐ダイナマイトの本数は合計四本だったが、そのうちの一本は前もって人気のない場所で使用していた。詰められているニトログリセンの量から威力の程度の想像はついたが、ぶっつけ本番で使うような博打は打てない。

はたしてダイナマイトは期待通りの殺傷能力を有していたが、それはあくまで至近距離、かつ障壁のない場所でのことだった。半径五メートル以内まで近づかなければ、たとえ屋内で三本同時に爆発させたとしても不安が残る。それはつまり、ターゲットが一命を取り留めてしまう可能性があるということだ。

そういう意味では起爆のタイミングを見誤ってしまったらジ・エンドだ。次の機会は二度と訪れないのだから。

もちろんあらゆるケースを想定し、その対処法を考えてきた。だが、トラブルというのは往々にして予期せぬところから起きるものである。

なにより英介が恐れているのは、その場に標的以外の人間がいた場合だった。

小田島の話ではこの別荘の存在は彼らしか知らず、これまで外部の者が足を踏み入れたことは一度もないという。それでも、標的の確認だけは慎重に慎重を重ねなければならない。

あくまでターゲットは石神丈一郎、滝瀬仁、日南康介《こうすけ》、阿久津宏信《ひろのぶ》、蔵前崇の五人。

この五人以外の人間を巻き込んでしまえば鎮魂の儀式は失敗に終わり、陽介の魂は天に召されることなく、永久に俗世を彷徨《さまよ》い続けることになる。

チャンスは一度きり。失敗は断じて許されない。

英介は腕時計に目を落とし、リュックを背負った。そしてその上から雨合羽を羽織って車を出た。

激しい雨に打たれながら歩くこと一分少々、木々の合間から目的の別荘が見えた。遠目にも居間の電気が灯っているのがわかり、ホッとした。建物の前には黒いハイエースと幌付きの軽トラックが一台、並んで停められている。

英介は慎重に歩を進め、やがて居間の中が覗ける場所まで移動し、身を屈めて目を凝らした。

遮光カーテンに遮られていて、中の様子はうっすらとしか視認できないものの、複数の人影が固まっているのがわかった。それぞれがソファーや椅子などに腰掛けている。

英介はその人影に順々に人差し指を向けて、一、二、三——と数を数えた。

よし、五人全員いる。

居間の灯りが若干頼りないのと、遮光カーテンが邪魔でそれぞれの顔まではわからないものの、おそらく一番手前にいるスーツ姿の男は滝瀬、そのとなりのブルゾンを羽織っていると思しき男は日南、向かいにいる帽子を被っているのは阿久津でパーカーを着ているのは蔵前だろう。取材で何度か会った際、彼らが今着ている服を見た覚えがある。

となれば残る一人、ロッキングチェアのようなものに座り、ゆらゆらと前後に揺れているのは石神丈一郎にちがいない。

確信を抱いた英介はリュックからハンドアックスを取り出した。

小型だがずっしりと重たいこの手斧で、まずは目の前の窓ガラスをぶち破る。そして中に飛び込み、ダイナマイトの起動ボタンを押す。

行うことは至ってシンプルだ。

英介は天を仰いで目を閉じ、雨に打たれながらゆっくりと三回、深呼吸をした。

「陽介、さようなら」

口に出して言い、そして脱兎の如く駆け出した。

窓ガラスまで一気に間合いを詰め、思い切り手斧を振り下ろした。耳をつんざく破裂音を伴い、窓ガラスが派手に割れた。そして肩でタックルをするようにして、室内に飛び込んだ。

一気に視界が鮮明になった。

そしてダイナマイトの起爆ボタンを押し込もうとしたその瞬間、英介は目を疑った。

目の前にいる五人は人間ではなかった。

それぞれが服を着て、カツラを被ったマネキン人形だったのだ。

頭がパニックに襲われた。思考回路が完全にショートしていた。

そのとき、居間の電気が消え、真っ暗闇になった。

そして狼狽する英介の鼓膜が、

バチッ！

という音を捉えた。

それと同時に全身に激しい電流が走り、意識が吹っ飛んだ。

35

居間の電気を点けると、テーザーガンによるショックで床に崩れ落ちるように倒れ込んだ男の顔がはっきりと見えた。

ただ、滝瀬はそれでもまだ信じられなかった。

坂崎大毅、田中博美、小田島大地の三人を殺害し、自分たちを付け狙っていた人物が、『凶徒聯合の崩壊』の編集者であったという事実を未だ受け入れられなかった。

だがしかし、正真正銘、犯人は天野英介だったのだ。

「こいつが天野ってやつ？」

石神が滝瀬たちを見回して訊いた。

滝瀬たちが首肯すると、石神は「あは」と笑い、「ほうらやっぱり。おれの言った通りだったでしょ」と得意気に言った。

先日、石神からこの編集者が怪しいと聞かされたときは全員が耳を疑った。「だって、そいつだけじゃん。直近でおまえらと密に連絡を取り合ってたのって」石神の言い分はごもっともだったが、それでも滝瀬たちは半信半疑だった。阿久津など、「石神はああは言ってるけど、おれはやっぱり藤間兄弟だと思う」と、なおそんなことを漏らしていたくらいだ。

もちろん理屈ではわかるのだ。自分たちの連絡先を知り、個々に呼び出すこともできた天野には、一連の犯行が可能だということが。以前行われた取材で、車で現場まで来ていた小田島を尾行すれば自宅を突き止めることもできたことだろう。

それでもなお、当人を知っている滝瀬たちからすれば信じられなかった。

虫も殺せない——いうなれば天野英介はそんな風体の男なのだ。

「こいつ、死んだのかな」

暗視スコープを外した蔵前がボソッとつぶやいた。その手の中にはテーザーガンがある。

「まさか」と石神が鼻で笑う。「既製品より電圧は高めてるけど、この程度じゃ死なないよ。たぶん気絶してるだけ——日南」

石神がこの中で一番若い日南に向けて顎をしゃくった。

命令を受けた日南が恐るおそる天野に近づいていく。

「リュックを奪って、雨合羽を剝いで。それと手を後ろで拘束しといて」

指示に従い、日南が素早くそれを行っていく。すると天野が雨合羽の下にフィッシングベストを纏っているのがわかった。両脇のポケットから配線コードが伸びている。

「やべえよ」日南が生唾を飲み込んで漏らした。「こいつ……自爆する気だったんだよ」

それが伝染したのか、滝瀬もまた生唾を飲み込んでいた。

犯人がダイナマイトを所持していることは当然わかっていた。だが、それはいつかの清栄会の若衆がそうしたように、投げ込まれて使用されるものとばかり思っていた。

まさか、自爆するつもりだったとは——。

やがて日南が慎重に天野のベストを脱がせ、両手首を背中に回し、ガムテープでぐるぐる巻きにした。

「今さらだけど、テーザーガンで撃ったの、ちょっと危なかったかもね。全身ずぶ濡れだし、何かの拍子で爆発してたかも」

石神はそんな恐ろしいことを平然と口にし、「さて、起こすか」と言って天野に近づいていった。滝瀬と蔵前と阿久津も石神のあとにつづく。

屈み込んだ石神が、「おーい」と、うつ伏せで倒れ込んでいる天野の頬をペシペシと叩いた。すると、閉じられていた天野の目が薄く開いた。

「初めまして、だな。おれが石神丈一郎だ」

石神が自身を親指で指して言った。

「びっくりしたろ。まさかマネキンだなんて思わないよな。おまえがおれらを散々おちょくってくれたように、おれらもユニークな捕獲作戦を立てたってわけよ。これほど鮮やかに決まると気分がいいね」

天野は微妙に唇を動かしているが、声が出せない様子だ。

「おそらく大地は今日のことを犯人にしゃべってると思ったんだよ。で、犯人ならこのチャンスを絶対に逃さないと思った」

石神が天野の髪の毛を鷲掴みにして持ち上げた。

「おまえ、よくもやってくれたよな。地獄を見せてやるから覚悟しとけよ」

天野の眼前で、抑揚のない口調で言う。もっとも怒っているときの石神の声色だった。

「だけどその前に――おまえ、なんでおれらのこと狙ってたわけ？　キョウレンにどんな恨みがあるの？　そこだけはどうしても教えてもらいたいんだけど」

すると天野が「…ん…ん」と呻いた。その後も、天野は唇を動かしていたがやはりどうしても声を出せないようだった。

「ダメだな。まだ神経が麻痺してるらしい――日南、あれ持ってきて」

指示を受けた日南が一旦その場を離れ、そしてとある物を手にして戻ってきた。それは滝瀬たちはもう見慣れた、鉄製のシガーカッターだった。握力増強器具のような形をしたそれは、両サイドを絞り込むと中央にある輪の中の刃が重なり合い、葉巻を切断する仕組みになっていた。

「強制的に起こしてやるよ」

石神はそう言って、後ろで拘束されている天野の手首にそれを持っていき、左手の小指を輪の中に通した。

そして石神は一気にシガーカッターを絞り込んだ。

ゴリッという音と共に天野の小指が根本から弾け飛び、居間に叫び声がこだました。

「オラ、これで目が覚めたろ。あとで残った指も全部飛ばして――」

そこで突然、石神が言葉を区切り、顔を上げて滝瀬に目をやった。

いや、石神は滝瀬の後方を見ていた。そこには天野に破られた窓ガラスがある。

滝瀬は背後を振り返り、驚愕した。

自分の真後ろに、全身ずぶ濡れの女が背後霊のように立っていたからだ。

女は前髪から水を滴らせ、肩を上下させて、倒れ込んでいる天野を見つめていた。

その女の面影に、滝瀬は見覚えがあった。

この女はたしか――。

36

「京子――?」

石神丈一郎がスッと立ち上がって言った。

この男から名前を呼ばれるのはいつ以来だろう。永久に会うこともないと思っていたのに、まさかこんな形で再会を果たすことになろうとは。

「お願い。この人を殺さないで」

京子は英介を見たまま、唇を震わせてつぶやいた。英介もまた苦悶の表情を浮かべながらも、京子を見上げていた。

「ねえお願い」

誰も何も答えなかった。男たちはこの場にいきなり現れた闖入者に困惑し、言葉を発せないようだった。

やがて、「これはつまり、どういうことだ」と丈一郎が眉根を寄せて言った。

「さっぱり状況がわかんねえな。なあ京子、どうしておまえがこんなとこにいるんだ」

「お願いだから。もう何もしないで」

「おい、答えろよ。おまえ、こいつと知り合いなのか」

「もういいでしょう。もう十分でしょう」京子は顔面を震わせて叫んだ。「もともと、あなたたちが悪いんじゃない。あなたたちが陽介くんを、この人の弟をあんな目に遭わせたから……」

「陽介？　弟？　なんの話だ」

「お願いだから、英介さんをこのまま帰して」

ここで、「北川陽介」と誰かがぽつりと言った。滝瀬仁だった。

「誰だっけ、それ？」丈一郎が滝瀬に訊く。

滝瀬は英介を見下ろしながら、ごくりと唾を飲み込み、「十年前、渋谷のクラブで、おれらが半殺しにした学生だ」と答えた。

「ああ」と丈一郎が思い出したように頷く。「あのガキか。そういえばそんな名前だったっけ」

そして丈一郎は腕を組み、薄目で虚空を睨んだ。

「するとつまり、こいつはその学生の兄貴で……なるほどね、すべては弟の復讐だったってわけか」

そう言った後、丈一郎は英介の頬を足で踏みつけた。

「やめてよ」

京子が丈一郎に食ってかかると、そのまま投げ飛ばされた。京子の身体が床を滑っていく。

「で、おまえはどういうわけかこの男と知り合いになったってことだな——まさか恋人だったとか」

顔を上げた京子は丈一郎を睨みつけた。

「なんだよ、そのまさかかよ」丈一郎が目を丸くして言った。「おまえら、信じられるかおい。やべえだろこれ。こいつとおれの妹が恋人だったんだぜ」

そして丈一郎は何がおかしいのか、愉快そうに笑い声を上げた。

ただ、ほかの者は一貫して黙っており、ひとり笑い転げる丈一郎を困惑の目で見つめていた。

「いやあ、まいったね。さすがのおれも度肝を抜かれたわ」丈一郎が指で目を擦って言う。「ところで京子、おまえ苗字を変えたんだってな。なんて苗字になったの」

「あんたなんかに教えない」

「あんた？」丈一郎の顔から笑みが消えた。「お兄ちゃんに向かってあんたはないだろ。ガキの頃、散々可愛がってやったのに」

「あんたなんて、あんたなんて……兄じゃない」

京子は憎しみを込めて告げた。

虫酸が走る思いだった。

どうしてこんな男の妹としてこの世に生を享《う》けてしまったのか。京子はこれまで何度となく神を呪い、そのたびに涙を流した。

五つ歳の離れた自分の兄が異常であることに気づかされたのは、京子がまだ小学生、丈一郎が中学生のときだった。

その当時すでに、丈一郎は地元で有名な不良であり、両親などはそのことでひどく頭を悩ませていたが、京子自身はまだ幼かったこともあり、そこまで深く気にしていなかった。むしろ外では周囲から恐れられている兄が、家の中では自分に甘く、これでもかと優しくしてくれることに優越感を覚えていた。

事実、京子は丈一郎から暴力を振るわれたことも、暴言を吐かれたことも一度もなかった。逆に、「京子、なんか欲しいものないのか。なんでも遠慮なく言えよ」というのが丈一郎の口癖で、実際に彼は京子が望む物はすべて手に入れてきてくれた。いつだって丈一郎は妹思いの優しい兄だった。

おもてで聞かされる兄の悪い噂は、きっと過剰に尾ひれがついているのだろうと、京子は子どもながらにそう解釈していた。

そんなある日、京子が小学校のクラスメイトの男児と些細なことで揉め、その男児から暴行を受けて唇を切る一件があった。その日の夜、京子がそれを何気なく兄に話すと、翌日、その男児は下校中にバイクにはねられ、病院へ運ばれた。骨を何箇所も折る重体だった。

――きっちりお仕置きしといてやったからよ。

兄は得意気に言い、妹の頭を優しく撫でた。

そこで初めて兄に対し、恐怖心を抱いた。

そこからは地獄の始まりだった。いや、だいぶ前から地獄は始まっていたのだろう。これまで自分が現実から目を背けていただけなのだ。

兄の悪名が高まるにつれ、次第に京子の周りからはまともな友人が消え、不良連中ばかりが擦り寄ってくるようになった。教師ですらも京子を敬遠するようになった。それほど丈一郎のワルさは突き抜けていたのだ。

京子はそれでも兄は兄、自分は自分だと信じ、まっとうな生活を送るよう心がけてきた。しかし現実はやはり、石神京子は凶徒聯合のリーダーの妹でしかなかった。

中学時代、憧れの先輩に思い切って交際を申し込んだところ、「勘弁してください」

と走り去られたことがある。街中で見知らぬ不良から声を掛けられ、「今月分の上納金、もう少しだけ待ってもらえるようにお兄さんに掛け合ってもらえませんか」と人前で土下座をされたこともある。警察は週に一回、お決まりのように自宅を訪ねてくるようになった。

ただ、そんなのは瑣末《さまつ》なことで、もっとも京子を追い詰めたのは兄の暴力の被害者となった人や、その家族たちの肉声だった。罵声を浴びせられるのはまだマシで、目の前で泣かれることも多かった。突然家を訪ねてきた被害者の母親から、「息子を返してください」と足首を摑まれている自分の母親を廊下の隅から見て、京子はその場に頽れるほど胸の苦しさを覚えた。

こんなことが何年にも亘り続いた。平穏だったのは、丈一郎が少年院に収監されている期間だけだった。

丈一郎が率いる凶徒聯合の悪名が東京中に知れ渡るようになった頃、母親が鬱病を患《わずら》った。父親は仕事を辞め、自宅で妻の介護をするようになった。その当時、家の中にはいつも暗い影が差し、陰鬱な空気が沈殿していた。

京子はそのすべてから逃れるように、高校を卒業後、単身で渡米した。すべてを捨ててきたつもりだった。

だが、アメリカで暮らして七年が経ったある日、丈一郎がとある事件を起こし、一時帰国せざるをえなくなった。

渋谷クラブ襲撃事件だ。

丈一郎ら凶徒聯合が一人の男子大学生を集団暴行し、その学生に重傷を負わせたという。

そしてそれがまさかの人違いだったという。

――お母さんはもうダメ。もう耐えられない。京子、ごめんなさい。

電話で母に自殺を仄《ほの》めかされ、京子は慌てて日本に向かった。

京子が被害者となった学生のいる病院を訪ねたのは罪悪感からではなかった。京子はなんとしても丈一郎を警察に引き渡したかった。そして一生、彼を牢獄に閉じ込めていてほしかった。

そのときすでに犯人たちは捕まっていたが、彼らが兄たちの身代わりであり、そして首謀者が丈一郎であるのは誰の目にも明らかだった。京子は被害者本人にどうにかこれを証言してほしかった。その背中を後押しするつもりで病院へ向かったのだ。

はたして、病室のベッドに横たわる被害者の姿はあまりに痛ましいものだった。まるでミイラのように全身が包帯に包まれていた。そしてそんな被害者のそばで手を取り、静かにその顔を見下ろす一人の男性がいた。看護師から聞いた話では被害者の兄だという。

その兄と視線が重なった。彼は数秒ほど京子を意味深な瞳で見つめたあと、再び弟に視線を戻した。

結局、京子はそのまま引き返すことにした。加害者の妹である自分などが、とても声を掛けられる空気ではなかったからだ。

京子はこのときに病室で見た光景を長らく忘れることができなかった。

そうして月日は流れ、七年後、ついに丈一郎が交際女性を殺害した容疑で指名手配をされた。

これにより、京子は再び帰国を余儀なくされた。母ではなく、父が自殺をしたからだった。

おそらく父は息子にも、そして母の介護にも疲れ果てていたのだろう。父の遺書には、

『どうかお許しください』と、一言だけそのような言葉が書かれていた。

京子は残された母と暮らすことを余儀なくされた。精神のバランスを欠いた母との生活は耐え難いものだった。母は息子に対し、ある日は「可愛い丈一郎」と慈《いつく》しむように言い、またある日は「この手で絞め殺してやりたい」と目を剝いて言った。

そんな母との生活で、京子の精神もまた、徐々に蝕《むしば》まれていった。その時期、京子は何をしていても幸せを感じなかった。

神様の悪戯が降り掛かったのはそんなときだった。

たまたま乗車した電車の車内で、陽介と、そして英介と再会してしまったのだ。

なぜあのとき、私は彼らに接触してしまったのだろう。

そんなことさえしなければ、陽介はこの世を去らなかった。英介はその手を血で染め

なかった。

この悲劇は私が招いたものなのだ。

いや、私と、この目の前の悪魔が、だ——。

「おい、なんて目でお兄ちゃんを睨みつけてるんだよ。久しぶりの兄妹の再会なのに」

丈一郎がうすら笑いを浮かべて、ゆっくり近づいてきた。

「なあ京子。おまえがどう思おうが——」屈み込んだ丈一郎が手を伸ばし、京子の頬に触れてきた。「おれとおまえは血の繋がった兄妹なんだよ。おまえの身体にはおれと同じ血が流れてるんだよ」

京子はその手を振り払った。

丈一郎が冷めた目で見下ろしてくる。

「そっか。あくまでそういう態度か。じゃあもういい」

丈一郎がサッと立ち上がり、後方を振り返った。

そして、

「誰か、この女を殺せ」

乾いた口調で言った。

滝瀬、日南、阿久津、蔵前の四人は目を丸くしている。

「でもこの子は、おまえの……」蔵前が狼狽して言った。

「関係ない。こいつがおれを兄じゃないって言ってるんだから」

「だけど……」

「関係ないって言ってるだろう」

それでも四人は逡巡している様子だった。

「おまえら、よくよく考えてみろよ。天野を殺す以上、どの道、京子のことだって生かしておけないでしょ」

四人は顔を見合わせている。

「あのさ、石神」そう口火を切ったのは滝瀬だった。「そのことなんだけど……天野のことを、このまま警察に引き渡すってのはどうかな」

丈一郎が小首を傾げる。「どういうこと」

「だから、その……そのままの意味なんだけど」

丈一郎の顔つきが変わり、みるみる目を剝きだす。

「おい、それはつまりこういうことか。仲間を三人も殺してくれたこのガキに何も制裁を加えず、あとは警察にお任せしてチャンチャンって、つまりはそういうことか」

「いや、だってさ、天野はたぶん死刑になるだろうし、だったら別におれらが手を汚す必要もないんじゃないかって……」

滝瀬は声を震わせて言い、丈一郎は肩を揺すって笑った。

「正気かよ、おまえ。なんだよそれ。そんなのありえねえだろ——何、まさかおまえらもこのバカと同じ意見なわけ？」

丈一郎がほかの三人に水を向ける。

三人は俯いたまま黙っていた。

「ああ、信じらんねえ。おまえら、マジで腑抜けちまったんだな。だからこんなパンピーのガキに好き放題やられちまうんだよ」

丈一郎が四人のもとに歩み寄り、一人ひとりの頬を平手で張った。パン、パン、パンと乾いた音が順に鳴り響く。

「ここから先、おれに一言でも意見したヤツは殺すから」

丈一郎が低い声色で言った。

「おい、わかったな」

四人が同時に頷いた瞬間だった。

「全員、動くなっ」

居間に野太い声がこだました。

声の上がった方を見ると、割れた窓ガラスの向こうの闇の中に、雨に打たれた二人の男が立っているのがわかった。

二人の手には懐中電灯と、そして黒い拳銃があった。

37

冷静になれ――。

状況を正確に把握しろ――。

懐中電灯をしまい、拳銃を両手で構えた古賀は、胸の内で自らに言い聞かせた。そして慎重に割れた窓ガラスをくぐり、室内に足を踏み入れた。

手首を後ろで拘束され、床に倒れ込んでいる天野英介。そしてその指先からは多量の出血が見られた。その傍らの床には小指が一本、切り離された状態で落ちている。誰にやられたのかは考えるまでもない。

立っているのは手前から日南康介、阿久津宏信、蔵前崇、滝瀬仁、そして石神丈一郎――。

今までずっと日本に潜伏していたのか、それとも今回の事件で急遽帰国したのか。いずれにせよ、まさかこの場に石神までいるとは思っていなかった。

そして彼らの後方に控えている全身ずぶ濡れの女。

女の顔を正面から捉え、古賀はようやくその正体がわかった。

この女は石神の妹だ。こうして石神と女の顔を見比べれば一目瞭然だった。

名前はたしか京子といったはずだ。京子とはその昔、石神の実家を訪ねた際に何度か顔を合わせていた。

――どうして警察は兄を逮捕してくれないんですか。

――捕まえて、あいつを死刑にしてください。

いつだったか、京子にこのように泣きつかれたことを思い出した。

「全員、両手を頭の上に乗せて、その場に伏せろ」

古賀は全員の顔を見回して言った。

まず滝瀬が、次に日南、阿久津、蔵前がつづき、最後に石神がゆっくりと床に伏せた。

石神以外のすべての者がこちらを見ているが、石神だけは床に視線を這わせていた。

きっと必死に算段を立てているに違いない。どうすればこの場を切り抜けられるのかを。

「窪塚。女性を安全な場所まで避難させろ」

隣に立つ窪塚に顎をしゃくり、指示を出した。

「てめえら、動くんじゃねえぞ」と窪塚はそう吠えてから、床に伏せる凶徒聯合のメンバーの間をすり抜け、後方にいる京子のもとへ向かった。

そして京子に手を差し出して起き上がらせ、彼女を伴って引き返してきた――が、途中でその足を止めた。窪塚の視線は部屋の隅に注がれている。

そこに置かれていたのは紺色のフィッシングベストで、その両脇のポケットからは配線コードが伸びていた。ダイナマイトが仕込まれているのは明らかだった。状況を考えれば十中八九、天野が着用していたもので、それを凶徒聯合の連中が剝ぎ取ったのだろう。

「窪塚」と古賀が顎をしゃくる。

指示を受けた窪塚が素早く部屋の隅に移動し、慎重にフィッシングベストを拾い上げ、そして改めて京子を伴って引き返してきた。

「そのまま車まで連れて行け」

窪塚が割れた窓の鍵を解除し、ドアを開け、「さあ、こちらへ」と京子を促したものの、彼女はその場から動かなかった。その視線は天野へ注がれている。

そして天野もまた、虚ろな目で京子を捉えていた。

「さあ、行きましょう」

窪塚が京子の腰に手を当て、強制的に彼女を外へ連れ出した。

そのとき、天野が一瞬ホッとしたような表情を浮かべ、その直後、目の奥が光ったのを古賀は見逃さなかった。

この男、まだ何かを狙っている——。

「今に応援部隊がやってくる。それまで全員おとなしくしていろ」

凶徒聯合と、天野に向けて言った。

「古賀さん、ずいぶんと老けましたね」

石神が突然、口を開いた。

「余計なことをしゃべるな」

「もうすぐ定年ですよね。最後に大仕事じゃないですか」

「しゃべるなと言ってるだろうっ」

古賀は石神に銃口を向けた。

「いよいよおまえも終わりだ」

自然とそんな言葉が口から零れた。同時に古賀の心の奥底で、引き金を引きたい衝動が湧き上がった。

思い返せば自分の刑事人生は大半はこの男と共にあった。いつか石神丈一郎を捕らえ、凶徒聯合を解体させる。これこそが古賀の最大の目標だった。

だが、それは微妙にちがっていたのかもしれない。なぜなら自分は今この瞬間、この男の存在そのものを消し去りたい欲求に駆られているのだから。

それはきっと、これまで凶徒聯合によって傷つけられてきた人々を間近で見てきたからにほかならない。こいつらはあまりに残虐行為を働き過ぎたのだ。

だがしかし、石神は絶対に生かしておかねばならないだろう。この男には聞きたいことが山ほどあるのだ。

ここで古賀は耳を澄ませた。遠くの方で微かに鳴る、パトカーのサイレンの音を鼓膜が捉えたのだ。ようやく応援部隊が駆けつけてくれたようだ。

その瞬間、天野英介が前触れもなく、床に膝をついてスッと立ち上がった。

「天野。動くなっ」

古賀は叫び、銃口を天野に向けた。

天野はそれに臆することなく、「離れてください」と能面のような顔で言った。

「何を言ってる。おまえの方こそ――」

古賀はふいに息を呑んだ。天野の氷のような冷たい目で見つめられ、怖気が走ったのだ。

天野が一歩足を踏み出し、古賀ははからずも一歩後退した。床に飛び散った窓ガラスの破片を踏んだのか、バリッと音が鳴った。

「あなたを巻き込みたくありません。どうか離れていてください」

――?

一歩ずつ、一歩ずつ、天野が迫ってくる。

「天野。これ以上近づくなっ」

それでも彼はその足を止めなかった。

そして手を伸ばせば触れられる程度の距離にまで入った。

古賀は威嚇のため、天井に向けて、拳銃を発砲した。パンッと乾いた音が室内に響き渡る。

だが天野はこれに怯むどころか、古賀に向かって勢いよく体当たりしてきた。

古賀の身体は後方に弾き飛ばされ、窓の向こう、雨の降り注ぐおもてへと転がった。

起き上がり、すぐさま居間の方に目をやる。

この瞬間から、古賀の視界に映るすべてがスローモーションになった。

真っ先に捉えたのは離れゆく天野の背中だ。彼は床に伏せている連中の中心に向かって駆けていた。一方、連中はそれぞれ立ち上がろうとしていた。全員、必死の形相だった。危険を察知し、天野から遠ざかろうとしているのだ。

「天野ーっ」

古賀の叫び声の直後、天野が一瞬だけ振り返った。彼の口元は緩んでいるように見えた。

だが、そんな微笑を捉えたのは刹那のことだった。

視界が白一色に埋め尽くされてしまったからだ。

耳をつんざくような炸裂音が轟く。

古賀は咄嗟に背を向け、両手で頭を抱えた。爆発で飛び散った様々な物体の破片が降り掛かってくる。

古賀はその体勢のまま、荒い呼吸を繰り返した。

なんたる失態だ——。

まさか天野が身体にダイナマイトを隠し持っていたとは——。おそらく凶徒聯合の連中も油断していたに違いない。

古賀は倒れ込んだまま、背後を振り返った。居間の中は爆発の衝撃で霧立ったように煙で濁っている。

古賀は立ち上がり、ふらふらとした足取りで、居間の中へ足を踏み入れた。

そして再び、ゆっくりと頭を抱え込んだ。

古賀の視界いっぱいに地獄絵図が広がっていた。

天野英介の肉体は粉々に飛び散っており、凶徒聯合のメンバーは血を流して倒れ込んでいた。全員、ピクリとも動かなかった。

いや、全員じゃない。

古賀は瞳を左右に散らし、部屋中を見回した。

石神丈一郎の姿が――ない。

38

豪雨の中、後方で落雷があったかのような炸裂音が上がった。

京子はその直後、若い刑事を突き飛ばし、今しがた離れたばかりの別荘へ向かって駆け戻った。

「こらっ。待ちなさい」

背中に刑事の声が降り掛かったが、京子は足を止めることなく、ぬかるむ道を無我夢中で進んだ。

五段の外階段を駆け上がり、先ほどの窓際まで戻ってきた。

部屋の中で立っている人間は一人だけ、それは中年の刑事だった。

この場で何があったのか、京子はすべての状況を理解し、その場に頽れた。

「英介さん……」

39

「英介さん……」

後ろから女の声が聞こえ、古賀は振り返った。京子だった。彼女は支柱を失ったようにその場に膝をつき、へたり込んだ。

そこに窪塚が走ってやってくる。

窪塚は室内の状況を見て、口を半開きにしたまま固まっていた。

そんな窪塚に向かって、

「石神が消えたっ」

古賀は叫んだ。

すると窪塚は目を剝き、そして背広の内側から拳銃を取り出し、室内に飛び込んだ。

そこで古賀はハッとなった。自分の手の中にあった拳銃がないことに気づいたのだ。

天野に体当たりされたときに手放してしまったのだろう。

窓の向こうを見る。古賀のニューナンブM60は京子の足元に落ちていた。

40

「石神が消えたっ」

古賀の叫びが、虚ろだった京子の意識を覚醒させた。

立ち上がろうとした瞬間、足のつま先が何かを蹴った。それは黒い小ぶりな拳銃だった。

先にいる古賀と目線が重なった。彼が一歩足を踏み出した瞬間、京子は足元の拳銃を素早く拾い上げた。

ジッと睨み合う。

「返せ」

古賀が手の平を差し出してくる。

そのとき、

「古賀さんっ」家の中から若い刑事の叫び声が聞こえた。「石神は負傷している模様。玄関床に血痕があります。おそらくここからおもてへ逃亡したものと思われます」

それを聞き、京子は古賀に背を向け、弾かれたように駆け出した。

「おいっ。待てっ」

表から玄関の方へ回ると、若い刑事が懐中電灯で前方を照らしながら暗い森の中へ分け入っていくのが見えた。京子もそのあとを追うように森の中へ入った。

激しい雨が降り注ぐ中、京子は自分の周囲の木々を手で触りながら、ぬかるんだ道を進んだ。真っ暗で何も見えないのだ。

見えるのは忙《せわ》しなく飛び交う二つの光線だけ。若い刑事と、古賀の持つ懐中電灯の光だ。

「窪塚っ。女はおれの拳銃を持っている」

古賀の叫び声が聞こえた。

そしてサイレンの音も聞こえた。きっと警察の応援部隊だろう。

京子は二人の刑事から放たれる光から離れていった。この光はきっと丈一郎にも見えているはず。だとすればあの光源の周辺に丈一郎はいないだろう。あの男がどの程度の負傷をしているのか不明だが、時間を考えてもそう遠くへは行っていないはずだ。

京子は右手に拳銃を構え、伸ばした左手で木々を触りながら、慎重に足を踏み出した。本当に一メートル先すら見えない。目を閉じているのとほとんど変わらないような暗闇の中を歩いているのだ。

こんな状態ではたして丈一郎を見つけることができるだろうか。だが、藪をかき分けてでも絶対に捜し出さなければならない。

京子は自分の肉体に英介の魂が乗り移っているような気がしてならなかった。

だとすれば私が英介の無念を晴らさなければならない。

私がこの手で石神丈一郎を葬るのだ。英介の思いを引き継いで——。

改めて決意を固めたとき、京子の左の指先が異物に触れた。あきらかに木の表面の感触ではなかった。

目を凝らす。すると、数十センチ前の闇の中に人影があるのに気づいた。

そしてその人影は紛れもなく、丈一郎だった。

あちらも京子の存在に気がついたのだろう。人影が動いたのがわかった。逃げ出したのだ。

京子はその人影に狙いを定めて、躊躇することなく引き金を引いた。

パンッ。

乾いた音が鳴る。両手にとてつもない、だが覚えのある衝撃が伝わってきた。

人影が崩れた。丈一郎が倒れ込んだのだ。

丈一郎に向かって、京子はゆっくりと近づいていった。

やがて仰向けで倒れ込んでいる丈一郎の傍らに立ち、京子はその顔を真上から見下ろした。丈一郎は泥だらけの顔に苦悶の表情を浮かべ、荒い呼吸を繰り返していた。

そんな丈一郎に対し、京子は真上から突き刺すように銃口を向けた。

「よせっ。とどめを刺すなっ」

その声と同時に眩しい光が当てられ、京子は顔を上げた。懐中電灯を手にした古賀と窪塚だった。銃声を聞いて駆けつけてきたのだろう。
「銃を放せ。そいつを殺しても誰も救われない」古賀が言った。
京子はゆっくりかぶりを振った。
「この男が死ねば、陽介くんの魂が救われる」
どうして咄嗟にこんな台詞が出てきたのか、自分でもわからなかった。
きっといくら考えても、永遠にわからないだろう。
京子は拳銃の銃口を丈一郎の額に改めて押し当てた。
兄の――いや、陽介に捧げる生け贄の目が見開かれる。
「よせーっ」
パンッ――。
再び、乾いた音が闇の中に鳴り響いた。

エピローグ

1

古賀光敏はダウンジャケットのポケットに収めていた右手を出し、冷えた指先でインターフォンを押し込んだ。

この家を訪ねるのは新築祝い以来、三十年ぶりだろうか。初めて拝んだときはそのデザインの斬新さと美しさに思わず感嘆の声を洩らした。同期が郊外に建てたこの一軒家から未来の到来を感じ取ったのだ。

だが、今こうして眺めてみると、時代が流れたことを痛感させられた。

自分たちは歳を食ったのだ。

ほどなくして家主がインターフォンに応答したものの、相手は元部下の突然の訪問に戸惑っているようだった。

手短な会話を終え、先にある玄関のドアから見慣れた男が姿を現す。

海老原だ。わずか数週間ぶりの再会にも拘わらず、めっきり老け込んだように映ったのは彼が官憲の職を退いたからだろうか。

その海老原が首元にマフラーを巻きながら古賀のいる門扉までやって来る。

「わざわざ来てくれたのにすまんな」

開口一番、海老原が詫びてきた。

散らかっているから家に上げられないと家内が話している、と今しがたインターフォン越しに理由を聞かされていた。

もっとも本当はちがう理由があるのだろう。海老原には精神を病んだ娘がいるのだ。

「いえ、こちらが急にお訪ねしたんです。アポも入れずすみません」

古賀も頭を垂れて詫びた。

「おい、敬語はよしてくれ。もう上司じゃないんだ。昔のように話そう」

「今さらですよ。それに部下だった期間の方が長いんですから」

二人並んで歩き、近くの公園に向かった。冷たい師走の風を相殺するように、頭上から暖かな日差しが降り注いでいる。今日が晴れでよかったと古賀は思った。

五分ほど歩いて目的の公園までやって来た。数人の幼児たちが若い母親たちに見守られながら辺りを所狭しと駆け回っていた。キャッキャッと可愛らしい歓声が園内に響いている。

そんな中、古賀と海老原は隅に設置されたベンチに並んで腰掛けた。

だが、そこから両者とも口を利かず、しばし駆け回る子どもたちを眺めていた。

やがて、

「どうして黙ってるんだ」

海老原が前を見たまま言った。

「何か用件があって来たんだろう」

「ええ」古賀もまた、前を見たまま頷いた。「エビさんのことだから、きっと自分の用件の見当はついているでしょう」

「ああ。なんとなくな」

再び長い沈黙が訪れる。

「初めに断っておきます」古賀は意を決して言った。「今日、自分は刑事としてやって来たのではありません」

古賀は冷えた空気をゆっくりと、肺一杯に吸い込んだあと、改めてその口を開いた。

「先週、キョウレンのメンバーが経営、関連する会社、団体に一斉に家宅捜索が入りました。あくまで凶徒聯合連続殺人事件の捜査の一環としてです。当然任意ですが、半ば強制に近い家宅捜索です」

古賀は淡々と言葉を連ね、海老原はそれをじっと黙って聞いていた。

「そんな中、日南康介が手掛けていたAVの制作会社からとあるリストを発見しました。それはこれまでに出演した女優と結んだとされる契約書――」

ここで海老原が目を閉じたのがわかった。

「そしてその中の一つに海老原美香という名前の書かれた契約書がありました——エビさんの娘さんですね」

海老原は目を閉じたまま、微動だにせずにいる。

「キョウレンの連中と繋がっていたのは——エビさん、あなたなのでしょう?」

口にした途端、古賀の心臓がトクンと跳ねた。

海老原はなおも黙っていたが、やがて、「ああ。おれだ」と薄目を開いて言った。

「準暴力団指定の話もあなたから?」

公安委員会で内密に進められていた凶徒聯合を準暴力団として指定する話は、内通者がいなければ連中が知ることなどできなかったのだ。

海老原は小さく首肯し、

「それだけに限らず、おれは、これまで六年間に亘り、警察内部の情報を、奴らに何度も横流ししてきた」

己の罪を自らに突きつけるように、一つずつ言葉を吐き出した。

「従わなければ娘の出演した作品を発表する——そのように脅されたんですか」

海老原の娘の名前が記されていた契約書の日付は六年前だった。だが、調べたところ、彼女が出演した作品は今現在もリリースされていないようだった。

「ああ。警察幹部の娘という謳《うた》い文句でな」

海老原は顔を歪ませて言った。

　古賀が言葉を発しようとすると、それを察した海老原が先に語を継いだ。

「もちろん法的手段を駆使して発売を取りやめさせることはできただろう。だが、奴らはインターネット上で動画を垂れ流すとまで言ってきやがった」

　海老原の膝の上にある両の拳は震えていた。

「がっさん。娘の名誉のためにこれだけは言わせてくれ。美香は本来、そういうものに出演するような子じゃないんだ。父親のおれから見ても、カタ過ぎるんじゃないかって心配していたほどに、きちんとした子だったんだ」

「ええ。昔のことですが、自分も娘さんに何度か会っていますから。生真面目で聡明なお嬢さんという印象を受けたのを覚えています」

　古賀がそう言うと海老原は深く頷いた。

「きっと学生時代に恋愛経験もほとんどしてこなかったんだろう。お勉強はできても社会経験に乏しかったんだ。だから大人になってろくでもない男に騙されちまった」

「交際していた男に唆されたんですか」

「ああ。男の借金を背負わされてな」

「その返済のために娘さんは自分を犠牲にしたと」

「簡単に言えばそういうことになる」

　性ビジネスに身を置くのは何も奔放な女性ばかりではなかった。海老原の娘のように身持ちの固い女性でも、様々な要因が重なった結果、その世界に足を踏み入れてしまうことがある。

もちろん当人が望んだのであれば結構なのだが、そうではなかった場合は悲劇だ。深い悔恨に苛まれ、周囲の目を気にして暮らすことを余儀なくされる。

自分の裸が映っている動画をネットから消してほしい——近年、この手の相談が警察に持ち込まれることも多い。だが、一度出回ってしまったものを完全に消すことはほぼ不可能だった。とりわけしっかりと契約書を交わし、商品として発表されたものについては警察は一切手出しができなかった。

もしかしたら海老原の娘を騙した男は、その道のプロだったのかもしれない。若い女を付け狙い、自分に惚れさせる。そしてその純真な恋心を利用して、性の世界に売り飛ばす。こうした悪質で狡猾な女衒が世の中にはたしかに存在する。

そして売り飛ばされた先が偶然にも、凶徒聯合のメンバーである日南のもとだったのだから、神の悪戯にしてもあんまりだ。

古賀がそれを同情を込めて言うと、「偶然でも神の悪戯でもないさ」と海老原が乾いた口調で否定した。

「はじめから美香は狙われていたんだ。キョウレンに」

古賀は耳を疑い、海老原の方に身体を向けた。

「男の身辺を調べたところ、キョウレンの滝瀬仁と繋がりがあることが判明したんだ。

想像するに男は滝瀬が抱えていた若衆の一人で、上から命令されて美香に近づいたんだろう。どうして美香が狙われたのか。がっさんなら言わなくてもわかるはずだ」

美香が海老原の、警察幹部の娘だったから――。

「美香はその当時……ク、クスリ漬けにまでされていた」海老原が声を震わせて言った。

「奴らはそこまでして、美香を貶《おとし》め、おれの弱みを握りたかったんだ」

直後、古賀の脳裏に一人の男の顔が浮かび上がった。

石神丈一郎。

こんなえげつない作戦を考えるのはあの男しかいない。窪塚の母親が巻き込まれた詐欺事件と同様、おそらくは石神が考案し、滝瀬に指示を与えたのだろう。

「この六年間、おれは毎日が地獄だった。おれは犯罪捜査の指揮を執りながら、反社の連中にずっと加担していたんだ」

「退職を考えはしなかったんですか」

「もちろん考えたさ。辞めれるもんならすぐにでも辞めたかった。だが、できなかった。刑事を辞めても娘の動画をばら撒くと脅されていたからだ」

はからずも古賀は目を閉じ、天を仰いだ。

「もしもそんなことをされたら、美香の心は完全に壊れちまう。今だって、常に誰かがそばで見張っていないとならない状況なんだ」

美香は自傷行為が止まらず、過去には自殺を図ったこともあるという。それは下衆な男に惚れ、騙され、結果己の身体を汚してしまった自分が許せないからだと海老原は語った。

「だからあなたは、天野を止めなかったんですか」

海老原が首を捻り、古賀を見た。これまで拝んだことのない、虚ろな、弱々しい眼差しだった。

古賀が海老原にはじめて疑念を抱いたのは、同僚の刑事である矢板から、渋谷クラブ襲撃事件の被害者である北川陽介が一年前に自殺していた話を聞かされたときだった。矢板は前日にそのことを報告書にまとめ、上司である海老原に提出していたという。だが、海老原はこれを古賀をはじめ、捜査員たちと共有しようとはしなかった。彼の性格や仕事ぶりを考えれば報告書を見落とすわけがなく、真っ先に内部共有していたはずなのにだ。

それはつまり、海老原が犯人を野放しにしておきたかったからにほかならない。

そして、海老原が犯人の正体を摑んでいた証左でもある。

「あなたは矢板の報告書を読み、犯人の正体を知ったんですね」

「ああ。気になって北川陽介の身辺を調べたところ、遺族に天野英介の名前が出てきた。さすがに度肝を抜かれたよ。まさかキョウレンの本を出そうとしている編集者があの事件の被害者の兄貴だったんだからな。そこでおれは犯人が天野英介であると確信を抱いた」

古賀は相槌を打ち、先を促した。

「正直に告白する。おれは天野のことを救世主だと思った。おれと、おれの家族を救ってくれる救世主だとな」

海老原はそう言って下唇をきつく嚙んだ。

「おれは、おれは……天野に奴らを皆殺しにしてもらいたかった」

海老原は顔面を、いや、身体全体を震わせて吐露した。

「結果、あなたの願いは叶った。そしてあなたは警察を去った」

そう、天野英介は目的を成し遂げ、海老原は事件の責任を取る形で退職した。あくまで自己都合での退職だ。

天野英介が命を奪ったのは坂崎大毅、田中博美、小田島大地、滝瀬仁、日南康介、蔵前崇、阿久津宏信──。

天野英介は警察が長年に亘り手を焼き、ヤクザすら敬遠した凶悪な半グレ集団、凶徒聯合をほぼ一人で全滅させたのだ。

「不謹慎極まりないが、おれにとって天野は恩人だ。あの男は人の心を失った残虐な殺人鬼かもしれないが、おれにとってはそうじゃ──」

「天野英介は人の心を失ってなどいませんよ」

古賀は静かに、だが毅然と異論を唱えると、今度は海老原が身体をこちらに向けてきた。

「犯行直前、天野が乗車していた車の車内から工具類が見つかったことはご存知ですね。その工具が事件当日、ホームセンターで購入されたことも、後にダイナマイトの細工に用いられたものであることも」

「ああ。用意周到な天野が、犯行直前になぜそんな場当たり的な行動を取ったのか、謎のままだったはずだ」

「ええ。自分もずっとわからなかったのですが、昨日、それがなんとなくわかったんです」

海老原が眉をひそめる。「昨日、何かあったのか」

「ええ。自分は昨日、府中刑務所に足を運び、改めて水賀谷一歩と会ってきたんです」

「そこで水賀谷から何か聞いたのか」

「いいえ、あいつは何も知りませんし、さほど口を利きません。ただ一言、水賀谷から天野の墓を教えてくれと言われました。自分がなぜだと訊ねると、彼はこう言いました」

——いつか天野さんの墓前で、手を合わせたいんです。

「それを聞いたとき、事件当日の天野の心境がわかったような気がしたのです」

さっぱり話が見えないのだろう、海老原は小首を傾げている。

「天野は自爆するつもりなどなかったのです。少なくとも事件当日の昼までは」

古賀は海老原の目を見据えて言った。

「事件当日の昼過ぎ、天野は水賀谷と面会をしています。おそらくそこで彼は作戦を変更し、自爆を決意したんじゃないでしょうか」

海老原の眉間に寄せられたシワがさらに深くなった。

「きっと信じようとしたんだと思うんです。水賀谷一歩という人間を」

もちろん確証などない。が、古賀は確信に近い思いを抱いていた。

天野は水賀谷の内側にある、深い悔恨を感じ取り、彼の命を奪うことをやめたのだ。

天野自身、己が完全に修羅と化したと考えていただろうが、わずかばかり、彼の中に人の心が残されていたのだ。

そうでなければ水賀谷を生かしたまま、天野は自爆の道など選ばなかったはずだ。なぜなら彼にとって水賀谷は、最愛の弟から自由を奪ったきっかけを作った人物であり、石神と並んでもっとも憎むべき相手だったのだから。

「つまり、最後の標的にしていた水賀谷が除外されたことで、天野はこの世に未練がなくなった――そういうことか」

「ええ。きっとそうだと思います」

古賀がそう告げると、海老原は天を仰いだ。

そして日差しに目を細め、「そうなのかもな」とつぶやいた。

「だが、本当のところは知る由もない。当人が死んでいる以上、真実は永遠に謎のままだ」

「ええ。ただ、真実に限りなく近づくことはできると自分は考えています。自分はこのあと、その鍵を握る人物に会いに行く予定です」

「深町京子、か」

「ええ。彼女だけだと思うんです。天野英介を本当に理解しているのは」

彼女は天野の意志を受け継ぎ、その手で彼の目的を完遂させた。その彼女なら、きっと天野の心情を代弁できるはずだ。

「だが彼女は何も語らないんだろう」

「今はそうです。ですが、いつか心を開いてくれると信じています。それまで自分は彼女のもとに通い続けますよ。何べんでも」

そう告げて、古賀はベンチから重い腰を上げた。

そして、

「どうぞお元気で」

元上司に——いや、友人に最後の別れを口にし、古賀は足を踏み出した。

するとすぐさま、「がっさん」と背中に声が降りかかった。

足を止め、半身で振り返る。

「いいのか。逮捕しなくて」

海老原は胸の前で両の手首を合わせていた。

しばし鋭い視線を交差させた。

そんな二人の間を冷たい風が通り過ぎていく。

「初めに言ったでしょう。自分はここに刑事として来たわけではないと」

古賀は踵《きびす》を返し、再び歩き出した。

2

はらはらと舞う桜の花弁が頭頂部に落ちたのを感じて、中尾聡之は髪を払った。朝方はまだまだらだった遊歩道の路面も、そろそろ桜色で埋め尽くされそうだ。

聡之は今朝からずっと、それこそ日の出から、この遊歩道に面して植えられた桜の木の下で佇んでいた。かれこれ五時間以上にもなる。

さすがに腹も減ってきたが、この場を離れることはできなかった。その間に目的の男が出てきてしまっては文字通り間抜けとなってしまうからだ。

桜の花弁が敷かれた遊歩道、そしてこの歩道を挟んだ向こう側に、横に長く伸びた高い塀がある。

そのコンクリートの塀を透かすようにして聡之は目を凝らした。

ここ府中刑務所に収監されている水賀谷一歩の出所日が今日であることは、これまで数ヶ月に及ぶ地道な取材から摑んだものの、その正確な出所時刻まではさすがに調べようがなかった。

やはり不審者に映るのだろう、五十メートルほど先に立つ初老の門衛が何度もこちらに視線を送ってくる。

この門衛には一度、話しかけていた。「水賀谷一歩は何時頃に出てくる予定ですか」と訊ねると、「答えられません」と素っ気なく言われた。

聡之がフリージャーナリストだと正直に名乗ったのがよくなかったのかもしれない。身内だとでも偽わっておけば融通を利かせてくれたのだろうか。もっとも家族や友人の出迎えならば、出所時刻を知らないはずがないのだが。

聡之がジャーナリストになることを決意したのは天野英介の死の翌日だった。

その目的はただ一つ、凶徒聯合連続殺人事件に関する本を世間に発表するためだ。完成したあかつきには過去に付き合いのあった出版社に持ち込むつもりだが、相手にされなければ自費出版でも構わないと思っている。

聡之に儲けたいなどという気持ちはさらさらなかった。もちろん名誉のためでもない。一人でも多くの人に、いかにして凶徒聯合連続殺人事件が起きたのかを知ってもらいたいのだ。

そのために自分は定職にも就かず、妻子とも別れる道を選んだ。

本のタイトルはすでに決まっていた。

《鎮魂》

天野英介の浮かばれぬ魂を鎮めるため、そうつけることにした。

軽薄で利己的な男を演じていた天野英介の正体は復讐の化身だった。

自分は彼に完全に騙されていた。

彼を軽蔑したことを詫びなければならない。

だが、彼は詫びなど欲しはしないだろう。それこそが真の供養になるはずだ。だとすればその思いを受け継ぎ、彼のやり残したことを果たしてあげたい。

天野英介のやり残したこと——それは水賀谷一歩を殺し損ねたことだ。

警察やメディアはもとより彼が自爆するつもりでいたと発表していたが、それは大きな誤りだ。

水賀谷一歩を生かしたまま、彼が自爆などするわけがない。

天野英介の復讐劇は水賀谷一歩を殺害して終幕するはずなのだから。

だが、さすがに水賀谷一歩を物理的に殺すことなどできはしない。

ならばせめて、社会的に抹殺する。

この《鎮魂》をもって——。

それからいくばくかの時を経て、上空の太陽がその位置を大きく変えた。いつのまにかコンクリートの高い塀が影を伸ばし、それはちょうど聡之の立つ遊歩道を真っ二つに割くように、光と影の道を作っていた。

そんな対極的な道をぼんやり眺めていた聡之の目が遠くに動く物体を捉えた。

顔を上げると、紺色の制服を纏った二人の刑務官に挟まれた男が先に見えた。ブルゾンを羽織り、ボストンバッグを手にしている。

おそらくあれが水賀谷一歩だ。

聡之は足元に置いていたリュックを背負い、足を踏み出した。胸を張り、大股で遊歩道を歩いていく。

刑務官に別れの挨拶を終えた水賀谷もまた聡之の方に向かってきている。

両者の距離が五メートルに入ったところで、「十年ぶりのシャバの空気はいかがですか」と聡之は声を掛けた。

水賀谷がぴたっと立ち止まり、顔を上げる。

「わたくし、フリージャーナリストの中尾聡之と言います」

聡之は自ら作成した名刺を水賀谷に差し出した。

だが、彼はそれを一瞥しただけで受け取ろうとはしなかった。

そして聡之に向けて軽く腰を折ったあと、横を通り過ぎていった。

「逃げるんですか」

その背中に聡之は問いかけた。だが水賀谷は振り返らない。

その態度が無性に腹が立った。

考えるより先に、聡之は次の言葉を吐き出していた。

「水賀谷。ふつうに暮らせると思うなよ。きさまに安息の地はないと思え」

水賀谷の離れていく背中は暗かった。

彼は高い塀に寄り添うようにして、影の中を歩いていたからだ。

あとがき「玉石混淆の社会」

半グレという言葉が世に出回ったのはどうやら二〇一一年辺りからのようです。

残念なことに、今ではしっかり社会に根づいていて、半グレがヤクザに近しい無法者であると誰もが認識していることでしょう。

わたしは作家になる前、芸能界に身を置いておりました。そこで本書に出てくるような半グレ――当時はその言葉はありませんでしたが――の怖い噂はたくさん耳にしました。しかしながら、わたしはどれも尾ひれのついた与太話であり、そもそもそんな連中は実在しないだろうと思っていました。それがのちに、某歌舞伎役者が暴行され、ニュースで報道がなされたことで、彼らは本当にいたのかと、驚かされた記憶があります。

そんな半グレを題材にして小説誌で連載を始めると決めたとき、周囲の方々から身の安全を案じられました。わたし自身、不安に思わなかったと言えば嘘になりますが、悩んだ結果、この物語を書きたい気持ちが勝りました。

本書はごく普通の一般人であった天野英介が半グレ組織をたった一人で壊滅させるといったハードボイルドなストーリーですが、わたしはそういったものに挑戦したかったわけではありません。

事件の被害者、加害者、両方の家族、そして直接は関係のない第三者の視点に立って、この物語を多角的に描いてみたかったのです。

はたして読者のみなさんの目にはどう映ったでしょうか。

わたし自身、この物語を通じて『罪』と『罰』、また『救済』について改めて考えさせられました。

社会のルールから逸脱した者にはペナルティがあって然るべきと思いますが、のちに彼らに救い手を差し伸べることもまた大切なのではないでしょうか。一度道を逸れた者が永遠に後ろ指をさされる社会は健全ではありませんし、あまりに冷たいと思うのです。

その一方、こんな綺麗事を言えるのは、おまえが被害者側に立った経験がないからだろうと、もう一人の自分が声を上げます。

我が国ではいかに他人から理不尽な攻撃を受けても、物理的な仕返しをしてはなりません。そのために司法の存在があるわけですが、そこで法律に則った処罰がなされたからといって、被害者側が納得できるかといったらまた別の話でしょう。

たとえ憎き相手に極刑の判決が下されても、それはせめてもの供物に過ぎず、けっしてなかったことにはならないのです。

この先も犯罪はなくなりません。残念ですが、それが現実です。

ルールを守れる者と、守れない者。この玉石混淆の社会を思うと、気が遠くなります。

二〇二四年　春　染井為人

本作は二〇二二年五月、小社より刊行されました。文庫化にあたり改稿をしています。
また、本書はフィクションであり登場する人物、団体等はすべて架空のものです。

双葉文庫

そ-05-01

鎮魂《ちんこん》

2024年5月18日　第1刷発行

【著者】
染井《そめい》為人《ためひと》
©Tamehito Somei 2024

【発行者】
箕浦克史

【発行所】
株式会社双葉社
〒162-8540 東京都新宿区東五軒町3番28号
［電話］03-5261-4818(営業部)　03-5261-4831(編集部)
www.futabasha.co.jp（双葉社の書籍・コミックが買えます）

【印刷所】
大日本印刷株式会社

【製本所】
大日本印刷株式会社

【カバー印刷】
株式会社久栄社

【DTP】
株式会社ビーワークス

【フォーマット・デザイン】
日下潤一

ISBN978-4-575-52752-0 C0193
Printed in Japan